古典文獻研究輯刊

二三編
曾永義 主編

第6冊

清代八股文批評研究（中）

陳水雲、孫達時、江丹 著

國家圖書館出版品預行編目資料

清代八股文批評研究（中）／陳水雲、孫達時、江丹 著 -- 初
版 -- 新北市：花木蘭文化事業有限公司，2021〔民 110〕
目 6+172 面；19×26 公分
（古典文學研究輯刊　二三編；第 6 冊）
ISBN 978-986-518-345-5（精裝）
1. 清代文學 2. 八股文 3. 文學評論
820.8 110000424

ISBN-978-986-518-345-5

9 789865 183455

古典文學研究輯刊
二三編　第 六 冊　　　　　　ISBN：978-986-518-345-5

清代八股文批評研究（中）

作　　者　陳水雲、孫達時、江丹
主　　編　曾永義
總 編 輯　杜潔祥
副總編輯　楊嘉樂
編　　輯　許郁翎、張雅淋　美術編輯　陳逸婷
出　　版　花木蘭文化事業有限公司
發 行 人　高小娟
聯絡地址　235 新北市中和區中安街七二號十三樓
　　　　　電話：02-2923-1455 ／傳真：02-2923-1452
網　　址　http://www.huamulan.tw 信箱 service@huamulans.com
印　　刷　普羅文化出版廣告事業
初　　版　2021 年 3 月
全書字數　531612 字
定　　價　二三編 31 冊（精裝）台幣 82,000 元

清代八股文批評研究（中）

陳水雲、孫達時、江丹　著

目

次

第五章　興盛：雍正乾隆時期的八股文批評（上）

　　經過順治、康熙兩朝的文風重建，進入雍正、乾隆，八股文已恢復到明代體大式正的正嘉文風。但這一文風不是對正嘉文風的簡單恢復，正如龔篤清所說，「從康熙重開科舉到雍正期，是具有清代特色的『清真雅正』主流八股文形成並走向成熟的時期」。〔註1〕標榜「清真雅正」是這一時期八股文的主流傾向，而首開這一風氣的是韓菼，他與熊伯龍、劉子壯、李光地一起被紀昀稱之為國朝制義四大家，「制科之文，至韓菼而翕然一變浮滑之習」〔註2〕，「韓菼雅學績文，湛深經術，其所撰制義，清真雅正，實開風氣之先，足為藝林楷則」〔註3〕。在他的直接影響下，宜興儲氏、桐城方氏、金壇王氏均以「清真雅正」為努力之方向。

第一節　宜興儲氏八股文批評

　　在清初文壇，並存著兩個既推重古文又不廢時文的文章流派——桐城派和宜興派。對於江北的桐城派，人們瞭解較多，研究成果亦非常豐富；然而對於江南的宜興派，不但研究成果少，而且瞭解也是非常的有限。其實，以豐義儲氏為代表的宜興派，在清初文壇是甚有影響的，當時即有「海內言文

〔註1〕龔篤清《中國八股文史》（清代卷），嶽麓書社，2017年，第257頁。
〔註2〕李調元《淡墨錄》卷三，遼寧教育出版社，2001年，第44頁。
〔註3〕乾隆十七年二月上諭，轉引自鄧雲鄉《清代八股文》，第77頁。

章者必推宜興儲氏」之說。由儲欣編纂的《唐宋八大家類選》幾乎是人手一編，風靡一時。儲氏家族先後湧現出眾多古文與時文兼善的文章高手，儲欣與其弟儲宿、儲奇被人目為「三蘇」，儲在文、儲大文、儲雄文兄弟，一個以時文見長，一個以古文取勝，一個擅長於詩歌。宜興儲氏還以科甲門第顯赫一時，據儲大文〈成軒公傳〉記載，這個家族有舉人 12 人，進士 13 人，中江南試第一又魁禮部試者 1 人，中禮部試第一者 1 人，魁府丞承宣使試者 5 人，入翰林 4 人，侍直南書房 1 人，監察御史 1 人，郎中 3 人，員外郎 1 人〔註4〕……實在是不負「兩門元望」、「三鳳家聲」、「五子登科」、「奕葉甲科」的美譽。這是一個科舉、經濟、文章兼美的文化望族，其家族成員在文章著述上表現尤為突出，既有家族成員編選的《古文選》《唐宋八大家類選》《儲氏詩詞彙選》，也有家庭成員作品的匯刻《在陸草堂文集》《遁庵文集》《雲溪文集》《存研堂文集》《經畬堂文集》等，他們有的文章被輯入《清文彙》，有的著述被收入《四庫全書》，因此，對這一家族重要成員的文章著述實有深入研究的必要，特別是這樣一個以科舉起家的文化家族，在科舉、時文和古文上的突出表現，在時文和古文上的重要理念，對於瞭解明末清初文化而言都有重要的意義。

一、儲氏的舉業與文章

宜興儲氏系出唐朝開元進士、監察御史、著名山水田園詩人儲光羲，儲光羲本籍兗州（今山東兗州），肅宗乾元年間遷至潤州（今江蘇鎮江）的莊城，這是儲氏在江南地區繁衍的開始。宋朝南渡時期，儲氏後裔又由潤州的莊城遷徙到常州的宜興，卜居在臧林，「臧林者，吾族萬墅之源也」〔註5〕，其他如金沙、豐義、儒村、柚山、壩上、東西路墅以及江北的泰州皆自臧林一系而來。至於豐義儲氏，始自儲光羲第二十世孫儲洪，他在明初洪武二年（1369）入贅蔣氏，因而家於豐義之儒林裏。「公以一身寓居其里，三世而繁衍，五世而昌大，八世而顯達」。〔註6〕所謂「三世而繁衍」，是指儲洪生子四人，析首分、二分、三分、四分；所謂「五世昌大」，是指第四代儲文用亦有子四人，

〔註4〕儲大文：《成軒公傳》，《宜興豐義儲氏分支譜》卷一，北京燕山出版社，2006年，第 212 頁。
〔註5〕儲欣：《族譜敘》，《宜興豐義儲氏分支譜》卷首，北京燕山出版社，2006 年，第 21 頁。
〔註6〕儲欣：《族譜敘》，《宜興豐義儲氏分支譜》卷首，北京燕山出版社，2006 年，第 22 頁。

再析為東四分（邦彥）、西四分（邦美）、老三房（邦本）、老十房（邦寧）；所謂「八世而顯達」，是指八世孫昌祚、顯祚兄弟先後為進士，昌祚（1559～1630）為萬曆十七年（1589）三甲進士，歷任鄱陽、浦城知縣、浙江道監察御史；顯祚（1575～1651）為萬曆四十四年（1616）三甲進士，歷任戶部主事、襄陽知府、湖南按察史；也就是說，經過八代繁衍，豐義儲氏已成為顯赫一方的文化望族，其中，昌祚、顯祚兄弟的先後進士是一個重要的轉折點。「蓋自明季副憲（昌祚）、廉使（顯祚）二公進士起家詒謀，垂裕文孫。在陸先生（儲欣）用文章顯名，講授數十年，為後進所宗。」在儲欣之後，這一家族的子孫，在科舉仕進上可稱得上是代有傳人：「若遁庵（方慶）、素田（右文）、晝山（大文）、中子（在文）、允弢（郁文）、水樹（雄文）、東溪（龍光）、梅夫（麟趾）、緘石（秘書）諸先生，英英蔚起，奕葉簪纓，科第踵接，有會三元、鄉三鳳之目，較前代荀之龍、薛之鳳、王之珠、竇之桂，有過之無不及，即視琅琊諸王之人人有集，又何忝焉？」〔註7〕

作為一方文化望族，豐義儲氏在文章上的成就尤為突出。「宜興儲氏以文章名天下，歷宋、元、明，代有聞人，至本朝而分支豐義者稱絕盛」，「其積厚流光，以大啟厥後者，實自（在陸）先生祖副憲公（儲昌祚）始」。〔註8〕據載，儲昌祚少嗜《左傳》，中年喜為老莊，晚年愛邵雍《擊壤集》，又喜觀內典，家藏佛書甚富，能以學傳家；儲顯祚少習經義之文，歲歲束貯，贏數巨箱，雖為簡練揣摩，卻是簀燈達旦，至晝而不廢，人稱之為「宋刻經籍體」。還有，儲國祚（忝鞠公）（1558～1619）也是帶動儲氏家族追求人文風尚的重要人物，儲欣說：「吾儲氏……稱宜興文章望族，代有名人。及再徙豐義，以能文發聞鄉國、聲譽遍天下者，實自我伯祖忝鞠公始。……吾家百年來學問、文章、異敏之士，悉公開先。」〔註9〕國祚雖天資魯鈍，然一心向學，刻苦自礪，終成大器，高中萬曆四十三年（1615）壬午科狀元，頗得當朝相國葉向高的器重，這也為後代儲氏子弟樹立了勵志向學的榜樣。儲氏文章，在清初康熙時期達到極盛，有所謂「儲氏文章，衣被海宇」之說，海宇之內均奉儲欣為

〔註7〕周家楣：《宜興豐義儲氏宗譜序》，《宜興豐義儲氏分支譜》卷首，北京燕山出版社，2006年，第37～38頁。

〔註8〕吳煒：《豐義譜序》，《宜興豐義儲氏分支譜》卷首，北京燕山出版社，2006年，第33頁。

〔註9〕儲欣：《從伯祖忝鞠公傳》，《在陸草堂文集》卷四，《四庫存目叢書》集部第259冊第452頁。

導師，「四方之士不遠千里而師事之」〔註10〕。儲欣（1631～1706），字同人，學者稱「在陸先生」。他少而好學，酷嗜經籍，有乃父之風。「先君於聲色華靡，諸貴遊所好尚，一不入，獨湛深嗜書，雞三號而起，盥櫛畢，即抑首縱觀，夜二更乃罷，以為常。」〔註11〕然而，不幸的是，他的父母在順治初先後去世，「事伯父四叔父垂五十年」，故他受伯父儲懋端和四叔父儲懋揚影響甚深。儲懋端（1588～1677），字孔規，號象岩，為昌祚長子，附例太學生，鄉飲大賓；「性好書，尤喜三唐詩，自製詞曲工麗，音律分刊得絕傳」，〔註12〕儲懋時曾為之撰八十壽聯曰：「傳經九十尋常事，笑拾新詩入錦囊。」儲懋揚（1593～1672），字文立，為昌祚四子，邑庠生，鄉飲大賓；「叔父嗜靜，竟歲不入市，坐斗室覽經籍，闃無人聲」，「雅不喜雕麗事，牆漫溓弗圬，衣敝垢弗易，食粗糲弗厭，而讌集必豐肅，師傳必忠且敬。嘗命欣居塾誨二弟，其飲食欣者逾叔父十倍，欣固謝而叔父終弗變也。」〔註13〕在家族門風的激勵下，在伯父叔父的指導下，儲欣刻苦自勵，「晝出晚歸，一燈熒熒，雒誦達旦」，自謂：「予與弟相依為命，晝支撐內外侮，夜理燈雒誦，寒甚則擁衾背坐互覆所讀書，未逮半而鄰雞胥鳴，不解衣寢矣」〔註14〕，他涉獵廣泛，自五經子史及先秦兩漢唐宋大家之書，「靡弗含咀浸灌，而大發之於文」，先後著有《在陸草堂文集》《曲臺疑》《詩偶存》《春秋指掌》，及點評之《易》《詩》《書》《周禮》《左傳》《國語》《史記》《漢書》等。〔註15〕但是，他在科舉路上卻充滿坎坷，自謂：「某十歲屬文，頗為父兄所器，謂此子可早拉青紫。今犬馬之齒，四十餘歲矣，童頂鼇面，困頓諸生中。」〔註16〕他曾十下棘闈，直至康熙二

〔註10〕吳蔚起：《在陸儲先生墓誌銘》，《宜興豐義儲氏分支譜》卷八，北京燕山出版社，2006年，第382頁。

〔註11〕儲欣：《先君子傳略》，《在陸草堂文集》卷二，《四庫存目叢書》集部第259冊第450頁。

〔註12〕儲欣：《伯父傳》，《在陸草堂文集》卷二，《四庫存目叢書》集部第259冊第453頁。

〔註13〕儲欣：《四叔父傳》，《宜興豐義儲氏分支譜》卷十，北京燕山出版社，2006年，第85頁。

〔註14〕儲大文：《在陸先生傳》，《宜興豐義儲氏分支譜》卷八，北京燕山出版社，2006年，第387頁。

〔註15〕吳蔚起：《在陸儲先生墓誌銘》，《宜興豐義儲氏分支譜》卷八，北京燕山出版社，2006年，第384頁。

〔註16〕儲欣：《答楊明揚書》，《在陸草堂文集》卷二，《四庫存目叢書》集部第259冊第405頁。

十九年（1690）六十歲時，才得中舉人，次年應禮部試，未第，遂棄絕舉業，以讀書、著文、課徒為樂。最值得一提的是，儲欣將自己的幾位從孫培養成舉人和進士的顯赫業績，他們分別是：儲右文（1659～1726），字雲章，號素田，康熙丁巳（1677）順天舉人；儲大文（1665～1743），字六雅，自號「樊桐逸士」，學者稱「畫山先生」，由廩監生中式康熙甲午（1714）順天舉人、辛丑（1721）會元、殿試二甲進士選翰林院庶吉士；儲在文（1668～1729），字禮執，號待園，學者稱「中子先生」，中式康熙戊子（1708）順天鄉試第二名舉人、己丑（1709）第十三名進士、殿試二甲三名，授職翰林院編修；儲郁文（1690～1749），字允弢，又字從吾，號補齋，中式康熙甲午（1714）舉人、辛丑（1721）會魁；儲雄文（1690～1749），字泛雲，號水樹，康熙辛卯（1711）順天鄉試舉人、辛丑（1721）進士；儲高文（1664～1733），字鳳禎，由邑廩生中式康熙戊子（1708）第二名舉人。儲氏兄弟五人，並登甲乙榜，人稱「五鳳齊飛」，藝林傳為盛事。「自御史公（儲光羲）以唐賢負詩名，繼繼繩繩，至有明參藩（昌祚）、僉事（顯祚）諸公昆季競爽，以文儒為循吏，遂宏其緒。至本朝同人先生，而文章大昌宇內，稍知識字讀書者，無不虔而奉之。清源（善慶）、井陘（方慶）兩公，以古文為名家；五鳳繼起，畫山（大文）、中子（在文）兩先生，尤為世所推重。」〔註17〕儲氏在科舉和文章上的顯赫成就，促成了宜興地區濃厚的人文風尚，在當地人們是以儲氏作為教授子弟榜樣的：「儲氏昆季，皆恂恂儒雅，言行不苟，而其文章大都踔厲風發，不可一世，以為儲氏之才，莫盛於是矣！……自唐宋元明以來，代各數十人，指不勝屈，後先彪炳，垂於無窮之才之盛如是極矣。……儲氏之教子弟也，嚴而有法，其為學也專而勤，故吾鄉之言勤苦讀書者必推儲氏君子，而吾鄉之有志於勤苦讀書者必延儲氏子弟為師。」〔註18〕

以儲氏家族為中心，清初宜興地區還形成了一個重要的文章流派——宜興派，儲欣有一篇文章比較真切地描述了自己在順治年間與當地文士一起切磋文章學問之道的情形。他說：

　　　　曩予年未二十，偕舍弟君宜（儲奇）、從侄長能（方慶）、廣

〔註17〕周家楣：《宜興豐義儲氏分支譜序》，《宜興豐義儲氏分支譜》卷首，北京燕山出版社，2006 年，第 6～7 頁。

〔註18〕錢維城：《儲氏詩詞彙選序》，《常郡八邑藝文志》卷六，北京圖書館出版社，2008 年，第 171 頁。

期（善慶），慨然思麗澤之益，萃有八人，而兄（指周湛芹）為之長，予視兄年長幾倍也，顧為忘年交，里中稱「八俊」。既而廣之，為十二人，十二者約曰：「非聖賢之書勿視，非其行勿由，不幸有過，必面責改，然後止。」則又約曰：「文之課，月有三：合而課者一，離而課者二，合而課為書之藝七，離而課書之藝五，後場詩賦諸體古文各一。」既約而退，遁而行之，寒暑弗輟者凡七八年，方月之合而課也，昧爽咸集，達於五更，燈光爛明，延照戶外。時豪於文者，為周兄天綏，捋鬚叉手，揮翰風飛；狂者為長能，瞠目高吟，聲出如虎；靜者為葉兄培生，從容就席，以至於畢，喜慍無跡；其他或敏或舒，或默或語，高明沉潛，未易殫狀，而其間攢眉搯掌，終日危苦，不肯苟下一字者，獨我湛兄及舍弟君宜而已。〔註19〕

這裡「八俊」，是指周湛芹、周天綏、葉培生、吳仲文、儲欣、儲奇、儲善慶、儲方慶；所謂十二人，是指上述「八俊」，再加上許子廷、周亞卿、周亮生、徐叔遠4人。12人中有8人為儲氏家族成員之外的文士，大約在順治七年到順治十四年間（1650～1657），他們有社規，有月集，時間長達七八年之久，這是一個以儲氏家族成員為核心，以切磋經義為主兼及詩賦的文人群體。然而，進入康熙時期以後，這一文人群體漸趨式微，正如儲欣所說：「吾黨十二人，君宜最少最先夭，周兄亮生繼之；長能甫得官，以非命死；徐兄叔遠貧死；亞卿周兄劫於盜，悒而死；廣期棄縣令歸，歸不數年，亦死；天綏兄初以稅事被斥，牢落不得志，死於前年秋；及今春礎兄又客死焉。」〔註20〕取而代之的，是一個以儲欣為領袖，以儲氏子弟為核心，以儲氏家塾九峰樓為中心的新興文人群體。康熙二十二年（1683），儲方慶去世後，在儲欣的指導下，右文、大文、在文、郁文、雄文兄弟在九峰樓讀書十年，「出則就正草堂，入則愚兄弟互相問難」；這時，因為科途受挫，儲欣遂棄絕舉業，築室「在陸草堂」，將全部精力轉移到教育子弟上。「自在陸先生以經史之學倡導東南，從遊之士制義翕然進於古，最著者畫山（大文）雅奧沉雄，中子（在文）閎深

〔註19〕儲欣：《周湛芹遺稿序》，《在陸草堂文集》卷五，《四庫存目叢書》集部第259冊第481頁。
〔註20〕儲欣：《周湛芹遺稿序》，《在陸草堂文集》卷五，《四庫存目叢書》集部第259冊第481頁。

肅括，並推風傳總持」。〔註21〕先後執經草堂者，有潘宗洛（巢雲）、吳岕亭、陳枋（次山）、潘旗（魯觀）、郁士超（峻升）、吳崇（沖扶）、吳暠（又葵）及華慶（少白）、奎鬥（孟為）、芝（梅隱）、可權（來肅）等儲氏子弟。繼儲欣之後，大文也在九峰樓開館授徒，督課子侄暨陳甥義焯、瞿甥源洙，四方才彥亦接踵而至，先後有吳煒、蔡寅斗、萬松齡、史崧、曹澤咸、徐思靖等，「門牆桃李頗類往者草堂絕盛時」〔註22〕。晚歲，他自築畫山樓，門下士請業者，登樓談辨，終日不倦。「吾鄉宜興儲氏，當勝國之初，坐傾稽、阮，座集機、雲，在陸而下，五文繼起，而以六雅（大文）為白眉。」〔註23〕

二、儲欣：時文如魚肉，古文如穀種

　　在清初文壇，宜興儲氏以時文享譽一時，與桐城方氏、長洲何氏、金壇王氏、淳安方氏、會稽徐氏並稱，「以工四書文為學者所宗仰」〔註24〕。然則儲氏群從以儲欣文章為之首，其子儲芝說「先君子以時文名海內垂四十年」〔註25〕，儲欣的時文能融古文之法入時文，他參加康熙二十六年（1690）鄉試，主考官安邑王公獲卷歎曰：「真古文！真古文！」〔註26〕他的庚午（1690）鄉試闈墨，波瀾意度，純乎古文之法，且不蹈襲古人一字一句。正如其侄大文所說：「先生自運則鑄唐宋以探秦漢之精，採天、崇以化正、嘉之貌，才高而繩削彌謹，齒宿而詞意彌新，實克於荊川（唐順之）、震川（歸有光）、孟旋（方應祥）、子駿（金聲）、大士（陳際泰）後，斷然自為經義大家而楷模後學，功尤巨也。」他的時文兼經義與古文之長，既能載孔孟程朱之「道」，又注意吸納秦漢唐宋古文之「法」：「自孟、荀、董、揚為斯文道法之宗……至嘉靖而遵岩（王慎中）、浚谷（趙時春）、荊川、鹿門（茅坤）、震川氏，胥用古文詞鳴，

〔註21〕王步青：《儲於賓遺稿序》，《己山先生文集》卷二，《四庫存目叢書》集部第
　　　　273 冊第 736 頁。
〔註22〕儲郁文：《先仲兄畫山先生行狀略》，《宜興豐義儲氏分支譜》卷七之四，第 368
　　　　頁。
〔註23〕綠天翁：《綠天清話》「畫山樓」，《小說月報》第 3 卷第 7 期。
〔註24〕章學誠：《葉鶴途文集序》，《章學誠遺書》卷二十一，文物出版社，1981 年影
　　　　印版，第 207 頁。
〔註25〕儲芝：《在陸草堂文集目錄跋》，《在陸草堂文集》卷首，《四庫存目叢書》集
　　　　部第 259 冊第 383 頁。
〔註26〕曹鳴：《在陸草堂文集序》，《在陸草堂文集》卷首，《四庫存目叢書》集部第
　　　　259 冊第 372 頁。

唐、茅、歸三公，又號經義大家。後復百年，千子（艾南英）、大樽（陳子龍）二者，差具體而微，他如朝宗（侯方域）、勺庭（魏禧）工古文詞，而科舉文少所傳述，青峒（方應祥）、子駿、文止（羅萬藻）、大士、蘊生（黃醇耀）暨代興，諸哲彥經義多奧衍造極而少湛深，於古藝之至者不兩能。……若從祖在陸先生，所謂兩能其藝之至，而法胥與道合，以克暨海宇碩望者歟！」〔註27〕

　　相對古文來說，時文非儲欣之所專。但經過長期的揣摩，日積月累的訓練，還有過十年賓興（鄉試）的經歷，為文自然不會遜色多少。「先生古學淵邃，於書無所不讀，丹黃甲乙，日無停晷；時文非所屑為，屈首一為之，皆約六經之旨以成文，每歲科試必冠其曹。」〔註28〕只是科場上的屢屢受挫，使得儲欣對時文不免有了厭棄之意，他有一段話比較真切地描述了自己習文的經歷及感受：

> 某少好古書，年二十，凡先秦兩漢司馬氏、班氏及唐宋八大家之書，雖不盡精曉，然亦多有成誦者，為文深入敢戰，雖不盡軌於正，然有時言人所不能言。一試不利，或曰：「子過矣，子南其轅也，而北行可乎哉！」聞若言，稍稍自疑；無何，又有告者，如或言；無何，抑又有告者，言從同，同若一口；則大惑，視舊所學，棄之恐不速矣！進告者而商所學，皆曰：墨卷、墨卷云爾；問何等墨卷？又皆曰：圓熟無疵累，讀之順口，而句調可通用者，得百篇足矣！多則不精。又皆曰房稿，文之未可粹者也。大家名家惑世誣民，誤人不淺也。經史古文，風馬牛不相及也！某恍然大悟，曰：唯習之，期年而試，試復不利。未幾得闈中棄卷，觀之有司評，曰平熟所直數語，皆所讀墨卷中句調，號為圓熟無疵累者也。因大悔恨，急取舊業理之，初格格不相入，後稍相習，及執筆為文，而曩時深入敢戰之氣，銷鑠已十之五矣。然見者猶大怪，親知相遇，必隱規微諷。其最善立言者，則曰：「文各有時，子文非不佳，惜非時耳！」某感其言，且前且卻，意欲參雅俗以希倖一遇，而試又見黜矣！自是之後，茫無適從，志亂氣靡，百累交集，讀先輩則受累在先輩，讀時

〔註27〕儲大文：《在陸先生傳》，《在陸草堂文集》卷首，《四庫存目叢書》集部第 259 冊第 377 頁。

〔註28〕曹鳴：《在陸草堂文集序》，《在陸草堂文集》卷首，《四庫存目叢書》集部第 259 冊第 372 頁。

文即受累在時文，未得手而厭生，已改塗而復憶清平奇正。往往三
年之文，若出數手，一年之作，亦分數體，此最可笑也。日月易邁，
坐致蹉跎，總緣不知人生有定命，紛紜顛倒於定命，無絲毫增益，
而學術謬戾，仰愧古人，至今思之，可笑亦可涕耳！〔註29〕

　　他這一段話講到自己學習時文經歷的幾個階段，第一階段是學古人之法，
第二階段是習時文之法，包括習墨卷和房稿；第三階段是「志亂氣靡，百累
交集」，無所適從；如果說在寫作時文之初還有學習揣摩的意思，那麼到了後
來就逐漸認識到科場上順與不順，與文章本身沒有必然的聯繫，因此，他最
後走上放棄時文寫作的道路，「屢月不拈一題視為常事」。他自稱：「某治時文
最久，然非性所好，少壯時漁獵書籍，有志古作者之林，今白髮滿頭，蓄志未
就，然緣此於時文之業，雖久而不專。」〔註30〕相對時文而言，他更偏好古
文，時文非其所專也。

　　他從自己的切身經歷，深刻地體認到時文之弊，市面上流行的人多只是
一些「讀之順口」、「圓熟無疵累」、空洞無物的「房稿」和「墨卷」。當時，友
人邵文孫來信指出他所編鄉會墨卷存在著「寬隨」、「付會」、「圓通」之失時，
他回信說：「甚善！甚善！有人於此疾痛在身，不能自言也。醫之良者布指察
脈，發其寒熱癥結，與凡內外之患，抵掌而談，其人即未服藥，而心胸釋然，
疾之去可十五六矣！」〔註31〕他對邵文孫的批評表示認同，實際上也是對時
文「寬隨」、「付會」、「圓通」之失批評的認同。對於那些專為應試而編選的書
籍，他是很不以為然的，有一位朋友編選了一本《四書鏡》，請他作序，他回
答說：「凡《四書》之有講章說數，取足為制舉業資而已……徒殫精疲神，以
朝夕從事於無補之講說，則其他無乃不暇及，與子以吾言思之，是書雖不葺
可也。」〔註32〕在他看來，為文當根以六經之旨，並得古人立言之法，然後
才能自成一家。從這個角度看，古文與時文是互為補充的，他做了一個很形
象的比喻：「夫時文之美，魚也，肉也，宿昔之食耳；古文如穀種，其生不窮，

〔註29〕儲欣：《答楊明揚書》，《在陸草堂文集》卷二，《四庫存目叢書》集部第 259
　　　　冊第 405～406 頁。
〔註30〕儲欣：《答邵文孫書》，《在陸草堂文集》卷二，《四庫存目叢書》集部第 259
　　　　冊第 411 頁。
〔註31〕儲欣：《答邵文孫書》，《在陸草堂文集》卷二，《四庫存目叢書》集部第 259
　　　　冊第 411 頁。
〔註32〕儲欣：《四書鏡序》，《在陸草堂文集》卷五，《四庫存目叢書》集部第 259 冊
　　　　第 468 頁。

食之豈有量哉！今日未能去離時文，即所先置力者，必擇其與時文不甚懸隔，而以己之材質參焉；或取與己近者，不則與己反者；取與己近，所以充吾長也；與己反，所以攻吾短也。」〔註33〕他不但編有《在陸制義》，而且還選有《隆萬天崇大小題文選》，只是他要求為文做到「道」與「法」合，認為應博採眾長，特別是應該從經、史、諸子百家、秦漢唐宋古文那裡吸取文章之法，因此，他先後編有《古文選七種》《唐宋八大家類選》《唐宋十大家全集錄》，並點評各家文法，以供初學者揣摩。

儲欣自言幼時習文是從《唐宋八大家文鈔》起步的，通過多年的口誦心維，對八家文法多有會心之處，「遇所得意輒舞蹈不自制」，併發感慨道：「茅先生表章前哲，以開導後學，述者之功，豈在作者下哉！」〔註34〕在晚年課孫的時候，亦即康熙三十八年（1699），他編選有《唐宋八大家類選》一書，共六類十四卷。「在陸先生別八家之類而分之，復比八家之類而合之。其分之者不由類中以求其類，而悟行文之體之所以同；其合之者，並使人由類中以思其不類，而見古人之所以異；是則先生之志乎！」〔註35〕但是，經過多年的摸索，他對茅編《唐宋八大家文鈔》的認識又有了變化：「雖曰表彰前哲，而掛漏各半，適足以掩遏前人之光；雖曰開導後學，要所以錮牖其耳目，而使之不廣者亦已多矣！欲無遺議，得乎？雖然，嘗即其選與其所評論，以窺其所用心，大抵為經議計耳！其標間架，喜排壘，若曰此可悟經義之章法也；其貶深晦，抑生造，若曰此可杜經義之語累也；其美跌宕，尚姿態，若曰此可助經義之聲色也。」〔註36〕他認為世易時移，時代在變，文章亦在變，茅坤的時代為「攻時文取科第足了一生之世」，而自己所處的康熙時代為「攻時文取科第而非成學治古文亦無以自立之世」，「彼一時也，此一時也，其不可同類並語之，亦明矣」！也就是說，當今時代，攻時文者，當先成學而後治古文，亦即上文所說的要做到「道」（成學）與「法」（治文）合，他為從孫儲在文時文作序時說：「禮執之學，深探六經，採漢宋注，參鈔卷端，附以己見，熟復史漢，吟繹韓歐蘇氏之書，他若諸

〔註33〕儲欣：《答江尊士書》，《在陸草堂文集》卷二，《四庫存目叢書》集部第 259 冊第 409 頁。

〔註34〕儲欣：《唐宋十大家全集錄總序》，儲欣《唐宋十大家全集錄》，《四庫存目叢書》集部第 404 冊第 236 頁。

〔註35〕吳振乾：《唐宋八大家類選序》，儲欣《唐宋八大家類選》，乾隆十年受祉堂刻本。

〔註36〕儲欣：《唐宋十大家全集錄總序》，儲欣《唐宋十大家全集錄》，《四庫存目叢書》集部第 404 冊第 237 頁。

子百家，無不覽也，無不掇也。窺其心，將博極而止，而所得往往發之於時文。」〔註37〕因此，他在康熙四十四年（1705）再輯為《唐宋十大家全集錄》52 卷。

三、儲大文：以仁義之質，標古文之神

儲欣之侄儲方慶（1633～1683），早年為「荊南八俊」之一，「少時留意經濟，頗能通曉古今之宜民物之故，為舉業所困，勉率父兄之教，以求功名」。〔註38〕但他習為八股二十一年而未售，後因康熙五年（1666）改試策論而獲鄉試第一，次年成進士第三，「對策數千言，陳天下事，皆人所不敢言」。〔註39〕他認為天下文章都是用以經世的，策論與八股實無高下之分，文章高下與個人遇合併無必然聯繫，並提出「傳世之文」與「應世之文」的說法：「傳世之文，不與遇合期，故有抑鬱困頓以堅其志，而文章愈垂於不朽者，若應世之文志在遇合而已。志在遇合而不遇，則其文必不工，而又何以取信於天下？」很顯然，他是反對專為「應世之文」的，以遇合為目的的文章，或有工者，或有不工者，但不遇者必然不工。從這個角度看，作文者不應求其遇合與否，論文者亦不以遇合為尺度，而以是否出於性情為旨歸：「文章本於性情，雖限之以對偶，範之以聲律，其本於性情者自若也；性既不殊，學復相等，傳世應世，其理同揆，安得分此之為不遇彼之為求合歟？故夫工於文者不以遇合，攖心而自屈其邁往之氣；善論文者不以遇合，儡志而故違其獨見之明；此古今以來有志於文章者之定論也。」〔註40〕

方慶有五子，人人都是寫作古文時文的高手，先後結集有《儲氏六子文》《九峰樓課業》《存園課業》，在文更有《經佘堂自定義全稿》傳世。至於大文，「制科之文遍寰宇」，「時藝佳者不下數千首，多借刻他氏，其自訂而欲續刊者亦如干首」。〔註41〕他有一篇文章談到自己習制義的經歷，描述其在八股

〔註37〕儲欣：《禮執時文序》，《在陸草堂文集》卷五，《四庫存目叢書》集部第 259 冊第 484 頁。

〔註38〕儲方慶：《與周參議書》，《遁庵文集》卷一，《四庫未收書輯刊》第 7 輯第 26 冊第 23 頁。

〔註39〕宋犖：《遁庵文集序》，《遁庵文集》卷首，《四庫未收書輯刊》第 7 輯第 26 冊第 2 頁。

〔註40〕儲方慶：《八股存稿序》，《遁庵文集》卷二，《四庫未收書輯刊》第 7 輯第 26 冊第 47～48 頁。

〔註41〕儲郁文：《先仲兄畫山先生行狀略》，《宜興豐義儲氏分支譜》卷七之四，第 375 頁。

文寫作上逐步體悟的心路歷程：

> 予少承庭塾誨，日誦經史秦漢唐宋文，間治科舉文字，年十三差有省，十五學殖差進，二十又差有省……蓋於有明諸先正大家考索差遍，間摹大士、正希（金聲），又摹文止，又摹孟旋、若士（湯顯祖）、復所（楊起元），後摹熙甫（歸有光）、順甫（茅坤）……歲壬午（1702），館京口焦山寺，日昳時步削石湍潮間，倏悟曰：朱子不云爾乎？「百步外較射，唯顏子能中紅心，而夷惠不與焉。」夫守溪（王鏊）、荊川（唐順之）亦經義中射侯之執也。……歲壬辰（1712），復館淮陰，夏四月七日，夜漏下二十刻，再悟曰：經義參古文詞而神，業歧而二，有明作者，守溪其至矣！曩予於焦山得之矣，而神未全也。今而後，夫殆得全者幾矣！自此，識始畫一而齒行五十，重憚捉筆，殊不願朋諸少年試，知舊時來慰罍。……雖間被摧挫，亦輒作溫辭獎屬，不少鐫貶，以此知京口悟、淮陰再悟，而文輒再進，雅為射中紅心之準，其於讚瑣鈍耗，實了無所用，而或擬諸識途之馬、警夜之鶴，儻亦堅志場屋，士之所宜無忽也。〔註42〕

他學習寫作時文，是以古文為根基的，大約經歷了三個發展階段：第一階段是廣泛地揣摩和學習明代時文大家；第二階段是「焦山之悟」，以王鏊、唐順之為揣摩學習的重心；第三階段是「淮陰之悟」，以古文入時文，通過古文體悟時文之法，終而悟得時文之「神」。正因為有這樣的創作體悟，才會不被一時的遇合所困折，直到57歲那一年才高中榜首，為會元，會試主考官遂寧張鵬翮贊其卷曰：「真法度！真才情！」。他晚年在畫山樓課徒，左指右畫，頗得精要，「手錄定、待、閒、在、韻、室暨歷朝名稿闈牘共五千首目曰《明文透宗》」，在八股文批評史上佔有一席之地，他是宜興派作為清初重要八股文批評流派的傑出代表。

儲大文對從祖儲欣是頗為推崇的，並為之作傳，稱其為文「法」與「道」合，其實這也是他自己思想的表白，他在寫給郁士超（峻升）的一封信中說：

> 古之人商榷文藝，未嘗不合道與法而一之，如第聱牙其詞，作不類世俗語之句讀，而無與於道，至畔棄規矩而不自知，蓋古

〔註42〕儲大文：《自定臨場藝序》，《存研樓二集》卷九，《四庫未收書輯刊》第9輯第19冊第562～563頁。

之人所斥也。……兄性故沉甚，絕無少年喜事之習，度異日無易
此，而又時有所感慨，能自別於世之俯仰者，此近唐宋諸君子之
道也。若又得其思所措注，自成一本末了然於心，以具風雨煙雲
起變寂滅之勝，而又間規橅近世歸氏、魏氏之法，逶巡唐宋諸君
子之堂奧。而一旦坐臥之，然則其書之於冊，合於尺度，而為有
道者之言，以傳世行後，無疑也。風雅道喪久矣，幸得其人幾於
古之道與法者！〔註43〕

　　他認為，文章寫作當著力於「道」與「法」的相黏相合，而不是表現在字
句的「聱牙戟口」上。這裡，所謂「道」是來自現實的生活感慨，所謂「法」
是唐宋以來古文大家的文法。這一段話主要是針對古文而言的，不過，在他
看來古文與時文是相通的：「經義參古文辭而神，業歧而二，以古文為時文，
曷若為真正時文，此守溪、荊川所以冠冕一代也。」〔註44〕以古文的文法寫
作出來的時文，才是真正的時文，所以，對於從事時文的寫作者來說：「刻意
繕性，辭理合轍，此有道而文者所宜拳拳也」。〔註45〕「刻意繕性」指的是個
人「通經學古」的涵養，「養者，文之內，非若其他膚貌可以剿襲而得」；「辭
理合轍」講的是文辭與文理的統一，亦即上文所說的「道」與「法」合，其中
「道」當指四書五經所言之「理」，「經義」就是要疏釋闡發四書五經之「理」。
他說：「經義雅以疏明理奧為本，彞典經綸業落第二義，若核議暨論自《春秋
釋例發微》外，直無庸措意。」〔註46〕但是，在他看來，無論是攻時文者還
是習古文者，均當以通經學古為高，並能脫去謏聞之陋。「予年二十時，嘗蘊
是志，蘄折古今文之衷，俾工古文詞詩賦、工經義者無相排訾。」〔註47〕他
自己治學，便是為了通經致用，做到有補於世。「自諸經注疏、子史百家、歷
代名人文集暨稗官野乘，旁及佛書、道藏，咸所綜貫，而尤講求實學，蘄克有

〔註43〕儲大文：《復郁峻升》，《存研樓二集》卷十二，《四庫未收書輯刊》第9輯第
　　　　19冊第590頁。
〔註44〕儲郁文：《先仲兄畫山先生行狀略》，《宜興豐義儲氏分支譜》卷七之四，第375
　　　　頁。
〔註45〕儲大文：《與方靈皋》，《存研樓二集》卷十二，《四庫未收書輯刊》第9輯第
　　　　19冊第592頁。
〔註46〕儲大文：《答曹萼庭》，《存研樓文集》卷十六，《文淵閣四庫全書》集部第1327
　　　　冊第359頁。
〔註47〕儲大文：《與萬松齡》，《存研樓文集》卷十六，《文淵閣四庫全書》集部第1327
　　　　冊第362頁。

濟於世，上窮天文曆象，下考索方輿，自中國洪河巨山、重關保障外，及邊海諸荒徼，指畫其險夷、遠近、廣狹、堵截戰守之要，將綢繆未雨，為國家建千萬世不拔之安。」〔註48〕正如因為這樣，有的學者談到自己讀其文後的感受是，大文的古文和時文都體現了強烈的經世色彩：「讀其文者，如行異域而就熟徑，如登絕嶺而驟康莊，斯真班定遠（班超）之指南、李藥師（李靖）之韜略也。蓋先生嘗憤西域負固，擾我邊圉，故潛究墨訂，囊括山河，作《取道》上下篇；又憤章句之徒、介胄之士，不審天下大講，作《原勢》以下諸篇；至記、序、碑銘、雜文，亦皆牢籠古今，動搖山嶽。」〔註49〕也正因為這樣，他的文章在當時文壇即有廣泛的影響。

儲大文論文主張「以仁義之質，標古雅之神」，反對近世文章舒縱無節制的做法。他說：

> 前云近文苦舒縱乏節制，此近世以來科舉文古文通病，豈惟公安、竟陵無與於此，即號為得歐、曾遺法者，亦既合於和鸞鳴鑣之節，少所放軼矣！而圭峰（羅玘）不能節制其機，荊川不能節制其幹，鹿門不能節制其疏縱，震川不能節制其儒緩之習，袪斯眾蔽，庶幾遵巖，而又不能節制其刻畫古人之跡。歐陽文忠與子固論介甫文云，孟韓文雖高，不必似之，顧刻畫曾王，少能自振，蓋屈首受節制，而節制反疏者，此則遵巖之短也。……（魏）叔子文與朝宗侯氏並雄於今，而有制過之。叔子自敘云不名一家，其論文亦以為日蝕星變、山崩水湧，衡之所不能稱，石之所不能量，而推本言之，終無以自外於嘉靖間諸作者之旨。故其文差可師法，治科舉文亦可時時採服，以為舒縱者之藥石。〔註50〕

「無節制」，從正面言之，就是缺少涵養。「近日囂靡不振，所缺在養。養者，文之內，非若其它膚貌可以勦襲。」〔註51〕他一方面反對無節制，要

〔註48〕儲郁文：《先仲兄畫山先生行狀略》，《宜興豐義儲氏分支譜》卷七之四，第373～374頁。

〔註49〕瞿源洙：《畫山先生文集序》，沈粹芬《國朝文彙》乙集卷一六，北京出版社，1995年，第1651頁。

〔註50〕儲大文：《答萬鶴淒》，《存研樓文集》卷十六，《文淵閣四庫全書》集部第1327冊第357～358頁。

〔註51〕儲大文：《答吳霖蒼覲陽冠山胡坦中》，《存研樓文集》卷十六，《文淵閣四庫全書》集部第1327冊第360頁。

求重視「養」，以古文的文法補救其弊；另一方面又提倡「古雅」，主張重視「神」，亦即：「以仁義之質，標古雅之神」。〔註52〕何之謂「神」？他說：「夫比日擇言家亦嘗採《在》《閒》文韻態度，而變通杜、宋、艾、楊之定式矣，然而得其膚未得其神也。古語曰：人知神而神，莫知不神而所以神，是且了不異人意，適在不疾不徐若近若遠無畸過無畸不及之間。」「養」是針對於主體而言的，「神」是相對於主體而言的，是指涵蘊在作品中的氣味神韻。「所謂氣可養而致，而養者文之內，抑非若其他膚貌胥可勦襲得，夫惟神以帥氣者之雅，克凝霄宇而矗斗極邪！」〔註53〕在他看來，「神」亦即氣味神韻，當以「古雅」為宗：「夫神不古雅，雖有仁義之質，弗顯也，然神必待質而標。譬之月，質其明也，神其光也；未有明不生，而光克耀者也。譬之樹，質其幹也，神其華也；未有幹不立而華克滋者也。」〔註54〕他為吳冠山時文作序時，亦極推其時文之「雅」與「厚」，「雅」就是「古雅」，「厚」實為「養」的外在表現，「雅」與「厚」是便他對時文的美學要求。〔註55〕

重視「養氣」，推崇「古雅」，是從總體上來說的，至於時文的具體要求，他還就「機法」、「氣韻」、「虛實」等問題發表了意見。他說：

> 夫舉古人語暨詩律以論制義，不如舉先正之論制義者，為映徹
> 而易曉也。予擇明人書制義後語，尤肖時懋文者，曰：「如葉脫木，
> 如水赴壑」，此言機也。又曰：「玩其提點散落之妙，非動乎天機、
> 御以成法，安能以寸管作梨花槍也」，此言機法並敏，而要而歸於機
> 也。曰「氣如流雲」，此畸言氣也。又曰「氣恬而韻逸，嗅之如有嫣
> 香」，此言氣韻並勝，而要而歸於韻也。又曰「其徵實也，不輕下一
> 活字；其傳神也，不輕下一呆字」，此言虛實互參，去留互用，而要
> 而歸於題冗文節、題槁文靈也。〔註56〕

〔註52〕儲大文：《紹濂周子時文序》，《存研樓二集》卷九，《四庫未收書輯刊》第 9 輯第 19 冊第 562～563 頁。

〔註53〕儲大文：《答沈碻士》，《存研樓文集》卷十六，《文淵閣四庫全書》集部第 1327 冊第 361 頁。

〔註54〕儲大文：《楊符蒼制義序》，《存研樓二集》卷九，《四庫未收書輯刊》第 9 輯第 19 冊第 558 頁。

〔註55〕儲大文：《吳冠山時文序》，《存研樓二集》卷九，《四庫未收書輯刊》第 9 輯第 19 冊第 555 頁。

〔註56〕儲大文：《洪時懋時文序》，《存研樓二集》卷九，《四庫未收書輯刊》第 9 輯第 19 冊第 551 頁。

這幾大範疇是針對文章技法而言的，「機」講的是文章的「勢」，「法」是指作者對「勢」的靈活運用和變通；「氣」講的是文章的活力，「韻」是指這種活力的外在表現；「虛實」講的是題目和文章的關係，題實者文當虛，題虛者文應實，這樣才會使得文題相得益彰。

明代是八股文從形成走向極盛的關鍵時期，儲大文極為推重「明四家」，即以王鏊（守溪）、錢福（鶴灘）、唐順之（荊川）、瞿景淳（昆湖）為明代八股文的傑出代表。他說：

> 夫舉世競習八股，而知者實少。自明初解大紳、李西涯，法度寖備，至守溪王公益昌之。前輩序稿辭曰：「晴空灝氣，助其神明；名山大川，領其深致；繭絲牛毛，析其精理；行雲流水，蕩其天機。此千萬人胥睹記者也！」守溪而降，斷推鶴灘，馬君常曰：「鎔鑄經傳，變化無跡。」荊川推為本朝第一，良然，夫荊川文師守溪，而推鶴灘為第一，此當微參之。荊川嘗曰：「吾文已過關，薛仲常尚在將過而未過間。」茅鹿門謂：「唐多匠心而近於風雅，薛負奇才而聲出金石。」又嘗與仲常論文曰：「公於時藝可謂項羽鉅鹿之戰，惜乎兵律猶少，恐當讓荊川一步。」仲常為投筋而起，此語洞中要害，故仲常不得不投筋，而荊川所謂過關者亦差可窺見。瞿昆湖嗣響王唐，然小試久滯，洎公安靜悟有得，歲科試胥第一，而布政使司禮部試亦聯雋。嘗曰：「文實不同，而遇亦因之。」前輩序稿辭曰：「瞿之養淵然靜深，非關文字，故其堅剛之骨，清純之氣，時行於圓融粹美之中。」……得此論八股尤精微語，宜微參之，舉此四家，餘可例推。〔註57〕

這裡提到王鏊的貢獻是使八股文「法度」更趨完備，在他以前，明代八股文大多是直敘題面，敷衍經義，從他開始八股文已注重技法：「守溪自然算時文第一手。本是一極體貼講章，又創出許多法則。其安頓極好，而絕不見有巧處，此所以好。制科本意，不過如此，到如今，耐推敲者惟守溪。」〔註58〕正如當代學者所云，王鏊的文章開了後人無數法門，起伏、開合、呼應、虛實、正反之法無所不備，亦如鄭鄤所說「應有盡有，應無盡無，後有作者，

〔註57〕儲大文：《答吳霖蒼觀陽冠山胡坦中》，《存研樓文集》卷十六，《文淵閣四庫全書》集部第 1327 冊第 360 頁。

〔註58〕李光地：《榕村續語錄》卷十九，中華書局，1995 年，第 897 頁。

弗可及也」。〔註 59〕錢福少負異才，學識淵博，能隨意驅使經典史傳，亦即馬世奇所說的「鎔鑄經傳，變化無跡」，他對八股文的重要貢獻是化才情入法度：「鶴灘之文，發明義理，敷揚治道，正大醇確，典則深嚴，即至名物度數之繁，聲音笑貌之末，皆考據精詳，摹畫刻肖，中才所不屑經意者，無不以全力赴之。」〔註 60〕接續錢福的有唐順之和薛應旗，前者恪守道統，以古文為時文，援唐宋古文之法入於八股文，俞長城稱其「文似東坡，法律本守溪」；後者受王學影響較深，為文出奇制勝，並不遵依朱注，這就是茅坤所說的「薛負奇才而聲出金石」；但從法律嚴整的角度看，薛應旗不及唐順之，唐順之說「薛仲常尚在將過而未過間」，大約應該是指此。瞿景淳雖為王鏊、唐順之之嗣響，但又吸引了公安派「靜悟」之法，因而形成了一種「調息凝神，涵養性靈」的思想，瞿氏曾說：「吾自靜養百日以後，始覺夜氣清明，良心漸復，然愈不敢不加意收斂……故執筆為文，能言乎人所不及言，發人所未及發，我之勝於人者以此，人之不及我者亦以此。」〔註 61〕在儲大文看來，沿著「四家」而下，則有以豫章四俊為代表的「西江派」：「經義正宗，首尊守溪、鶴灘，荊川得之鶴灘，昆湖獨得之守溪，而西江鄧文潔公又得之昆湖，胥以清深靜悟為宗，以遞傳至泗山鄒氏、文止羅氏。今觀東鄉艾氏定待評權語，暨大士陳氏文止經義序，所謂『以仁義之質，標古雅之神』，品尤尊而可貴者。蓋以其為瞿、鄧正宗而彌尊之。」他對晚明西江派有較高的評價，是要吸取西江派之長，並與吳中地區諸文派相會通：「當西江以豫章社鳴，時吳郡復社西銘、受先二張氏，復庵楊氏、吉士錢氏，文胥敦雅，故婁東之派，獨為豫章、雲間、金沙、萊陽五派正宗，而復社實始於松陵。」〔註 62〕

四、儲掌文：原文儒書，恪宗先正

　　傳儲欣之衣鉢者尚有儲掌文，掌文（1687～1770），字曰虞，又字越漁，號雲溪，儲芝長子，儲欣之孫，由邑廩生中試康熙丁酉（1717）舉人，乾隆丙

〔註 59〕鄭鄠：《明文稿彙選序》，《崒陽草堂文集》卷七，《四庫焚毀叢書》集部第 126 冊第 372 頁。

〔註 60〕俞長城：《可儀堂一百二十名家制義》，《錢鶴灘稿》卷首「題識」，清康熙刻本。

〔註 61〕郁熙灝：《時文小題約鈔》卷首「論文」，清同治九（1870）年刻本。

〔註 62〕儲大文：《純仁任子時文序》，《存研樓二集》卷九，《四庫未收書輯刊》第 19 冊第 559 頁。

寅（1746）選授四川納溪縣知縣。「公甫離髫齔，已能握管咿唔，出語驚其長老。在陸公喜，益授左、國、史、漢、八家文，業乃大進。」〔註63〕乾隆初，宜興地區有荊南社，其中，「荊南三子」名冠一時，儲掌文以少年馳逐其間，聲望實不相上下。「為制義出入經史，震盪炳耀，才氣無雙，歸於典則；古文義法，具有淵源，雄邁如孟堅，質健類子固；晚近以來，莫有能比。」掌文自納溪知縣卸任後，掌教瀘洲錦江書院，越三年，返鄉授徒，先後坐館於白沙洪氏、廣陵程氏。「蓋一生為人士師日居多，亦如在陸先生文章之衣被海內，傳授無窮，皋比談經，誨人不倦，其風流殆未艾矣！」〔註64〕

儲掌文亦以八股文鳴於時，自謂：「少承祖訓，出則與諸文士相劘切，頗用力於時文，至古文則門仞未窺，何論堂奧？雖自《左》《國》以下，洎中唐北宋諸大家多所誦肄，只取以供時文作料，要無敢縱筆效顰。」〔註65〕正如其祖在陸先生一樣，他是以古文為時文寫作之料的，據說儲欣的《唐宋八大家類選》，就是專為教授他而編選的，他的時文亦鮮明地體現了古文的文法：「先生少工制舉，兼治古文，第因令甲所在，專以房行試牘為教授，而不遽及古文。然亦時取《左》《國》《史》《漢》唐宋大家之文相浸灌，則又未嘗不以古文餉遺也，故遊其門者，每於時文中得古文之趣。」〔註66〕他不僅以古文文法融入時文，還以古文義理闡釋時文，並以韓愈「文無難易，惟其是耳」的理論解說時文。他說：

> 凡論為文之道，莫備於昌黎氏之書，其要旨則曰：「無難易，惟其是耳。」

何謂「惟其是」？他在評任暢亭時文時說：「今獲睹全稿，難並美具，未易悉數。大約理實則融貫儒書，議論則錯綜經史，波瀾意度則出入於《左》《國》《史》《漢》、中晚唐北宋諸家，而按之時文矩矱，復不失尺寸，余不敢攀援古昔，謂其於前明諸巨公，宗仰者何派，酷肖者何人，第曰：『文如是！』」〔註67〕

〔註63〕儲麟趾：《雲溪公傳》，《雲溪文集》附錄，《四庫存目叢書》集部第267冊第659頁。

〔註64〕吳華孫：《儲雲溪先生傳》，《雲溪文集》附錄，《四庫存目叢書》集部第267冊第659頁。

〔註65〕儲掌文：《雲溪文集自敘》，《雲溪文集》卷首，《四庫存目叢書》集部第267冊第485頁。

〔註66〕程徵榘：《凡例》，《雲溪文集》卷首，《四庫存目叢書》集部第267冊第486頁。

〔註67〕儲掌文：《任暢亭自定義稿序》，《雲溪文集》卷三，《四庫存目叢書》集部第267冊第582頁。

所說時文的「惟其是」，也就是不逐時趨，不以他人之是非為是非，亦即：以儒書為其理，以經史為其論，以秦漢唐宋諸家為其法，也就是他在評價王鏡溪時文時所說的「理精法密，詞煉氣昌」。他說：「今觀公（指王鏡時）文，不為苟難，亦未嘗出之太易，而取心注手，若或相之，當丙午、丁未後，間亦追逐時好，規仿墨裁，要以理精法密，詞煉氣昌，無一不歸於至是而後已。」〔註68〕至於「理精」、「法密」、「詞煉」、「氣昌」的具體內涵，他在評價王鏊時文時有一個比較生動形象的解釋：「逮吾吳王文恪公出，然後布帛菽粟者其理，周規折矩者其法，日星河嶽者其氣，精金良玉者其辭，譬若詩家之少陵，擬諸周公製作，嗚呼，盛矣！」〔註69〕在他看來，「惟其是」其實就是「求其真」，闡明經傳之「微言」，發為事理之「極致」。他為張景雲時文作序時說：「余觀先生文春容寬博，乍讀之，似無非常可喜者，再三讀之，乃知其原本儒書，為真理；實恪宗先正，為真法脈；出入韓蘇，折衷古六藝，為真氣魄，真才情。子韓子論文曰：『無難易，惟其是耳！』余亦曰：『無平奇濃淡，惟其真耳！』」〔註70〕「原本儒書」就是以四書五經為其理，「恪宗先正」就是以明代制義大家為師法對象，「出入韓歐，折衷古今」就是要吸收古文文法並把它靈活地運用到時文的寫作上，如果達到上述三點要求，所作就自然會進入「惟其所是」的境界。

他不滿當時文場因追逐時風，而墮入「貪常嗜瑣」、「驚險趨奇」之途，指出：「近操觚家，指趣分馳，弊病百出。貪常嗜瑣，則多塵飯土羹之談；驚險趨奇，則涉牛鬼蛇神之貌。質諸大雅，均無取焉。」〔註71〕在他看來，當時科舉文場，有的偏於瑣碎，有的偏於奇險，之所以會出現這種情況，與主考官的好惡有較大的關係，其好惡往往能起到轉移文場風氣的效果。

> 余惟時文一道，前朝用以取士，而昭代因之。闡明經傳之微言，發為事理之極致，視詩賦論策，固當遠勝。而有司者好惡，出於其心，往往轉移風氣於一日之間，而亦為風氣所轉移於三年或十年之後，遞相仿傚，亦互相譏訶。所尚或在空靈也者，沿而

〔註68〕儲掌文：《王鏡溪時文稿序》，《雲溪文集》卷三，《四庫存目叢書》集部第 267 冊第 574 頁。

〔註69〕儲掌文：《王鏡溪時文稿序》，《雲溪文集》卷三，《四庫存目叢書》集部第 267 冊第 574 頁。

〔註70〕儲掌文：《張景雲時文序》，《雲溪文集》卷三，《四庫存目叢書》集部第 267 冊第 579 頁。

〔註71〕儲掌文：《王鏡溪時文稿序》，《雲溪文集》卷三，《四庫存目叢書》集部第 267 冊第 574 頁。

甚焉，幾於束書不觀；一變而沉實，則又失之彭亨菌蠢矣。所尚
或在刻琢也者，沿而甚焉，幾於乘車入穴；一變而鮮濃，則又失
之偽採淫聲矣。當其未變，卷若著龜；及其既變，棄猶芻狗；楚
固失之，齊亦未得。大都追逐時好，而真宰不存，其無當於古作
者立言之旨，則一也。〔註72〕

　　在他看來，無論是空靈抑或沉實，是刻琢抑或鮮沈，都有其弊，其故何
在？這就是「追逐時好，真宰不存」，也就是背離了「古作者立言之旨」，亦
有悖「闡明經傳之微言，發為事理之極致」的要義。因此，他對於那些不逐
時風，以「惟其是」而是求的科場寒士，在多處表達了其敬佩之心和表彰之
意。如張景雲當其屢舉不第，有人勸其以貶技求合於時趣，他卻掉臂獨行，
始終自守而不失故吾，「用克延草堂（指儲欣）一線之傳，以追隨於震川、
思泉、荊川、萊峰諸老先生之列，其足以信人而傳後無疑也」。〔註73〕又儲
龍光為文，或含毫欲腐，或振筆疾書，一以丰骨神味為主，沉思獨往，擺脫凡
近，抉精剔華。「其到古人昌黎氏所稱克自樹立不因循者，君是也。」〔註74〕
還有荊南四子，張朱銓（閬賓）之文，「天才豔發，脫口如生」；吳端升（容
川）之文，「沉思獨往，刻露清秀」；周道存、周紹濂則原本六經，銜華佩實，
而前者以密麗勝，後者以雕琢勝，其天賦又有不同者；「此四者，皆斷然為
一家之文也」。〔註75〕因此，在他看來，時文水平的高下並非取決於科名，
而取決於它是否「自樹一家」「惟其是而已」，亦即能否做到「闡義理」、「窮
物態」。他說：「夫自前明以來，尤榮進士科，至文章高下，初不係是。文之
高者，必能闡義理之精微，窮事物之變態，取材於經，取氣於古，取法於先
輩大家，而又自具鍾爐，不躡故跡，乃足以名當時傳後世。」〔註76〕在他看
來，如果能在取材、取氣、取法等方面，既能得力於「先輩大家」，並能自

〔註72〕儲掌文：《張景雲時文序》，《雲溪文集》卷三，《四庫存目叢書》集部第 267
　　　　冊第 579 頁。
〔註73〕儲掌文：《張景雲時文序》，《雲溪文集》卷三，《四庫存目叢書》集部第 267
　　　　冊第 579 頁。
〔註74〕儲掌文：《正蕃堂稿序》，《雲溪文集》卷三，《四庫存目叢書》集部第 267 冊
　　　　第 587 頁。
〔註75〕儲掌文：《周道存時文序》，《雲溪文集》卷三，《四庫存目叢書》集部第 267
　　　　冊第 577 頁。
〔註76〕儲掌文：《藥坡弟時文稿敘》，《雲溪文集》卷三，《四庫存目叢書》集部第 267
　　　　冊第 589 頁。

成一家，形成自己的風格，則自足以流傳後世，成為流傳千古的名篇佳作。「夫文章千古，得失寸心，外來得失，殊非寸心所克定。唐之羅隱、方干，宋之蘇洵、李廌，明之元長、房仲、思曠、吉士諸先生，其艱於一第猶是也……但自問其文有可以信今而傳後，斯足矣！而何怨乎天，何尤乎人哉！抑聞之，伏波將軍之言曰：『窮且益堅，老當益壯。』以余所見，大器晚成，往往而是。」〔註77〕

　　值得注意的是，儲掌文對八股文理論的探討，還從一般性的章法討論，上升為對其規律性問題的總結和歸納。他認為，一個人文章成就的高下，還與他的家學淵源、師友砥礪以及地域傳統密切相關。所謂「家學淵源」，就是一個家族長期以來形成重文尚學的傳統，這一傳統在江南地區表現得尤為突出。比如，吳中王氏素以文章擅天下，先有王鏊，後有王世琛（康熙壬辰科狀元）：「今川南觀察使鏡溪公，文恪之九世孫，而殿元之仲子也。胚胎前光，早露頭角，成童握管，即激賞於吳寶崖、秦龍光諸先生，弱冠遊齊魯，遊燕京，所交皆當代名流，浸灌摩揉，益宏以肆……及發其藏稿讀之，鏗鏘輝煥，有非憔悴專一之士所能與較其毫釐分寸者，夫乃歎家學淵源，真傳一線，不可誣也。」〔註78〕在談張景雲時文時也談到，他的父親慶之翁和他的季父宣之翁，都曾師事儲欣，隸籍草堂，工文善書，稱高弟子。「先生稟承家學，自少迄壯，不名他師，蓋一線淵源，所從來者遠矣！」〔註79〕又談到任暢亭時文時指出，任氏家族有著悠久的家學傳統，從任元祥到任啟運再到任暢亭一脈相承：「任氏故多材，曩者王谷先生（任元祥），工制義，兼工詩古文辭，入郡國儀社，爭推祭酒。余所及見則釣臺先生（任啟運）最焯著，湛深經學，制義亦絕工。……吾友暢亭，少食貧，刻苦力學，出其文於筆硯之伍，讀之或舌橋不能下，獨先君子雅相激賞，目為樂安氏第一。」〔註80〕還有，師友的砥礪也是不可忽視的重要因素之一，在明末清初有儲欣主持宜興文壇的，而後又

〔註77〕儲掌文：《許湯陳時文敘》，《雲溪文集》卷五，《四庫存目叢書》集部第 267
　　　　冊第 656 頁。

〔註78〕儲掌文：《王鏡溪時文稿序》，《雲溪文集》卷三，《四庫存目叢書》集部第 267
　　　　冊第 574 頁。

〔註79〕儲掌文：《張景雲時文序》，《雲溪文集》卷三，《四庫存目叢書》集部第 267
　　　　冊第 579 頁。

〔註80〕儲掌文：《任暢亭自定義稿序》，《雲溪文集》卷三，《四庫存目叢書》集部第
　　　　267 冊第 581～582 頁。

有儲大文成為康熙文壇的領袖，到儲掌文生活的雍正乾隆時期，宜興地區又有麗社和荊南社等文社，這兩個文社的活動時間大約在乾隆末年。他回憶說：「余年十五六，奉先君子命，出與邑中諸英俊遊，相切靡以文字，初訂八人，後廣為十四人，命曰麗社，每月一課，循而行之，凡七八年。……方麗社之集也，長者甫逾弱冠，少者裁十餘齡，時俱應童子試，不數年，相繼遊庠，里中頗以為絕盛！」〔註81〕又云：「憶余年十六七，出與邑中諸文士訂麗社，其十有餘人，最長者為雙南徐兄，張兄景雲次之，蓴齋最少。……當課文日，向晨畢集，務罄一日之長，比脫稿，則互相激賞，亦不廢箴砭，既乃劇飲淋漓，談諧雜作。蓴齋恒與徐、吳數子即席賦詩，醉後更蹋臂連吟，步月蛟橋南北，興盡然後返，一時友朋萃處之樂，豈不盛哉！」〔註82〕又憶荊南社云：「往者，當康熙丁亥（1707）、戊子（1708）間，吾邑舉荊南社，匯耆英十數人，講學論文，與吳門、金沙相應和。時先君子（儲芝）齒加長矣，率余小子追陪其間，而意中所推服則張丈閬賓、吳外兄容川，道存、紹濂兩周先生為之甲。……社之課，月一舉，先期一日，次第集司會者家，尊酒談燕，極歡乃罷，黎明，各就研席，窮日之力，或焚膏繼之，抽秘騁妍，千匯萬狀，而四君子者實為之甲。」〔註83〕大約在這同時，儲掌文還在喬氏存園結社：「壬癸（1712～1713）間，我方假館喬氏，介喬子渭璜以請，爰定師友交。當是時，諸名流翕集，如王子聞、汪子曲江輩十餘人，皆晨夕過從，相切劘以文字，蘄力古人而從之。既而大會二里橋之存園，園主人蛟臺吳先生邀余主盟，競秀爭奇，目不給賞，是秋多入轂者。」〔註84〕他們通過結社，既有文酒之會，更有砥礪之效，因此，在江南地區文人結社，便成為一種常態，成為一種風尚，成為一種傳統。不僅如此，一地之人文傳統還會影響到其文風的發展走向，他非常自豪地談到自己家鄉宜興所在的蘇南地區優越的地理環境和人文風尚：「吳越人文甲天下，越之有杭嘉湖，猶吳之有蘇松常鎮也，而常湖兩郡，介震澤而居，風氣雅

〔註81〕儲掌文：《張景雲時文序》，《雲溪文集》卷三，《四庫存目叢書》集部第 267 冊第 578 頁。
〔註82〕儲掌文：《史蓴齋時文稿序》，《雲溪文集》卷三，《四庫存目叢書》集部第 267 冊第 580 頁。
〔註83〕儲掌文：《周道存時文敘》，《雲溪文集》卷三，《四庫存目叢書》集部第 267 冊第 577 頁。
〔註84〕儲掌文：《許湯陳時文敘》，《雲溪文集》卷五，《四庫存目叢書》集部第 267 冊第 656 頁。

相類，自前明迄今日，大家名家，先後相望，即五尺童子，操觚挾冊，皆斐然有意於古文，非獨地靈使然，益師友淵源所漸摩者深矣！」〔註85〕當然，他更在多處提到自己的家鄉宜興地區的人文傳統，他說：「吾邑山水甲常郡，秀靈之氣，磅礴鬱積，能文士往往出於其間！」〔註86〕哪怕是未能取得功名的寒素之士，在古文和時文上也毫不遜色，所謂「今海內人文之盛，首推江左，輒齒及吾邑。在吾邑，亦復齒及寒宗。」比如自己的儲氏家族，自唐開元御史公儲光羲，肇開文學，歷宋元明，一線綿延，至本朝而益著。「吾宗能文之士代有，在前明則明經忝菊公、翼子公、九斿公，國初則文學耀遠公、君宜公、研田公、允文公，康熙中則明經遠聞公、宛若公、虞庠少白公、孟為公、志讓公暨先君子，皆號江左宿儒。」〔註87〕此外，還有延陵吳氏，「匪真科名接武，其窮而在下，號文壇飛將者，往往有人。……余耳目所及聞見，與先大父同應歲科試，遞為甲乙；時則有若寶成先生綸，與先君子同研席，互相推致，恪守草堂一線之傳；時則有若紹文先生嗣蕭、又葵先生罻、子昭先生麟徵，與余年相亞，稱文字莫逆交；時則有若書聯君紱初，思石君元豹、景文群俊華；後起則起劉君健、於上君庸建，亦為一時之秀。」〔註88〕從這幾個方面看，儲掌文對於八股文的認識，實際上是從更宏觀的角度亦即家庭、師友、地域等，深入到對八股文創作現象進行規律性的分析和探討了。

通過上述分析討論，大約知道，清初宜興文派發展的實際情況及其主要的時文觀：（一）這是一個儲氏家族成員為核心，包括宜興地區其他文人在內組成的，一個以古文為時文的文章流派，他們在時文寫作上是「鑄唐宋以探秦漢之精，採天崇以化正嘉之貌」；（二）他們認為古文與時文應該相濟為用，古文與時文各有其美。時文是「鮮肉」，有時效性；古文則是穀種，有恆久性；對古文的學習能起到提高時文寫作水平的積極效果；（三）他們認為文章的寫作不能追逐時風，隨人隨時俯仰，而應該是「惟其是而已」，亦即「求古者立

〔註85〕儲掌文：《陳宅三時文敘》，《雲溪文集》卷三，《四庫存目叢書》集部第 267 冊第 576 頁。
〔註86〕儲掌文：《湯弘敷時文序》，《雲溪文集》卷三，《四庫存目叢書》集部第 267 冊第 583 頁。
〔註87〕儲掌文：《藥坡弟時文稿序》，《雲溪文集》卷三，《四庫存目叢書》集部第 267 冊第 589 頁。
〔註88〕儲掌文：《吳懷青遺文敘》，《雲溪文集》卷三，《四庫存目叢書》集部第 267 冊第 582～583 頁。

言之意」，「闡明經傳之微言，發為事理之極致」；（四）他們對於寒素之士的「求其是」給予了表彰，批評了追逐時風的圓熟、平滑、貪常嗜瑣、驚奇逐險之作；（五）他們認為文章成就的高低與科場窮達沒有必然聯繫，文章自是文章，科舉自是科舉，不能以科場的順達作為文章評判的標準，而應以是否「理精法密，詞煉氣昌」為標準；（六）他們還認為一個人文章成就的高下，與他的家學淵源、師友砥礪以及地域傳統密切相關。

第二節　桐城方氏八股文批評

正如上文所說，康熙中期以後的八股文壇，以韓菼為起點，開始確立起「清真雅正」的文章正宗，又以桐城方氏、金壇王氏、宜興儲氏三家時文為其盛，它們是當時最有影響的三大文派。「自韓長洲後，江左文派有三：得皖桐而高，得義興而厚，得金沙而細。」〔註89〕在這三大文派之中，方舟、方苞代表了「以古文為時文」一派。特別是以方舟、方苞為代表的桐城方氏，為明清時期著名的文化望族，家族中方以智是明末清初著名學者，方舟、方苞以文章著於世，方苞更是清代古文流派桐城派的開山祖師。「自方苞、劉大櫆繼起，而古文之道乃大明。」〔註90〕方犖如與方舟、方苞是同時代人，雖與二方不是方氏同一支系，但方犖如、方舟、方苞皆以時文名天下，後人將三人之文合刊為《三方合稿》。〔註91〕方犖如亦視方舟、方苞昆季為方氏一家，以「吾家」稱之。三人多有書信往來，方犖如文集中即有多封《與靈皋二兄》書信〔註92〕，相與商榷經史，及砥節勵行、修身體道之事，故本節將方犖如併入桐城方氏合論其八股文批評。

一、方氏的學緣與文章

方以智、方舟、方苞所在的方氏家族是桐城「桂林方」之後裔，所謂「桂林方」，乃是取「蟾宮折桂，比立如林」（語出《晉書》）之意，喻其家族人

〔註89〕何雨厓：《題王耘渠稿》，梁章鉅著，陳居淵校點《制義叢話》卷十，上海書店出版社，2001 年，第 188 頁。

〔註90〕徐珂：《清稗類鈔》第 8 冊，中華書局，1986 年，第 3884 頁。

〔註91〕徐珂：「後人以其昆季之文，與淳安方犖如文合刊，謂之《三方合稿》。」（《清稗類鈔》第 8 冊，第 3897 頁）

〔註92〕參見方犖如：《集虛齋學古文》，《清代詩文集彙編》第 228 冊，上海古籍出版社，2010 年。

才輩出，奕葉流芳。

　　方以智是「桂林方」第十四世，方舟、方苞乃第十六世。方氏始祖號德益，於宋、元之際由休寧遷桐城縣鳳儀坊。「德益生秀實，為元彰德主薄。秀實生謙，為元望亭巡檢。謙生圓，為元宣使。圓生法，明建文元年舉於鄉，為四川都司斷事。永樂初，不具賀表被逮，行至望江，自沉於江，事載《明史》。法生懋。」〔註93〕懋生琳、瑾。方以智為琳一支所出，方舟、方苞為瑾一支所出。琳生印，為明浙江天台知縣。印生敬，敬生祉，為明郡庠生。祉生學漸，為明鄉貢士。學漸生大鎮，為明大理寺左少卿。大鎮生孔炤，崇禎朝湖廣巡撫，孔炤生方以智。〔註94〕瑾，成化元年舉於鄉。瑾生圭。圭生綱，為明國子監生。綱生夢暘，為明南安縣丞。夢暘生學尹，為明縣學生。學尹生大美，大美字黃中，號沖含，萬曆十四年進士，官至太僕寺少卿，乃方舟與方苞高祖。曾祖諱象乾，字廣野，號聞庵，明恩貢生，官按察司副使，備兵嶺西左江。明季避亂，僑居江寧府上元縣由正街，後移居土街。祖諱幟，字漢樹，號馬溪，歲貢生，有文名，官蕪湖縣學訓導，遷興化縣學教諭。父仲舒，字南董，號逸巢，國子監生。好讀書，胸無畦畛。與黃岡杜于皇濬、杜蒼略岕，同里錢飲光澄之、族祖岙山文諸先生唱和，以遺逸名。〔註95〕

　　方以智（1611～1671），字密之，號曼公、浮山愚者等，崇禎十三年（1640）進士，明崇禎朝進士、翰林院編修、定王講官；永曆朝曾拜為內閣大學士，雖不就，人亦以「閣老」稱之。明亡後，誓不仕清，易服為僧，皈依曹洞宗。早年方以智以文章名天下，精音韻，亦工詩畫，又精於天文、地理、生物、醫藥之科學。一生著述甚豐，多為科學著作，詩文方面有《方密之詩鈔》《浮山文集》《方子流寓草》傳世。密之生平以氣節自負，學問自許，博聞大雅，高風亮節。成年時，慕司馬遷汗漫九垓，載籍泛舟，雲遊東南，遍訪藏書大家，博覽群書，交友結社，砥礪文詞。明末桐城遭兵，他流寓南京，潦倒詩酒。早年與侯方域、陳貞慧、冒襄同主復社，裁量人物，諷議朝局，人稱「明末四公子」。方以智一生不以科舉文章為意，然其時文亦工，文集多有論科舉時文，

〔註93〕蘇惇元：《方苞年譜》，載劉季高校點《方苞集》附錄一，上海古籍出版社，1983，第865頁。
〔註94〕參見《康熙安慶府桐城縣志》《道光續修桐城縣志》、方昌翰《桐城方氏七代遺書》、馬其昶《桐城耆舊傳》。
〔註95〕蘇惇元：《方苞年譜》，載劉季高校點《方苞集》附錄一，上海古籍出版社，1983，第865頁。

其文關乎世教，有經世之志。

　　方舟（1665〜1701），字百川，清諸生。方舟以時文名天下，然不以文章之能為意，認為為學當有用於世，故不屑於章句小儒，為人「性孤特，而內行篤修」〔註96〕。喜讀史書與兵書，少時，「遇兵事，輒集錄，置袷衣中，議其所由勝敗。暇則至大澤，與群兒布勒左右為陣法，時三藩逆亂、比邑旱蝗，憂之或廢寢食」〔註97〕。方舟不滿自為文，於死前數日悉焚所論著，「僅《廣師說》一篇，存文懿所。文懿曰：『雖退之莫能尚也』」〔註98〕。方舟以諸生終其一生，方楘如曾感慨方舟之不遇，英年早逝，「為經生藝如百川，亦極難耳。然百川卒困一經，喀喀然不得至四十以死」〔註99〕。方楘如認為應以方舟文章為軌範，引領風氣，「宜顯百川以懸眾間，如十仞之臺，聞聞見見，使知所治者不必愈下，所獲者亦不必愈多。如是，即風氣日上可望……為經生藝者，亦何憚不追百川而從之也？」〔註100〕可知方舟文章之高。

　　方苞（1668〜1749），字鳳九，一字靈皋，晚年自號望溪，學者稱望溪先生，康熙四十五年（1706）進士。方苞著有《周官辨》《周官集注》《周官析疑》《春秋通論》《春秋直解》《禮記析疑》《喪禮或問》《儀禮析疑》《春秋比事目錄》《左傳義法舉要》《史記注補正》《離騷正義》，《通志堂宋元經解》《望溪文集》。方苞以學問文章名天下，曾因戴名世南山案下獄，後得李光地等人力救，雍正帝硃諭：「戴名世案內，方苞學問天下莫不聞，可召入南書房。」〔註101〕遂以白衣入值南書房。而後，開始他三十餘年的仕官生涯，曾充任武英殿修書總裁、翰林院侍講、內部學士兼禮部侍郎等職，直到七十五歲才告老還鄉。

　　自幼時，方苞就由父親、兄長授經史、古文，「五歲課章句，稍長治經書、

〔註96〕 李元度：《方望溪侍郎事略（兄舟）》，《國朝先正事略》卷十四，嶽麓書社，
　　　　　1991 年，第 416 頁。
〔註97〕 李元度：《方望溪侍郎事略（兄舟）》，《國朝先正事略》卷十四，嶽麓書社，
　　　　　1991 年，第 416 頁。
〔註98〕 李元度：《方望溪侍郎事略（兄舟）》，《國朝先正事略》卷十四，嶽麓書社，
　　　　　1991 年，第 416 頁。
〔註99〕 方楘如：《百川先生遺文序》，《集虛齋學古文》卷七，《清代詩文集彙編》第
　　　　　228 冊，第 637 頁。
〔註100〕方楘如：《百川先生遺文序》，《集虛齋學古文》卷七，《清代詩文集彙編》第
　　　　　228 冊，第 637 頁。
〔註101〕李元度：《方望溪侍郎事略（兄舟）》，載《國朝先正事略》卷十四，第 416 頁。

古文，吾父口授指畫焉」〔註102〕，「兄舟為講諸經注疏，相與博究群書」〔註103〕，「少長，先兄為講《注疏大全》，擇其是而辨其疑。凡《易》之體象，《春秋》之義例，《詩》之諷喻，《尚書》《周官》《禮記》之訓詁，先儒所已云者，皆粗能記憶」〔註104〕。方苞之學問，乃由方舟所引導，「望溪治古文，詁諸經，皆先生發其端」〔註105〕。方父為勉子專心於經學，恐分散精力，不令其作詩，據載：方舟昆季「偶竊效為詩，父恐耗有用之心力，止之遂絕，意不復作」〔註106〕，遂將全部心思心力皆用於經學。方苞不喜亦不用心於時文，但從小就接受過時文的技巧訓練，四歲時，父以「雞聲隔霧」命對，即應曰「龍氣成雲」〔註107〕，這正是時文對偶的要求。

　　方舟、方苞昆季對時文並不熱衷，只是因家貧為謀生計，而坐館授徒教人作時文，遂以時文名天下，卓然名家，方舟「所為時文，自其同時以逮沒後二百餘年，天下學子皆誦習」〔註108〕。方苞二十二歲以《孟獻子曰　一節》一文獲歲試第一，二十三歲鄉試文因觸時忌而不售，但其文為考官廖騰煃大為讚賞，梁章鉅《制義叢話》載有此事，「張惕安曰：方望溪先生以庚午科掄元，《先進於禮樂》章文，至今熟在人口，以二三一場觸時忌，遂置之。房師為將樂廖蓮山滕煃，以能賞此文知名於後世」〔註109〕。方舟、方苞昆季的時文還得到了前輩大家李光地、韓菼等人的賞識。韓菼（慕廬）見方舟之文，歎曰：「二百年無此也。」〔註110〕評方苞文云：「義理則取鎔六籍，氣格則方駕韓、歐。」〔註111〕方苞二十四歲遊太學，拜李光地，李光地贊其文曰：「韓、

〔註102〕方苞：《臺拱岡墓碣》，載劉季高校點：《方苞集》卷十七，上海古籍出版社，1983 年，第 491 頁。

〔註103〕李元度：《方望溪侍郎事略（兄舟）》，《國朝先正事略》卷十四，第 416 頁。

〔註104〕方苞：《與呂宗華書》，載劉季高校點：《方苞集》卷六，上海古籍出版社，1983 年，第 159 頁。

〔註105〕李元度：《方望溪侍郎事略（兄舟）》，《國朝先正事略》卷十四，第 416 頁。

〔註106〕李元度：《方望溪侍郎事略（兄舟）》，《國朝先正事略》卷十四，第 416 頁。

〔註107〕李元度：《方望溪侍郎事略（兄舟）》，《國朝先正事略》卷十四，第 416 頁。

〔註108〕馬其昶：《桐城耆舊傳》，黃山書社，1990 年，第 302 頁。

〔註109〕梁章鉅著，陳居淵校點：《制義叢話》卷十，上海書店出版社，2001 年，第 180 頁。

〔註110〕方苞：《兄百川墓誌》，載劉季高校點《方苞集》卷十七，上海古籍出版社，1983 年，第 496 頁。

〔註111〕《諸家評論》，方苞著，劉季高校點《方苞集》附錄二，上海古籍出版社，1983 年，第 901 頁。

歐復出，北宋後無此作矣。」〔註112〕遂名噪京師。方苞名雖早達，但本人屢試不中，三十二歲才中鄉試，三十九歲第三次應會試中禮部第四。方苞本人的經歷加上對身邊友人不遇的感慨，加深了他對文章自文章、科舉自科舉的認知，亦是他無意於時文的原因之一。

方槃如曰：「靈皋雅不愛今時文，而愛靈皋者，率以今時文。」〔註113〕方苞雖以時文名天下，但於此並不為意，甚至於古文亦不以為意，而是著意於經學。這與他自己的行身祈向、學問追求和友人的勸誡有關。萬斯同曾語方苞曰：「子於古文，信有得矣。然願子勿溺也！唐、宋號為文家者八人：其於道粗有明者，韓愈氏而止耳；其餘則資學者以愛玩而已，於世非果有益也。」〔註114〕自此以後，方苞「輟古文之學，一意窮經」〔註115〕，「凡先儒解經之書，公一一詳究，乃知窮理之精，未有如宋五子者也，遂深嗜而力探焉」〔註116〕。方苞為學致力於探究經義，論文則主載道，「一以宋儒為宗，其說經皆推衍程朱之學，所尤致力者，春秋三禮也。論文嚴於義法，非闡道翼教、有關人倫風化不苟作。凡所涉筆，皆有六籍之精華寓焉。讀其文，知其篤於倫理，有中心慘怛之誠。蓋皆其宅心之實與人之忠隨所觸而流焉者也」〔註117〕。方苞以經學之淺深為標準衡量唐宋八家之文，「對待古文，就像對待學術」〔註118〕。唐宋八家中，方苞認為除韓愈之文粗明於道能有益於世以外，其餘諸人經學根柢並不深厚。方苞獨尚韓愈，乃是因為韓愈以經為本而作文的思想。「行之乎仁義之途，遊之乎《詩》《書》之源」〔註119〕。方苞評其「所以能約六經之旨以成文，而非前後文士所可比也」〔註120〕。

〔註112〕蘇惇元：《方苞年譜》，載劉季高校點《方苞集》附錄一，上海古籍出版社，1983年，第869頁。

〔註113〕方槃如：《靈皋文稿後書事》，《集虛齋學古文》卷二，《清代詩文集彙編》第228冊，第561頁。

〔註114〕方苞：《萬季野墓表》，載劉季高校點：《方苞集》卷十二，上海古籍出版社，1983年，第332頁。

〔註115〕李元度：《方望溪侍郎事略（兄舟）》，載《國朝先正事略》卷十四，第416頁。

〔註116〕李元度：《方望溪侍郎事略（兄舟）》，載《國朝先正事略》卷十四，第416頁。

〔註117〕李元度：《方望溪侍郎事略（兄舟）》，《國朝先正事略》卷十四，第416頁。

〔註118〕羅軍鳳：《方苞的古文「義法」與科舉世風》，《文學遺產》，2008年第2期。

〔註119〕韓愈：《答李翊書》，馬其昶校注、馬茂元整理《韓昌黎文集校注》，上海古籍出版社，2014年，第190頁。

〔註120〕方苞：《答申謙居書》，載劉季高校點《方苞集》卷六，上海古籍出版社，1983年，第164頁。

　　方舟、方苞昆季與同鄉好友戴名世多有交遊，相與砥礪學問。戴名世亦精於古文，其文深為方苞推重，其論文主「精」、「氣」、「神」，對方苞古文理論的形成深有影響。戴名世曾評二人之文曰：「兄弟皆有道而能文者。靈皋之文雄渾奇傑，使千人皆廢；而百川之文含毫渺然，其旨雋永深秀。兩人皆原本於《左》《史》、歐、曾，而其所造之境詣，則各不相同也。靈皋客遊四方，其文多流傳人間；百川閉戶窮居，深自晦匿，世鮮有見其文者。要其文，淡簡亦非凡，近之所能識以。故百川聲稱寂寞，甚於靈皋頃餘。」〔註121〕二人作文，皆本於經史，二人之中，當以方舟文為高。因其不喜交際，閉戶讀書，臨終前盡焚其文，故其流傳於世之文少見，其古文更是少見，時文因同學友人保存集錄而得以保存部分，《欽定四書文》錄其文 11 篇。後文詳論二人時文理論。

二、方以智：博學切思，覽聖人大旨

　　《欽定四書文》錄有方以智《何謂知言　一節》文，方苞評曰：「括盡周末秦漢以後法家異學之害，不失一意，不贅一詞，亦有關世教之文。」〔註122〕從方苞的評語中，既可以見出方以智的文章追求，必有益於世教，體現了他文以用世的思想；亦可見出方苞對時文「正」與「雅」的要求，文章義理以儒家經典為正宗，法家為異端，有害於正統之學；而文辭方面，「不贅一詞」正是雅潔的體現。

　　方以智認為學者當用心於經學，力求通博。「古之儒者，載籍極博，必考信於六藝，通天人，觀古今，不能身通，則專師通一經，然後著作成一家言」〔註123〕。求功名得富貴之徒不將心思用於治學，而是追時風僅觀一二集制義以作文，故極鄙俗。「流俗之士，欲以其求田宅，逐什一，乘堅策肥，閔有司之心。為文，願不望風而靡乎？」〔註124〕他認為作時文者當深於經史古學，以此明經世之道，這才能稱為儒者。「國家文治甚昌，雖貴以經義錄士，而古

〔註121〕戴名世：《方百川稿序》，《潛虛先生文集》卷三，《清代詩文集彙編》第 185 冊，第 51 頁。

〔註122〕方苞編選，王同舟、李瀾校注《欽定四書文校注》，武漢大學出版社，2009 年，第 558 頁。

〔註123〕方以智：《文論》，《浮山文集前編》卷一，《清代詩文集彙編》第 35 冊，第 405 頁。

〔註124〕方以智：《文論》，《浮山文集前編》卷一，《清代詩文集彙編》第 35 冊，第 407 頁。

學加修，蓋令深於義理之文，且以觀博約之致，王體國法，經世之略，苟若是者，固已儒也。」〔註125〕

「好學在乎定志」〔註126〕，學者首在定志向，事於學的最終目的在用世。就治學而言，方以智本人「兼才博學」〔註127〕，他以自身讀書經歷而論，認為為學當「專本於經，練要於史，修辭於漢，析理於宋，文從古法，詩從正始」〔註128〕，這正是與方苞論古文相似之論調。此外，方以智亦認為文辭要「雅」，「詞達在乎辨雅，雅辨也，雖仲尼亦引之升堂矣」〔註129〕。在方以智看來，作時文也是作文，以此可見方以智對時文的要求，第一要有經史根柢，第二要明於義理，第三文辭要雅。

方以智在作於崇禎十二年的《四書大全辨序》一文中集中闡述了他的時文觀：

> 國家欲使士子深於義理之文，若者士子競進，徒以義疏章句為逢時資……何暇問義理果當與否耶……夫深於義理者，必博學君子，廣見洽聞，然後能覽聖人之大旨。士託儒林，志在身通，唯通，斯得其全耳。誦成祖之論楊文敏亦曰：「諸儒論議，有與傳注相發明者，採其切當之言增附於下，發明正欲其博也，切當指大旨也。」今之業此，童習章句，只知為制舉義，博學故難，亦安知所謂博學近思耶？何尤乎不得大旨也。即自號不屑辭章，於義理獨深者，亦苦少不博學切問，以其少見，執一省覽，釋此不能通彼，自相繆轉，即曰先民是程，吾豈許之哉？吾觀聖人之言，非可以一端論也，情見乎辭，書不盡言，或反覆得之。學者當以聖人之言，解聖人之言，思其意之所指，勿以辭病義。諸子百家，可合觀焉。故得大旨者，恒不事章句小儒。然章句間不得大旨，亦不能讀也。《爾雅》有釋詁釋言，合而釋義。今但

〔註125〕方以智：《文論》，《浮山文集前編》卷一，《清代詩文集彙編》第 35 冊，第 407 頁。

〔註126〕方以智：《文論》，《浮山文集前編》卷一，《清代詩文集彙編》第 35 冊，第 407 頁。

〔註127〕農歧：《稽古堂二集序》，載方以智：《浮山文集前編》卷二，《清代詩文集彙編》第 35 冊，第 417 頁。

〔註128〕方以智：《文論》，《浮山文集前編》卷一，《清代詩文集彙編》第 35 冊，第 407 頁。

〔註129〕方以智：《文論》，《浮山文集前編》卷一，《清代詩文集彙編》第 35 冊，第 407 頁。

執訓詁，遂謂全得聖人之旨，不亦迂乎？先儒亦惟恐其旨不得，故思
而釋之……襲其辭以為制舉義，若此者不惟不得聖人之旨，抑且不得
諸儒求得大旨之旨。自謂深於義理，不屑辭章，誣矣！況有口程朱，
攘臂為狗鬥，又欲行其說於天下，撇天下從之。他日者望其以聖賢之
學，上進君，出政事，不更誣乎？爾公躬行不苟，博學著書，既久被
服天下矣。當日明王務學，惟正己知人，是急不沾沾章句訓詁，蓋謂
讀聖人之書，內以淑身，出則期不負國家，徒以為文章讀之，已非矣。
至於藉此為逢時資，豈所以對祖宗訓士至意哉？是安可不辨也，定其
回穴，正其靡曼，攬其要難，略其附會，其不合聖人之大旨者，蓋鮮
矣。參考者數年而始成，書成。方子讀之日，可謂發明切當矣。道德、
文章、政事，出於一矣。士君子讀而學之，理學大明，人材一歸於正。
所學即所用矣。〔註130〕

這一段話有三層意思，第一，道德、文章、政事出於一。士君子讀書在明
理，所學即所用，內以淑身，外以治世。作文章作時文的目的也最終在於此。
第二，讀書當求聖人大旨。聖人之旨從博學切思中來，不能博學切問，見識太
少，「釋此不能通彼，自相繆轉」，又豈能得聖人大旨、發明經義？只知道尋章
摘句以為制舉之業者，「徒以義疏章句為逢時資」，如何能做到博學身通，又何
論切思，更不知義理正確與否，哪裏能得聖人旨要？第三，不以辭病義，亦不
可輕視辭章。讀書不可做章句小儒，當「當以聖人之言，解聖人之言，思其意
之所指」。執著於訓詁，以章句文辭解聖人旨要，實在迂闊。僅僅通習聖人之
辭以為制舉義，「若此者不惟不得聖人之旨，抑且不得諸儒求得大旨之旨」。這
是一方面，另一方面，聖人旨要在辭章裏，不可自以為深明義理而輕視辭章，
義理乃是以辭章來表達，不屑於辭章，又如何能通義理得聖人旨要？簡言之，
方以智將文章、學問與行身志向相等同，聖人之書「徒以為文章讀之，已非矣」，
以此為逢時資更加謬矣。作時文，首要通博切問，深於義理，為學當「正己知
人」，作有用之學，如此，所作之文為其所明之理，理成而用於世。

方以智友人徐世溥嘗序其《流寓草》文集曰：「吾觀密之所撰，當世之
略使當途者早收為國家之用……勳業久已燦然，豈區區以文章顯於世哉……
衡視天下，其慷慨豈獨一身已耶？讀《流寓草》，亦可以知其經略天下之志

〔註130〕以智：《四書大全辨序》，《浮山文集前編》卷二，《清代詩文集彙編》第 35
　　冊，第 458～459 頁。

矣。」〔註131〕方以智一生，始終心懷經略天下之志，而其時文觀點，也體現了這一行身祈向。

三、方舟：根柢經史，求以濟用

方舟文章傳佈天下，在於其學問深厚，盡通六經諸史及百家之書，貫穿融會，發為精醇之義理，文章自成一格。方楘如評其時文「貫乎道而濟乎義」〔註132〕。

方舟少有文章存世，其文論思想散見於方苞及友人著作中。戴名世嘗於《程偕柳稿序》一文中述及方舟論作文之道：

> 余亡友方百川氏之論文也曰：「文之為道，須有魂焉以行乎其中。文而無魂焉不可作也。」〔註133〕

這裡，「魂」當指文章要有主旨，要有境界，有文氣，落到實處講，可謂文章要言之有物，無魂之文徒有其形，「皆僵且腐，而無復有所為物矣」〔註134〕。戴名世推方舟文論之意曰：「執魂之一言以觀世俗之文，則雖洋洋大篇，足以嘩世而取寵，皆僵且腐者而已，而豈可以謂之文乎？」〔註135〕方舟平生，最不喜嘩世取寵，徒以文章炫技之徒，方舟論文章要有魂的思想與他追求文要用世的思想是一致的。

方舟有憂世之志，一見之於其文，何雨厓曰：「方百川以太學生止，其淒神寒骨，已兆貧短折於文字間，然其氣脈演逸灝漾，直接歐陽，而超軼之神，又若碧雲卷舒，漫空無跡，非可以淒寒概之，其發聲喟息，實怛然有憂天下之心。」〔註136〕方舟以太學生止，未能中式，但是其時文純是古文風範，根柢經史，能見其憂世之心。時「江西梁質人、宿松朱字綠以經世之學，

〔註131〕 徐世溥：《流寓草敘》，載方以智：《方子流寓草》，《四庫禁燬書叢刊・集部》第 50 冊，第 658 頁。
〔註132〕 方楘如：《百川先生遺文序》，《集虛齋學古文》卷七，《清代詩文集彙編》第 228 冊，第 637 頁。
〔註133〕 戴名世：《程偕柳稿序》，《潛虛先生文集》卷三，《清代詩文集彙編》第 185 冊，第 68 頁。
〔註134〕 戴名世：《程偕柳稿序》，《潛虛先生文集》卷三，《清代詩文集彙編》第 185 冊，第 68 頁。
〔註135〕 戴名世：《程偕柳稿序》，《潛虛先生文集》卷三，《清代詩文集彙編》第 185 冊，第 68 頁。
〔註136〕 梁章鉅著、陳居淵校點：《制義叢話》卷十，上海書店出版社，2001 年，第 175 頁。

自負其議論，證向經、史，橫從穿貫。聞者莫不屈服，而兄常默默，退而發其覆，鮮不窒礙者。苞謂兄：『盍譬曉之？』曰：『諸君子口談最賢，非以憂天下也』」〔註137〕。從方舟對口談為賢之徒的評介，可知其人心憂天下，視道德高於文章。

梁章鉅《制義叢話》載有方舟《齊景公有馬》二段文，後比云：

> 放懷今古之間，人之富貴貧賤於其中者，特須臾之頃耳，不獨景公之豪盛而豐饒不能長留以自恣，即夷齊槁餓亦會有窮期也，恢之須臾而已，與有生同敝矣；忽之須臾而已，與日月爭光矣。君子所以不暇為眾人之嗜好者，誠見乎其大，誠憂乎其遠也。生人不朽之故，與所遭富貴貧賤之適然，亦曾不相涉耳，不獨景公之湮沒而無傳，非千駟足以相累。即首陽高節亦豈以餓顯也。無可留於千駟之外者而千駟羞顏矣，有不沒於餓之中者而餓亦千古矣，君子所以汲汲於後世之人言者，非喜乎其名，乃重乎其實也。〔註138〕

梁章鉅謂其文「音節愈高壯蒼涼……韓文懿（菼）所謂悲喜無端、俯仰自失，真善學《史記》之文者也」。〔註139〕從方舟之為時文，可見其人之志節品格，正如其時文之意，重實重行甚過重言。後人嘗言學時文者要讀百川之文，以養骨氣：「後生小子讀時文者，不可無此等文十數則爛熟於胸中，可以壯才氣，可以樹脊樑，所謂言既易知，感人又易入也。」〔註140〕

時文本是釋經之言，「經義所以釋經也，而世稱時文」〔註141〕。故作文，當「悉取六經、諸子、先秦、兩漢、唐、宋人之書，扶植其根本，而推發其波瀾，於是經義之足以傳道而垂世者，卓然可信」〔註142〕。此是汪師韓在《方百川先生經義序》中所言，正是百川文之特點。方舟治諸經，廣涉子史，其時

〔註137〕方苞：《兄百川墓誌》，載劉季高校點《方苞集》卷十七，上海古籍出版社，1983 年，第 496 頁。

〔註138〕梁章鉅著、陳居淵校點：《制義叢話》卷十，上海書店出版社，2001 年，第 175 頁。

〔註139〕梁章鉅著、陳居淵校點：《制義叢話》卷十，上海書店出版社，2001 年，第 175 頁。

〔註140〕梁章鉅著、陳居淵校點：《制義叢話》卷十，上海書店出版社，2001 年，第 176 頁。

〔註141〕汪師韓：《方百川先生經義序》，載《上湖文編補鈔》卷上，《清代詩文集彙編》第 308 冊，第 629 頁。

〔註142〕汪師韓：《方百川先生經義序》，載《上湖文編補鈔》卷上，《清代詩文集彙編》第 308 冊，第 629 頁。

文指事類情，羽翼經傳。《欽定四書文》評《貨悖而入者 二句》文曰：「包羅萬有，實而能空，是謂鎔經史而鑄偉詞。」〔註143〕

韓菼亦曾序方舟文曰：「鎔經液史，縱橫貫串而造微入細，無一句字不歸於謹。」〔註144〕「鎔經液史」正是對經史義理的追求，「縱橫貫串」乃是古文手法。方舟「以古文為時文」，正是通過內容上的貫通經史和具體的古文之法，讓時文達到一種清真明快的境界。方舟此種時文理論為其弟方苞繼承，雖然方苞自謙：「自先兄之亡，余困於貧病，非獨其學之大者不能承，而時文之說亦鹵莽而未盡其蘊焉。」〔註145〕但韓菼說「善學百川者，其弟焉可矣」〔註146〕，可見方苞的時文理論實啟於方舟。

方舟本人少有文章傳世，方苞《儲禮執文稿序》集中闡述了兄方舟的時文理論：

> 昔余從先兄百川學為時文，訓之曰：「儒者之學，其施於世者，求以濟用，而文非所尚也。時文尤術之淺者，而既已為之，則其道亦不可苟焉。今之人亦知理之所宗矣，乃雜述先儒之陳言而無所闡也；亦知辭之尚於古矣，乃規摹古人之形貌而非其真也。理正而皆心得，辭古而必己出，兼是二者，昔人所難，而今之所當置力也。」
>
> 先兄素不為時文，以課餘，時時為之，期年，而見者盡駭，以試於有司無不擯也。余曰：「時文之學，非可以濟用也，何必求其至，而使一世之人不好哉？」先兄曰：「非世之人不能好也，其端倪初見，而習於故者未之察也。且一世之中，而既有一二人為之，則後必有應者，而其道終不晦。」故曰：「人者，天地之心也。昔朱子之學，嘗不用於宋矣，及明之興，而用者十四五。當天地閉塞，萬物洶洶之日，以一老師率其徒以講明此理於深山窮谷之中，不可謂非無用者矣；乃功見於異代，而民物賴以開濟者，且數百年。故君子之學，苟既成而不用於其身，則其用必更有遠且大者。此與時文之

〔註143〕方苞編選，王同舟、李瀾校注：《欽定四書文校注》，武漢大學出版社 2009 年版，第 672 頁。
〔註144〕韓菼：《方百川文序》，《有懷堂文稿》卷五，康熙四十二年刊本。
〔註145〕方苞：《儲禮執文稿序》，載劉季高校點《方苞集》卷四，上海古籍出版社，1983 年，第 96 頁。
〔註146〕韓菼：《方百川文序》，《有懷堂文稿》卷五，康熙四十二年刊本。

顯晦，大小不類，而理則一也。」

　　自先兄不幸早世，其所講明於事物之理而求以濟用者，既未嘗筆之於書；獨其時文為二三同好所推，遂浸尋流播於世；至於今，而海內之學者，幾於家有其書矣。夫時文者，科舉制士所用以年榮利也，而世之登高科致膴仕者，出其所業，眾或棄擲而不陳，而先兄以諸生之文，一旦橫被於六合，沒世而宗者不衰。好奇嗜古之士，至甘戾於時，以由其道。夫以舉中之淺術，而能使人有所興起如此，況其可以濟用者而適於時會乎。然用此亦可知儒者之學，雖小而不可以苟也。〔註147〕

　　從這篇序中，可看出方舟對時文態度頗為輕視，「時文尤術之淺者」，「素不為時文」。但同時，方舟又認為時文不可苟作，既作，則當以文章視之，時文乃是釋經之文，「功見於異代」，「則其用必更有遠且大者」。儒者當求濟用，作文要講明義理，故方舟作文不從流俗，雖屢試不中，然「見者皆駭」，方舟作文當求理正，而文章之理當是自己心得；文辭要尚古，從己出。時文雖小而不可苟作，終當以濟用為上。故此，方舟多有告誡方苞勿棄時文，這其中既有仕途勸進以為用世之意，也有對時文載道的肯定。

四、方苞：文要義法兼備，以清真雅正為宗

　　方苞論人重視品行，強調先道德後文章。「士人以品行為先，學問以經義為重。故士之自立也，先道德而後文章。」〔註148〕方苞嘗與友人論行身祈向，亦曰：「學行繼程、朱之後，文章介韓、歐之間。」〔註149〕可以說，這是方苞一生的功業追求，「其行足以副其學，其文足以載道而行遠」〔註150〕，平生作文無不關於道德和教化。

　　對那種不為經學，不以明道經世為本，而僅僅靠記誦陳腐時文數百篇來弋取科名之不學無術者，方苞極為輕視。認為正是這類人的存在，才敗壞了

〔註147〕方苞：《儲禮執文稿序》，載劉季高校點：《方苞集》卷四，上海古籍出版社，1983年，第95～96頁。

〔註148〕素爾訥等纂修：《欽定學政全書卷六·釐正文體》，載沈雲龍主編《近代中國史料叢刊第三十輯》，臺北文海出版社，1967年，第142頁。

〔註149〕王兆符：《文集序》，載劉季高校點《方苞集》附錄三，上海古籍出版社，1983年，第906～907頁。

〔註150〕孫惇元：《方望溪先生年譜序》，載劉季高校點《方苞集》附錄三，第916～917頁。

學風。也因此，方苞不喜時文。他認為作為文章之一種，時文本應該根柢於經史，說聖賢義理。但世人作時文多是為求取功名。這種求功名之心妨害於求學問，「科名聲利之習，深入人心，積重難返。士子所為汲汲皇皇者，惟是之求。而未嘗有志於聖賢之道。不知國家以經義取士，使多士由聖賢之言，體聖賢之心，正欲使之為聖賢之徒，而豈沾沾焉文藝之末哉。」〔註151〕此是乾隆五年欽頒《訓飭士子文》所言，這也正體現了方苞對時文的態度，方苞認為為學不應存功名之心，時文乃是文章末技，真正重要的是通過時文來說程朱義理，求聖賢之道，並以此自律。

就創作而論，方苞將時文與古文看得並無二致，認為時文、古文皆是難作文章。方苞論古文主「義法」，「義」即「言有物」，「法」即「言有序」，此外，還要講究「雅潔」。這其中，「義」為本，「因義立法」，「雅潔」則是對文辭、文氣的要求，以雅潔之言顯法達義。「義法」說乃是方苞從學習《左傳》《史記》釋義、行文之法提煉總結而出。「義法」一詞，《史記》正有所論：

　　（孔子）西觀周室，論史記舊聞，興於魯而次春秋，上記隱，

　下至哀之獲麟，約其辭文，去其煩重，以制義法。〔註152〕

這裡論義法之外，還有「約」與「去」之說，正見其對文章「雅潔」的要求。司馬遷《史記》所言「義法」，乃指孔子刪選《春秋》之義例章法。而方苞在這裡將「義法」說作進一步充實，並推而廣之成為一種普遍性的古文理論。方苞認為《春秋》始制義法，再經太史公發揚光大，「《春秋》之制義法，自太史公發之，而後之深於文者亦具焉」〔註153〕。從嚴守經史古文出發，方苞要求文辭雅潔，嘗訓門人沈廷芳曰：「南宋、元、明以來，古文義法不講久矣。吳、越間遺老尤放恣，或雜小說，或沿翰林舊體，無一雅潔者。古文中不可入語錄中語、魏晉六朝人藻麗俳話、漢賦中板重字法、詩歌中雋話、《南北史》佻巧語。老生所閱《春秋三傳》《管》《荀》《莊》《騷》《國語》《國策》《史記》《漢書》《三國志》《五代史》、八家文，賢細觀當得其概矣。」〔註154〕方苞將古文理論延伸至時文批評，則是對經史義理和清真雅正的要求，「義」對

〔註151〕素爾訥等纂修：《欽定學政全書卷二·學校規條》，載沈雲龍主編《近代中國史料叢刊第三十輯》，第59頁。

〔註152〕司馬遷著，張守節正義：《史記正義》，中華書局，2011年，第509頁。

〔註153〕方苞：《又書貨殖傳後》，載劉季高校點：《方苞集》卷二，第58頁。

〔註154〕蘇惇元：《方苞年譜》，載劉季高校點：《方苞集》附錄一，上海古籍出版社，1983，第890頁。

儒家義理，「法」對文章修辭。

　　方苞論時文，並不刻意將時文孤立來講，而是以古文的眼光、趣味等來品評、理論時文。也就是，時文亦要講求義法兼備，文辭雅潔，更確切的說法是：「清真雅正」。乾隆元年，高宗命方苞選四書文以為程式，「屢頒諭旨，釐正文體，以清真雅正為宗」〔註155〕。乾隆帝選方苞編選四書文，既是因方苞文章名滿天下，更是因為其文章旨趣、其時文理論正合於乾隆帝對於文治之提倡，對於文章之官方趣味。乾隆帝重學問經義，希望以科舉之學而崇尚經學，故方苞為其所重，委方苞編選《四書文選》，以規範、引導時文之風。《欽定四書文》既是官方的衡文標準，亦是方苞之時文理論的體現，「此皆足為後學之津梁、制科之標準」〔註156〕。

　　在方苞看來，明萬曆以後的制義愈來愈重文辭而疏於義理，他希望以古文義理來矯正時文，所謂以古文為時文也。方苞認為時文與古文一道，根本在經史，所謂文章之義來自經書，「義以為經，而法緯之」〔註157〕。即使是「以古文為時文」的典範如歸有光，方苞對其亦有不滿處，認為其文缺少經學根柢，因而不能稱「言有物」，「所學專主於為文，故其文亦至是而止」〔註158〕。方苞認為經史為本，而後作時文自然能成。時文乃末事，治於經史，則作時文而「言有物」。此是對時文之「義」的要求。

　　方苞不滿世間作時文者僅視其為進身之階，指出：「今世之為時文者，其用意尤苟，以為此以取名致官而已，其是與非不必問也」〔註159〕。此等人只在《四書》上下工夫，而忽視了經史功底的培植，故而根基太淺，所作時文「雜述先儒之陳言而無所闡也」〔註160〕。方苞認為時文乃是說聖賢義理，應該心志與聖人相通，這一點與方苞重視行身植志的思想是相通的。

〔註155〕徐珂：《清稗類鈔》第 8 冊，中華書局，1986 年，第 3896～3897 頁。

〔註156〕方苞編選、王同舟、李瀾校注：《欽定四書文校注》，武漢大學出版社 2009 年版，第 1044 頁。

〔註157〕方苞：《史記評語》，劉季高校點：《方苞集‧集外文補遺》卷二，上海古籍出版社，1983 年，第 851 頁。

〔註158〕方苞：《書歸震川文集後》，載劉季高校點：《方苞集》卷五，上海古籍出版社，1983 年，第 117 頁。

〔註159〕方苞：《溧陽會業初編序》，載劉季高校點：《方苞集‧集外文》卷四，第 626 頁。

〔註160〕方苞：《儲禮執文稿序》，載劉季高校點：《方苞集》卷四，上海古籍出版社，1983 年，第 95 頁。

「蓋言本心之聲，而以代聖人賢人之言，必其心志有與之流通者，而後能卓然有立也」〔註161〕。

方苞本人作時文，純從經史古文中出，張彝歎評其時文「採孔、孟、程、朱之心，擷左、馬、韓、歐之韻，天生神物，非一代之珍玩也」〔註162〕。方苞當年江南鄉試第一，主考為韓城張廷樞、太原姜橚，考《子曰吾未 一節》《唯天下至 臨也》《公孫丑曰》三題，張廷樞評方苞《子曰吾未 一節》文曰：「以高古之筆，發幽渺之思。」〔註163〕姜橚評《唯天下至 臨也》文曰：「束英偉雄奇之氣，俯就繩尺，卓然自成一家。」〔註164〕評《公孫丑曰》文曰：「不煩繩削，自然合度。」〔註165〕張廷樞則評曰：「超然獨立萬物之表。」〔註166〕指出他既恪守法度，又自成一家。他會試中禮部第四，其《子曰不知全章》文被評曰：「氣樸理實，端凝之，概見乎其文，鬥力鬥智之意消歸何有。」〔註167〕而《唯天下至誠 參矣》文被評曰：「窮根蒂而融精液，字字皆有歸著，其大不可及，其細尤不易言，於先民名墨包孕中增廓發越，而渾厚之氣仍同其蘊。」〔註168〕《設為庠序 於下》文被評曰：「本《禮經》以說《王制》，古法古意，既精且詳，其文之古色古氣，亦斑然盎然於楮墨間。」〔註169〕則體現出理實、氣樸，有古法古意，為以古文為時文的典範。

重視經史根柢之外，方苞對時文以「清真雅正」作為衡定的標準。這一點集中體現在《欽定四書文·凡例》中：

> 一，明人制義，體凡屢變：自洪、永至化、治，百餘年中，皆恪遵傳注，體會語氣，謹守繩墨，尺寸不踰。至正、嘉作者，始能以古文為時文，融液經史，使題之義蘊，隱顯曲暢，為明文之極盛。隆、萬間，兼講機法，務為靈變；雖巧密有加，而氣體苶然矣。至啟、禎諸家，則窮思畢精，務為奇特，包絡載籍，刻雕物情，凡胸

〔註161〕方苞：《楊黃在時文序》，載劉季高校點：《方苞集》卷四，上海古籍出版社，1983年，第100頁。
〔註162〕方苞：《抗希堂稿》，光緒辛未春宛委山莊刊本，上海圖書館藏。
〔註163〕方苞：《抗希堂稿》，光緒辛未春宛委山莊刊本，上海圖書館藏。
〔註164〕方苞：《抗希堂稿》，光緒辛未春宛委山莊刊本，上海圖書館藏。
〔註165〕方苞：《抗希堂稿》，光緒辛未春宛委山莊刊本，上海圖書館藏。
〔註166〕方苞：《抗希堂稿》，光緒辛未春宛委山莊刊本，上海圖書館藏。
〔註167〕方苞：《抗希堂稿》，光緒辛未春宛委山莊刊本，上海圖書館藏。
〔註168〕方苞：《抗希堂稿》，光緒辛未春宛委山莊刊本，上海圖書館藏。
〔註169〕方苞：《抗希堂稿》，光緒辛未春宛委山莊刊本，上海圖書館藏。

中所欲言者，皆借題以發之；就其善者，可興可觀，光氣自不可泯。凡此數種，各有所長，亦各有其蔽，故化、治以前，擇其簡要親切，稍有精彩者。其直寫傳注，寥寥數語，及對比改換字面，而義意無別者，不與焉。正、嘉則專取氣息醇古，實有發揮者。其規模雖具，精義無存，及剽襲先儒語錄，膚殼平衍者，不與焉。隆、萬為明文之衰，必氣質端重，間架渾成，巧不傷雅，乃無流弊。其專事凌駕，輕剽促隘，雖有機趣，而按之無實理真氣者，不與焉。至啟、禎名家之傑特者，其思力所造，途徑所開，或為前輩所不能到。其餘雜家，則僞棄規矩以為新奇，剽剝經、子以為古奧，雕琢字句以為工雅，書卷雖富，辭氣雖豐，而聖經賢傳本義轉為所蔽蝕；故別而去之，不使與卓然名家者相混也。凡此數種，體制格調各不相類；若總為一集，轉覺尨雜無章。謹分化、治以上為一集，正、嘉為一集，隆、萬為一集，啟、禎為一集，使學者得溯其相承相變之源流，而各取所長。至於我朝人文蔚起，守洪、永以來之準繩，而加以變化；探正、嘉作者之義蘊，而把其精華；取隆、萬之靈巧，啟、禎之恢奇，而去其輕浮險譎……故凡所錄取，皆以發明義理，清真古雅，言必有物為宗。

　　一，唐臣韓愈有言：『文無難易，惟其是耳。』李翱又云：『創意造言，各不相師。』而其歸則一。即愈所謂『是』也。文之清真者，惟其理之『是』而已，即翱所謂『創意』也。文之古雅者，惟其辭之『是』而已，即翱所謂『造言』也；而依於理以達乎其詞者，則存乎氣。氣也者，各稱其資材，而視所學之淺深以為充歉者也。欲理之明，必溯源六經，而切究乎宋、元諸儒之說；欲辭之當，必貼合題義，而取材於三代、兩漢之書；欲氣之昌，必以義理灝澤其心，而沉潛反覆於周、秦、盛漢、唐、宋大家之古文。兼是三者，然後能清真古雅而言皆有物。〔註170〕

　　方苞評價前代文，認為正嘉文能融液經史，發明經義，「為明文之極盛」，而此後隆萬文之機法、啟禎文之雕鏤皆不足取。國朝文能去明文之輕浮險譎，一歸於正，守繩墨而探義理。方苞對前代文及國朝文的評價始終以內容是否

〔註170〕方苞：《欽定四書文·原文凡例》，載王同舟、李瀾校點《欽定四書文校注》卷二，第1～2頁。

發明經義、文辭是否雅正為標準。在這篇《凡例》裏，方苞還詳盡地闡釋了何為「清真雅正」。「清真」乃是就內容而言，求其理之「是」；「雅正」乃是就文辭而言，求其辭之「是」。如何依理以達辭，則在乎「氣」，各人材質不同，學之深淺不同，則氣不同，而辭亦不同。「清真」之理從六經、宋、元諸儒之說中來，乃指文章要切中經史，發明義理；「雅正」從則古文中來，需多讀三代、兩漢之書，乃是指文章要循規矩繩墨，在法度之內縱橫流暢而文辭典雅。而要氣昌，則要明於義理，沉潛於先秦兩漢唐宋之古文。下以《欽定四書文》方苞評語分而論之：

一、理。方苞評蔡清《吾十有五而志於學　一章》文曰：「文如講義，然此題須體貼聖學功候，非實理融浹於胸中，詎能言之簡當若此？」〔註171〕謂其文能將聖賢經義說得體貼透徹，乃是其胸中有實理，故說理之辭簡當。方苞給予制義大家王守溪很高評價：「實能抉禮意之精微，古茂雅潔，典制文字，此為極軌。」〔註172〕說理精微，文辭雅潔，此是「清真雅正」的典範。能有如此典制文字，乃是其學問深厚之緣故。評李東陽《由堯舜至於湯三節》文曰：「古文矩度，經籍光華，融化無跡，歸於自然矣。」〔註173〕純是古文法度，又有經籍之光華，且不露痕跡，自然高妙。評歸有光《大學之道　一節》文曰：「化治以前先輩多以經語詁題，而精神之流通，氣象之高遠，未有若茲篇者。學者苦心探索，可知作者根柢之淺深。三百篇語，漢魏人用之即是漢魏人氣息；漢魏樂府古詩，六朝人用之即是六朝人音節。觀守溪、震川之用經語，各肖其文之自己出者，可悟文章有神。」〔註174〕從這段評文中可體會出兩層意思：第一，文從經義中流出，文章義理終是從經籍中來，根柢深淺決定文章境界之高下。第二，辭必己出，用經語而當有自己的語言風格，如此文章才有神。於唐順之《三仕為令尹　六句》文中評歸、唐二人制義：「歸、唐皆以古文為時文，唐則指事類情，曲折盡意，使人望而心開；歸則精理內蘊，大氣包舉，使人入其中而茫然。蓋由一深透於史事，

〔註171〕方苞編選、王同舟、李瀾校注：《欽定四書文校注》，武漢大學出版社 2009年版，第 7 頁。

〔註172〕方苞編選、王同舟、李瀾校注：《欽定四書文校注》，武漢大學出版社 2009年版，第 34 頁。

〔註173〕方苞編選、王同舟、李瀾校注：《欽定四書文校注》，武漢大學出版社 2009年版，第 90 頁。

〔註174〕方苞編選、王同舟、李瀾校注：《欽定四書文校注》，武漢大學出版社 2009年版，第 95 頁。

一兼達於經義也。」〔註175〕同樣是「以古文為時文」，唐順之深透史事，故文章之意長；而歸有光則深明經義，故其說理精深，大氣包舉。這是兩種不同的文章理數，但其長皆自「以古文為時文」。又謂唐順之文「貫穿經傳，於所以必先知之理洞然於心，故能清空如話」〔註176〕。

二、辭。方苞評唐寅《禹惡旨酒　一章》文曰：「堅煉遒淨，一語不溢，題之義蘊畢涵。」〔註177〕文辭簡淨，即是雅，能將文題義蘊盡皆發明。評薛應旂《君子賢其賢而親其親一文曰：「用經確切，詞語醇雅。」〔註178〕評王樵《誠者非自成己而己也　一節》文曰：「老潔無支蔓。」〔註179〕所謂雅潔，正是文辭不枝不蔓，無一贅語。評陳際泰《言寡尤　三句》文曰：「約而達，微而臧，筆妙不待言，命意之高，非俗儒懷抱中所有。」〔註180〕出言寡約而義理顯達易解，義理微妙而說理精善，所謂辭之「是」也。評儲欣《舉善而教不能則勸》文曰：「胸有書卷，落筆雅秀，故意無殊絕而文特工。」〔註181〕文辭雅秀乃是因其多讀書之故，故用意高，文辭雅，文章極工。評韓菼《子華使於齊　一章》文曰：「淡而有味，潔而益腴，清思高韻，翛然筆墨之外，可謂自開蹊徑。」〔註182〕韓菼是制義大家，其文是「清真雅正」之典範，其文說理透徹，文辭雅潔，能獨開蹊徑。

三、氣。方苞評王守仁《志士仁人　一節》文曰：「有豪傑氣象，亦少具儒者規模，高言不止於眾人之心。諒哉！氣盛辭堅，已開嘉靖間作者門徑。」謂其文有豪傑之氣，能如此，乃是因其理數通達，對於聖賢經義能發明己見。評

〔註175〕方苞編選、王同舟、李瀾校注：《欽定四書文校注》，武漢大學出版社 2009年版，第 100 頁。

〔註176〕方苞編選、王同舟、李瀾校注：《欽定四書文校注》，武漢大學出版社 2009年版，第 127 頁。

〔註177〕方苞編選、王同舟、李瀾校注：《欽定四書文校注》，武漢大學出版社 2009年版，第 72 頁。

〔註178〕方苞編選、王同舟、李瀾校注：《欽定四書文校注》，武漢大學出版社 2009年版，第 100 頁。

〔註179〕方苞編選、王同舟、李瀾校注：《欽定四書文校注》，武漢大學出版社 2009年版，第 123 頁。

〔註180〕方苞編選、王同舟、李瀾校注：《欽定四書文校注》，武漢大學出版社 2009年版，第 397 頁。

〔註181〕方苞編選、王同舟、李瀾校注：《欽定四書文校注》，武漢大學出版社 2009年版，第 685 頁。

〔註182〕方苞編選、王同舟、李瀾校注：《欽定四書文校注》，武漢大學出版社 2009年版，第 720 頁。

歸有光《子禽問於子貢　一章》文曰：「骨脈澄清，精氣入而粗穢除。乃古文老境，非治科舉文者所能窺尋。」〔註183〕謂其文純是古文精氣，文境老潔，澄清無滓。評歸有光《夏禮吾能言之　四句》文曰：「古厚清渾之氣，盤旋屈曲於行楮間。」〔註184〕能有此氣，正是因其深於古文。評金聲《十目所視　二節》文曰：「筆致超脫，氣骨雄偉，頗足振起凡庸。」〔註185〕能有如此氣骨，當是其文正如其人，有錚錚傲骨。評黃淳耀《所謂齊其家　一章》文曰：「理確氣清。」〔註186〕這正體現理與氣的辯證關係，說理明確，故氣體清明。評黃淳耀《子產聽鄭國之政　一章》文曰：「讀書多，則義理博而氣識閎，有觸而發，皆關係世教之言。不可專玩其音節之古、氣勢之昌。」〔註187〕這段評語可謂得作文深意，文章當從多讀書中來，自然義理深博而氣勢光昌，文章所言皆是關乎世教。

在《禮闈示貢士》一文中，方苞對「清真雅正」進一步作了闡釋：「必於理洞徹無翳，而後能清；非然，則理無發明，為淺為薄而已矣。必於題切中，而後能真；非然，則循題敷衍，為直為率而已矣。必高抱群言，煉氣取神，而後能古雅；非然，則琢雕字句，為澀為贅，為剿為駁而已矣。必貫穿經史，包羅古今，周察事情，明體達用，然後能質實而言有物；非然，則剿說雷同，膚庸鄙俗，而不可近矣。」〔註188〕這裡從正反兩方面立論，也是從內容與言辭兩個方面提出要求：（1）要求作文將義理發明清晰，此為「清」，也即說理要透徹，非是則顯得淺薄無厚度；（2）要求文章切中題義，不可偏離題義自說自話，此為「真」，即說理要「真」，不可偽不可離；（3）要求文章不可於字句上雕琢抄襲，應煉氣取神，此實是古文風範。最後，方苞落到「言有物」的要求上，此即是前文所論對古文以經史為根柢，文以載道的要求。

方苞求時文義法兼備，以清真雅正衡文，與其古文理論同源而出，換言之，

〔註183〕方苞編選、王同舟、李瀾校注：《欽定四書文校注》，武漢大學出版社 2009年版，第 108 頁。
〔註184〕方苞編選、王同舟、李瀾校注：《欽定四書文校注》，武漢大學出版社 2009年版，第 116 頁。
〔註185〕方苞編選、王同舟、李瀾校注：《欽定四書文校注》，武漢大學出版社 2009年版，第 379 頁。
〔註186〕方苞編選、王同舟、李瀾校注：《欽定四書文校注》，武漢大學出版社 2009年版，第 380 頁。
〔註187〕方苞編選、王同舟、李瀾校注：《欽定四書文校注》，武漢大學出版社 2009年版，第 594 頁。
〔註188〕方苞：《禮闈示貢士》，載劉季高校點：《方苞集·集外文》卷八，第 776 頁。

是方苞「以古文為時文」的理論闡述，而「方苞『以古文為時文』觀點的實質，是以義理之醇強化時文的文體特徵，用以對抗日益嚴重的機巧之風」〔註189〕。清初制義名家如李光地、韓菼皆以義理取勝，方舟、方苞二兄弟從小即治經書古文，如李、韓、二方此等人，將清代制義從明代制義重技法拉回重義理的正途，從而提高了時文的品格，使時文具有了古文的同等載道的意義。

五、方楘如：戒浮巧時文，存高遠之志

　　方楘如（生卒年未詳），字若文，一字文輈，號樸山，又號藥房，浙東淳安人，康熙四十五年（1706）進士，官知縣，坐事罷。後居家治學，教書自給，曾於敷文、蕺山、紫陽書院講學，其教必以正心術、端品行為本。方楘如少受業於毛奇齡，涉獵經史百家，「博聞強識，於漢儒箋注，能指其訛舛，與同社及門析疑問難，能發前人所未發」〔註190〕。「邃於經學，工古文，於制舉藝尤獨闢畦町」〔註191〕，「以負時文盛名，教授浙東西，門下著錄至數百人。一時名士，多從之遊。杭世駿、任應烈之流，皆其高第弟子，故其名益著。所為古文，頗自矜重，方苞亟稱之」〔註192〕。方苞對方楘如文章學問頗為推崇，雍正八年，議開博學鴻詞科，方苞疏薦方楘如及龔孝水、佘華瑞、柯陔煜，但有謂方楘如曾掛吏議例不得與，卒不入試。所著有《周易通義》《尚書通義》《毛詩通義》《鄭注拾瀋》《離騷經解》《十三經集解》《四書口義》《四書考典》《讀禮記》《集虛齋學古文》《樸山存稿》及《樸山續稿》，並傳於世。

　　方楘如時文，義法兼備，理路清晰。王己山評方楘如《知恥近乎勇　一句》文曰：「字字各還分曉，學者當從此悟看書行文之法。」〔註193〕高嶹評此文：「理真法老，其淺深虛實反正之法具備，初學須從此領入。」〔註194〕皆是謂

〔註189〕羅軍鳳：《方苞的古文「義法」與科舉世風》，《文學遺產》，2008年第2期。

〔註190〕徐世昌等編纂，沈芝盈、梁運華點校：《清儒學案第二冊‧卷二十六‧西河案下》，中華書局，2008年，第1038頁。

〔註191〕李元度：《湯西涯先生事略》附方楘如，《國朝先正事略》卷四十，嶽麓書社，1991年，第1089頁。

〔註192〕張舜徽：《清人文集別錄》，武漢：華中師範大學出版社，2004年，第118頁。

〔註193〕高嶹：《高梅亭讀書叢鈔‧國朝文鈔初編‧小題文》，載黃秀文、吳平主編：《華東師範大學圖書館藏稀見叢書彙刊》第32冊，北京圖書館出版社，2006年，第240頁。

〔註194〕高嶹：《高梅亭讀書叢鈔‧國朝文鈔初編‧小題文》，載黃秀文、吳平主編：《華東師範大學圖書館藏稀見叢書彙刊》第32冊，北京圖書館出版社，2006年，第240頁。

其文易於士子揣摩學習。徐笠山評《故諺有之曰 一句》文曰:「用成語如己出,裁對極不測,又極自然,色裏膠青,水裏鹽味。」〔註195〕謂其文文法老道,極其自然。方粲如時文有所成乃是因其從小學習先輩大家文章,翻閱程文、墨卷,「十四歲時見書肆有啟禎文《行遠集》一書,翻閱之則心開,自是以往,每先生選出,輒先眾人攘臂取之,最後得《慶曆小題》及程墨二冊,沉湎濡首,至忘寢食,諸紙尾跋語,至今可八九倍誦也」〔註196〕。可見其於時文很用心力,從其學時文者弟子亦眾多。方粲如對編選時文集亦頗為稱賞,聽聞友人何焯欲重訂前代小題文,很是激動:「聞先生欲更定前代小題文行世,此無量功德。某近從敝簏中搜得數十捆舊時文,多有佳作,未經世選者,恨去先生遠,不得一致坐側和平增減也。時文小技,非有奧術,難窺而識真者,亦少如今世所傳薛文清《儀封人》篇,是禾中嶽君元聲作,而諸選以為真文清筆也,遂附會以張之。」〔註197〕以此可見出,方粲如雖視時文為小技,但認為時文需要用工夫去學,以識別時文作者真偽。這種識別能力非多閱前人文章難致。可知方粲如對時文的態度與方以智、方舟、方苞皆有不同。可以說,方粲如視時文為時文,認為時文需要用心學習體會,要多揣摩前輩大家文章。

　　方粲如對時文的態度是很通達的,認為文無古今,皆是從心源流出:「文曷嘗有古今,自我心極為之宰匠,盡其變,則皆應三光五嶽,吸英叔怪麗之氣狀而有之」〔註198〕。如是言之,則時文又何嘗可言其始,若究之,則其由來遠矣,「詩賦者,唐之時文也,且人亦知今時文之自出乎?謂自甲賦也、律詩也,猶後也。經莫大於《易》,而乾坤易簡,宛轉相承,日月往來,隔行懸合,一似為八股物始。然則今時文體,所從來遠矣」〔註199〕。

〔註195〕高嵣:《高梅亭讀書叢鈔‧國朝文鈔二編‧小題文》,載黃秀文、吳平主編:《華東師範大學圖書館藏稀見叢書彙刊》第33冊,北京圖書館出版社,2006年,第57～58頁。

〔註196〕方粲如:《與何義門(庚子)》,《集虛齋學古文》卷三,《清代詩文集彙編》第228冊,第586頁。

〔註197〕方粲如:《與何義門(壬寅)》,《集虛齋學古文》卷三,《清代詩文集彙編》第228冊,第590頁。

〔註198〕方粲如:《儲於賓文序》,《集虛齋學古文》卷七,《清代詩文集彙編》第228冊,第644頁。

〔註199〕方粲如:《儲於賓文序》,《集虛齋學古文》卷七,《清代詩文集彙編》第228冊,第644頁。

方槃如認為對時文一道不可苛責，世人「無不以時文為詬厲者，余獨謂時文何常之有，不唯帖經、時策，甲賦、律詩之須以決科者而已。東漢圖緯、魏晉清言、梁陳佛乘、南宋道學，充類言之，皆是也。何者？唯其所尚，舉移而從之，枝葉蕃滋、波瀾一揆，亦胥以順時取譽而已矣……此非時文如何？夫物過時者不採，然而圖緯、清言、佛乘之與道學，雖互有訛議，卒火傳不知其盡」〔註200〕。方槃如將今之時文比之「東漢圖緯、魏晉清言、梁陳佛乘、南宋道學」，認為時文之「時」的意義在於當時以此決科取士，「唯其所尚，舉移而從之」，東漢圖緯、魏晉清言、梁陳佛乘、南宋道學並不曾因時過而湮滅，今時文也一樣，有其傳世之價值。時文亦是載道之文，面對世俗之批評，退而言之，「敗素可化為齊紫、虎狼可言仁、螻蟻可言道也，而況於今時文乎」〔註201〕？

　　凡是讀書人皆要作時藝：「孰不為經生，為經生，孰不為經生藝。」〔註202〕在方槃如看來，時文關乎聖道，文以合道，「科舉文字可列於古之鑒，使各同光反照，磨瑩皎然，盡飾之道，其行者遠，安知不有同甫輩震發其間乎？抑文從道中流出，子、朱子語也。使人由文以合道，則先成公編文鑒意也。二三子變而益上，有志於文與道，俱如所云。詞流屈回，理窟者乎」〔註203〕。既重之，則有批評，正是因為方槃如重視時文，他才對爛時文批評甚烈。方槃如最厭浮巧之文，嘗直言：「浮巧時文，晨華夕喪可以可以唾猶泥滓也。」〔註204〕認為浮巧時文純屬玩戲，「夫以今時文之浮巧，必躋之謂可包劉越嬴，探周情孔思，以得不傳之學，此承奉者之所以為玩戲」〔註205〕。極力批評浮巧時文敗壞科舉：「嗚呼！科舉文敝久矣，古之設科，有曰翹關，曰負米，以程其力者。而今之科舉文，似之宋祖取武人以車軸身，琵琶腿圍準格；而今

〔註200〕方槃如：《徐笠山文後序》，《集虛齋學古文》卷七，《清代詩文集彙編》第228冊，第645頁。

〔註201〕方槃如：《蔡桐川文序》，《集虛齋學古文》卷七，《清代詩文集彙編》第228冊，第648頁。

〔註202〕方槃如：《百川先生遺文序》，《集虛齋學古文》卷七，《清代詩文集彙編》第228冊，第637頁。

〔註203〕方槃如：《課士文鑒序（代）》，《集虛齋學古文》卷七，《清代詩文集彙編》第228冊，第636頁。

〔註204〕方槃如：《陳先生文錄序》，《集虛齋學古文》卷七，《清代詩文集彙編》第228冊，第635頁。

〔註205〕方槃如：《蔡桐川文序》，《集虛齋學古文》卷七，《清代詩文集彙編》第228冊，第648頁。

之科舉文似之謬種流傳，諸生之家法在是，有司之尺度亦在是。」〔註206〕

方槃如視時文之高，乃是將其與聖道相繫，故其尤為鄙夷為作時文而作時文者。方槃如認為治學之書生應是肩擔道義，有風骨遠志，徒習時文之書生不可稱書生，即使讀書萬卷，胸無磊落之氣，無高遠志向，仍是蠹書蟲一個。

> 世見有駁不曉事者，則靳之曰書生，而書生亦自畫也。簾閣據幾，終日搖膝作蒼蠅聲，就視則一卷骫骳時文也，技止是矣。嗚呼！書生亦何易言。昌黎書稱鄂州柳中丞為戎臣師，能中機會以取勝，然而先之曰閣下書生也。宋韓、歐諸公，調護兩宮間，磊磊軒天地，而歐公亦云臣等五六書生。夫書生亦何易言。今遇事如毛髮輒戰戰然床下伏，莫敢窺左足應者。縱破萬卷，直蠹書蟲耳。而況敝精神於浮巧之時文，其所謂時文者，又率委瑣齟齬，未脫筆研，已化臭腐如是，即奈何以名恩書生。然而彼書生且曰：衒道者無功，吾懼夫捨所為以為人，而章句之業，將益荒澀而莫之鋤也。必若所云，則有扶義倜儻，而又學為古文、賦、詩，功繪事，善八分書，間則吹竹彈絲，習左右馳射，寬然不名一能。〔註207〕

方槃如認為時文一業的荒廢乃是士子不用心的緣故，不為磊磊書生，而是讀浮巧時文以為能事，荒廢學業，琴棋書畫，樣樣皆沾，結果是「不名一能」。這樣的人完全不能稱作書生。真正的書生乃是如韓愈、歐陽修這樣的人物。為時文者，應該以真書生自勵自許。

雖然方槃如重視時文，但他亦感慨文章與科場之無關，科場無常，常有能於時文而難中式者。方槃如尤為感慨方舟之不遇：「數百年人士，褰裳濡足其中，以待能者。苟有能者，猶掇之耳……吾家龍眠百川先生，暨金壇王先生雲衢，其姓氏今班班見《欽定文選》中，聖天子且取之為入鄉導，而在舉場竟無知遇。雲衢一教習得庸蜀一官，旋亦罷去。百川甫入太學，喀喀然以死，且不得至四十一……設進士科，得者或非常之人，失者或非常之人。」〔註208〕

〔註206〕 方槃如：《葉麗南遺文敘》，《集虛齋學古文》卷七，《清代詩文集彙編》第228冊，第641頁。

〔註207〕 方槃如：《姜自耘文序》，《集虛齋學古文》卷七，《清代詩文集彙編》第228冊，第637頁。

〔註208〕 方槃如：《贈汪聿昭序》，《集虛齋學古文》卷五，《清代詩文集彙編》第228冊，第612頁。

與方舟、方苞不同，方槑如雖然感慨能者不遇，但對科舉並無甚批評之態度，只是感慨得失無常，中式者有真本領，有真本領者又或不遇。

　　通過以上對方氏四人的八股文批評觀點的分析，可以知道，他們在時文觀點上總體相似而略有不同：（一）對時文的態度上，方以智、方舟、方苞較一致，都表現出對時文明顯的無興趣，或是不以為意，方苞嘗言「餘天資蹇拙，尤不好時文」〔註209〕，亦勸他人棄時文而為古文。如《與章泰占書》云：「足下於時文，以視並世知名者，誠無所先後；然苟欲窮其徑途，如明時唐、歸諸君子，非更以十數年之力，未敢為足下信之也。移此以一於古人之學，則所進豈可量哉！」〔註210〕方以智本人文集中少有論時文之作，其人身處末世，志在救世，於文章小道不以為意，不甚用心。方舟有憂世之志，認為行身植志重於文章，先道德而後文章。惟方槑如於時文用心力較深，文集中都見制義序，亦以時文授徒。（二）四人皆有文不苟作的觀點，都認為時文雖小技，但應以經史為其根柢，不可作浮巧、庸爛時文，以博取功名，為學為文當志存高遠，心懷濟世之志。（三）在時文趣味上，他們都體現出了一致的「雅」的傾向，既是對文辭典雅的要求，亦是對內容要雅正的要求。這與他們「以古文為時文」是一致的。

　　方氏四人的制義文章、八股批評觀，都體現出清代制義歸於義理醇雅的創作傾向和理論傾向。尤其是四人皆有古文名，方苞更是桐城派的開山祖，其時文理論與古文理論同源而出，在對桐城派古文的研究中，時文研究亦是不可忽視亦避不開的一方面。對於四人在八股文批評上看似矛盾實則所指不同的論述應該加以釐清與探討，而總結其八股文批評觀亦是見其人其學的一個視角。

第三節　王步青的八股文批評

　　王步青（1672～1751），字罕皆，一字漢階，號己山，江蘇金壇人。六歲誦小學，通其義，性穎敏，為文操筆立就，年十八補博士弟子員，後為諸生達二十餘年，直至康熙五十三年（1714）始中鄉試舉人，又九年始成雍正癸卯科（1723）進士，入詞館，這時年已逾五十。「先生砥礪廉隅，義不苟就，院

〔註209〕方苞：《書高素侯先生手札後二則》，劉季高校點：《方苞集・集外文》卷四，第 629 頁。
〔註210〕方苞：《與章泰占書》，載劉季高校點：《方苞集・集外文》卷五，第 678 頁。

長館師皆重之」。〔註 211〕兩年後被授翰林院檢討，充武英殿纂修官，與桐城派古文名家方苞一起考證經史，多所印可。居京五年，為時推重，雍正五年以疾辭歸。

一、批評活動

王步青一生活動大約分為三個階段，第一階段（1678～1713），寒窗苦讀，從事貼括，教授生徒；第二階段（1714～1727），準備科考，居京為官；第三階段（1728～1751），退歸鄉里，在揚州等地以授徒為生。因此，除了第二階段之外，他的主要活動是習舉業和授生徒。

眾所周知，自明初推行以科舉取士、「科舉必由學校」的國策以來，自上而下的各類學校均以科考為目的，清人湯成烈說：「考其學業，科舉之法外，無他業也；窺其考慮，求取科名之外，無他志也。」〔註 212〕王步青早年師事於尹廷楣，後為準備參加科考，又師事叔父王汝驤習八股，王汝驤（1660～？），字耘渠，號牆東，由貢生官至通江知縣，是清初著名的八股文家，「先生自幼為制舉之文，當黃茅白葦斥鹵彌望之日，毅然追古作者，年二十已知名」〔註 213〕，有《囊中集》《虛牝集》《牆東集》《明文治》等。後再得宜興儲氏之指授，「為兩先生（指儲大文、儲在文兄弟）所弟畜」〔註 214〕，並與南城張曉樓、桐城方苞為友。儲大文（1665～1743），字六雅，號畫山，康熙六十年（1721）會元，改翰林院庶吉士，散館授編修，有《存研樓文集》十卷；張曉樓（？～1726），名江，字百川，江西南城人，雍正元年（1723）進士，為清初著名的制義高產作家，據傳其作不下於三千篇，有《張太史稿》一卷傳世；方苞（1668～1749），字鳳九，號靈皋，又號望溪，安徽桐城人。康熙四十五年（1706）進士，康熙六十一年（1722）充武英殿修書總裁，雍正十一年（1733）升內閣學士，任禮部侍郎，是清初著名的古文家，有《方望溪先生全集》，編有《欽定四書文》。這些師友又多是清初著名的八股文大家，張曉樓是自晚明豫章派而來的代表，方苞、儲大文、王汝

〔註211〕陳弘謀：《王檢討己山先生傳》，《己山先生文集》卷首，四庫存目叢書本，集部第 273 冊，第 716 頁。

〔註212〕《皇朝經世文續編》卷三，湯成烈《學校編》上。

〔註213〕王步青：《叔牆東七十壽序》，《己山先生文集》卷四，集273，第 751 頁。

〔註214〕王步青：《儲於賓遺稿序》，《己山先生文集》卷二，集部第 273 冊，第 736 頁。

驤則是清初桐城、宜興、金壇三大文派的代表，因為轉益多師，博採眾長，所以王步青的制義能自成一家，並以內容醇正、謹守法度知名於時，正如儲大文所說：「漢階之文，超然獨鶩，脫去塵壒，而實謹於尺度，語曰『節之欲其廉』，又曰『簡而有法』，漢階之文之謂也。」〔註 215〕

　　王步青的授徒生涯分為兩個階段，第一階段是在考取舉人之前，第二階段是自京師辭官回鄉之後，特別是後期的授徒生活尤其重要。「（先生）既歸里，鍵戶課徒，執贄門下者不遠千里，隨材拂拭成就之，居鄉不輕入城市，郡縣吏罕識其面，掌教維揚書院，所造士多知名。」〔註 216〕雍正五年（1727），他應揚州知府尹會一之邀，掌教於揚州安定書院，安定書院又稱胡公書院，是為紀念宋代理學家胡瑗而建，在這裡他作育的知名之士有江春、于敏中等。江春（1721～1789），字穎長，號鶴亭，又號廣達，安徽歙縣人，是客居於揚州的徽商巨富，乾隆時期「兩淮八大總商」之首。于敏中（1714～1779），字叔子，一字重棠，號耐圃，江蘇金壇人。乾隆二年（1737）進士，官至文華殿大學士兼軍機大臣。王步青晚年在課徒時做了兩件事，第一件是編輯《四書朱子本義匯參》，這是一部教授生徒瞭解四書朱子本義的入門讀物，全書凡四十三卷，分朱子章句大學三卷、中庸六卷、朱子集注論語二十卷、孟子十四卷。王步青談到自己編選的指導思想時說：「六經易最難言，邵子以數，程子以理，而朱子之注易也，本聖人作易之初，原其義所由起，曰《周易本義》。……步青嘗稟此以讀四子之書，四子書之本義，固以朱子為宗，而朱子書之本義，則必折衷於章句、集注以為斷……爰輯此書，竊取朱子所以注易之指，而惴惴焉懼不當也，題曰《本義匯參》。藏之家塾，俾兒孫知所取裁，庶由是心解力行，以適於聖賢之路，毋徒以資帖括而已。」〔註 217〕因其能條貫眾說，簡明扼要，頗受時重。當然，作為初學者入門的讀物，也招致多方非議。「《提要》斥其以場屋八比之法計較朱注，已逐影而失形云云，蓋其書專為利士子科場之試而作，本不足以語乎問學也。」〔註 218〕第二件就是編選了一系列的時文選本，包括《天崇十家文鈔》《明文鈔》《國朝制義所見集》《國朝制義所見集補》《歷科程墨所見集》《闈墨大旬紀盛》《四逸簡存》《塾課小題分編》

〔註 215〕儲大文：《王漢階時文序》，《存研樓二集》卷八。
〔註 216〕王廷琬：《家傳》，《己山先生文集》卷首，集部第 273 冊，第 715 頁。
〔註 217〕王步青：《四書朱子本義匯參序》，《己山先生文集》卷一，集部第 273 冊，第 723 頁。
〔註 218〕張舜徽：《清人文集敘錄》，中華書局 1963 年版，第 118 頁。

《分課小題續編》《直省考卷所見集》《直省考卷所見二集》《直省考卷所見三集》《國朝小題匯覽》《明文初學指要》等，這些選本在時間上有明代的也有清代的，在題型上有大題的也有小題的，在範圍上有幾個人的也有一個時代的，在類型上有程墨、闈墨、塾課、考卷，等等。值得注意的是，這些時文選本大多前有序文，談到自己編選這一選本的初衷及論文宗旨，在每一選文後還多有評點之語，品評每一選文的利病得失，這些序文和評語便成為清初八股文壇非常重要的批評文獻。

王步青自己的時文稿在當時也盛為流行，儲大文說：「今江南人士齒未四十，而制義名天下惟漢階、諤庭耳。」〔註219〕陳祖範說：「己山先生經義之文，傳誦人口垂五十年。」〔註220〕他的文稿曾先後有過四次刻印，何雨崖《題王己山稿》云：「己山先生稿凡四出，初刻曰《王漢階時文》，通籍後曰《敦復堂稿》，其《己山先生存稿》則博陵尹公父子（指尹會一、尹嘉銓父子）所校刊，最後曰《敦復堂存稿定本》，則先生親授及門訂存者也。」〔註221〕此外，他還有《己山先生文集》十卷別集四卷，文集收錄的是王步青的古文，別集部分則是上述時文選本的序論彙編。「其集原名《竹里草堂遺稿》，乃步青歿後，其子士鼇所編，後寧化雷鋐督學江蘇時，從士鼇取其稿本，重為刪定，凡存九十餘篇，勒為十卷。用步青別號，改題今名。又別集四卷，皆其時文選本之序論，則士鼇裒輯編次，附刊以行。蓋步青困諸生者二十餘年，至康熙甲午乃舉於鄉，往來公車又十年，至雍正癸卯始成進士。旋以病乞歸，里居教授，惟以評選時文為事，平生精力，盡在於是，故講論時文之語，至於積成卷帙。考論文之書，自摯虞《文章流別》後，凡數百家。其專論場屋程式者，則自元倪士毅《作義要訣》始自為一編。於例，當入詩文評類，以其原附本集之末，故仍其舊焉。」〔註222〕對於自己的八股文批評行為，王步青是非常自負的，自稱是把它作為名山事業來對待的。他認為自己生逢盛世，為諸生二十六年，登賢書又九年，直到成進士後，年已逾五十矣，復以嬰疾告歸，「文章報國志焉未逮」，因此，他把前半生的抱負轉而放在後半生的八股文的選評上。清人郭起元說：「直從帖括契心源，曩哲風規細討論。海內名流仰宗匠，名山

〔註219〕儲大文：《祭曹甫田文》，《存研樓二集》卷十六。
〔註220〕陳祖範：《己山先生文集序》，《己山先生文集》卷首，集273，第712頁。
〔註221〕梁章鉅：《制義叢話》卷十，上海書店出版社，2001年，第188頁。
〔註222〕紀昀：《四庫全書總目》卷一八五，中華書局，1965年，第1675頁。

大業在微言。已看談藝多群從，又見傳經與後昆。自笑簿書叢裏客，猶摻布鼓過雷門。」〔註223〕也提到這是「名山大業」，為世宗仰，可謂推崇備至，不過，還是以現代學者張舜徽所說較為允當：「步青一生所業，多在時藝，惟以評選時文為事，別集四卷，皆時文選本之序論，則士鼇所編次者。其中品論時文之語亦獨多，學者觀此，可以考見科舉取士之世，塾師之所教，士子之所學者奚在，亦一代得失之林也。」〔註224〕

二、時文古文合一

　　自八股文出現以來，它與古文的關係就是一種亦離亦合的關係，一方面它是一種特殊的科場考試文體，在文題、體式、語調、字數上都有相對的限定性，另一方面作為一種文章體裁，它也不可能平地而起，它必然要從其他既有文體裏借鑒一些成功的經驗和做法，當然也要從歷史悠久觀念成熟的古文那兒去吸收豐富的營養。明朝正德、嘉靖年間，以唐順之為代表的唐宋派，既是明代文壇唐宋派的代表作家，又是擅長八股文寫作的高手，因此，在他們的筆下便出現了將唐宋古文技法運之於八股文寫作的現象。「他們從古文中總結出的一套開合、順逆、賓主、轉折之法，總結出先秦兩漢唐宋各家古文的不同技法和不同風格，並將之運用於八股上，創造出一種既合古文規範，又合八股功令的婉曲流暢、文從字順、有法有可依的八股文技巧章法。」〔註225〕對於唐宋派以古文為時文的做法，當時文壇是給予充分肯定和認同的，唐宋派還被後人作為「明文之盛」的標誌。〔註226〕晚明最負盛名的制義大家艾南英，還將之昇華為一種明確的理論主張，指出：「制舉業之道，與古文常相表裏，故學者之患，患不能以古文為時文。」〔註227〕這標誌著明清八股文壇已然形成一種「以古文為時文」的傳統。

　　關於時文與古文的關係，王步青是反對將時文與古人歧之為二的，他認為時文從古文發展而來：「若時文者，古文之自出，其義理同，其法度同，其骨色神韻又同，區區格式，烏足以別至不至哉？」〔註228〕他借用古文理

〔註223〕郭起元：《寄王漢階太史》，《介石堂集》「詩集」卷十。
〔註224〕張舜徽：《清人文集敘錄》，中華書局，1963年，第119頁。
〔註225〕孔慶茂：《八股文史》，鳳凰出版社，2010年，第103頁。
〔註226〕方苞：《欽定四書文·凡例》，文淵閣《四庫全書》版。
〔註227〕艾南英：《金正希稿序》，《天傭子全集》卷三。
〔註228〕王步青：《張晴沙文鈔序》，《己山先生文集》卷一，集273，第729頁。

論來說明時文問題，認為時文與古文一樣是由義理、法度、骨色、神韻、格式等要素構成的，而且在義理、法度、骨色、神韻等方面與古文都是相通的，只是在格式的要求上稍有不同而已。這與清初桐城派的看法頗多一致之處，戴名世說：「夫所謂時文者，以其體而言之，則各有一時之所尚者，而非謂其文之必不可以古之法為之也。今夫文章之體至不一也，而大約以古之法為之者，是即古文也。吾嘗以謂時文者，古文之一體也。」〔註229〕時文之法是隨時代而變的，而古文之法則是永恆不變的，如果以古文之法為之，則時文即為古文也，這時時文與古文實際上已合二為一。方苞也主張以《左傳》《史記》《公梁傳》《穀梁傳》《國語》《戰國策》之義法，「觸類而通，用為制舉之文」。〔註230〕劉大櫆亦持有大致相同的看法，指出：「八比時文，是代聖賢說話，追古人神理於千載之上……取左、馬、韓、歐的神氣、章節、曲折與題相赴，乃為其至者。」〔註231〕接著，王步青還進一步從兩個方面論述了時文與古文的相通相接之處，一是從歷史上看，「自宋以來，固已有所謂時文者，未嘗不與古文同歸，而有明遂以六經四子之制義當之也」；二是從現實上看，將時文與古文歧之為二，實乃「無與於文者」的託辭罷了。「今世之士其所為制義，本不足以言文，而遂與古文歧視，故或茫茫然不識古文為何物，而靦然謂吾自託業於時文。又或時文篇章句字之未通，而遁而之於古文以震世。嗚呼！是皆無與於斯文已矣。」當然，王步青主要以時文見稱於時，古文非其所長，乃其餘事而已，在一定程度上講並非是醇正的古文，他的古文個性也不是很明顯，正如清人吳德璿所說「王罕皆古文亦不唐不宋不六朝不似古人」。〔註232〕

不過，對於王步青的時文與古文合一論，絕不能簡單地看，他強調時文與古文合一關鍵在「其義理同」。在他看來，無論是時文還是古文，都是用以載道的，是用以表達義理的。

> 夫文者，載道之器。古來有道之士，雖單詞隻義，要以明理適事，苟無當於理與事，則無所用文。考亭朱子讀陳子昂《感遇詩》，非不愛其詞旨幽邃、音節豪宕，顧獨恨其不精於理而託於仙佛之間

〔註229〕戴名世：《甲戌房書序》，《戴名世集》卷四，中華書局，1986 年，第 88 頁。
〔註230〕方苞：《古文約選序例》，《方苞集集外文》卷四，上海古籍出版社，2008 年，第 63 頁。
〔註231〕劉大櫆：《海峰時文論》，《劉大櫆集》，上海古籍出版社，1990 年，第 612 頁。
〔註232〕吳德璿：《初月樓古文緒論》，人民文學出版社，1959 年，第 30 頁。

以為高，故於其齋居無事作《感興》二十篇，自謂皆切於日用之實。由今讀之，舉凡天地陰陽造化之孕，人心不測之機，古今治亂興亡之鑒，六經四子之精義微言，儒者紹往開來闢邪養正之要道，無不備見於斯，彼子昂之《感遇》雖不作可耳。〔註233〕

這裡講是的古文，其實時文又何不其然？他說：「夫經以傳道，制義以傳經。」在道、經、制義三者之間，「道」是根本，「經」是聖人對「道」的解說，「制義」則是一般後學對「經」的理解，這一解釋方式有如劉勰《文心雕龍·原道篇》談文與道關係時所說的：「道沿聖以垂文，聖因文而明道。」從這個角度看，「制義」實際上是對「道」的堅守和維護，它並非是無謂之文，而是切於日用之實之文，「制義」的寫作也不僅僅是一種技巧的訓練，更是對人心的一種涵養化育，因此，他特別反對以制義為獵取功名手段的做法：「吾嘗歎揣摩之說日興，聖賢之道浸廢。……今為明道傳經之業，先資拜獻，哆口揣摩，前者唱於，隨者唱喁。」〔註234〕對於他的朋輩能堅守「制義」之本原，以涵化人心為指歸表示贊同，如謂任翼聖：「篤行績學，其潛心經義以取斯道之原者深，其旁推交通以神明變化於斯文之能事者。」又稱曹諤庭：「潛心理學，於古聖賢人義旨，獨開窔奧，博綜經史，發之於文，要與題之神氣欷欷相迎，抉精剔華，鏗訇炳耀，才情自迥出流輩，熊（伯龍）、劉（子壯）以來，蓋不多有。」〔註235〕

在論述了「制義」與「經」、「道」關係的基礎上，王步青又進一步闡釋了制義的「文章之道」。他指出：「夫論文之旨，約有三端：曰理、曰法、曰才……夫是三者，合之則美，離之則傷。」這裡「理」指的是義理，「法」指的是法度、程式，「才」指的是才思、才情，一篇好的文章就是「理」、「法」、「才」三者的完美結合，王步青將這種三者完美結合的境界稱之為「神」。「自古文章推不朽盛業，惟其神自足以長留天地耳，柳子云為文神志為主，愚嘗謂斯言高於魏文之主氣、范詹事之主意，況制義代聖賢語言，非神合志通，安能直湊單微、了無隔閡？自故明設科取士，以此拜獻其身，其業尊，其源遠，其道精深，其用廣大，艾東鄉謂秦漢以來未有盛於斯文者！」〔註236〕這裡「神」

〔註233〕王步青：《朱待圉偶然集序》，《己山先生文集》卷一，集273，第731頁。
〔註234〕王步青：《任翼聖稿序》，《己山先生文集》卷二，集273，第735~736頁。
〔註235〕王步青：《曹諤庭遺稿序》，《己山先生文集》卷二，集273，第737頁。
〔註236〕王步青：《明文鈔序》，《己山先生別集》卷一，集273，第833頁。

是指作者精神風貌在作品中的表現，亦即從作品中可以推想到作者的理學事功。「吾觀明初目薛文清、于忠肅、商文毅諸公制舉之文，篇寡字嚴，心精奕奕，當年理學事功，略可想見其神全也。」在王步青看來，時文與古文在義理、法度、神韻等方面是相通的，「古文」之道也是通之於時文的，他在給朋友張嗣音的書信中專門談到「文章之道」。

> 夫文章之道，僕本不敢自謂與知，然以其所嘗聞於古者，而綜其大旨，則其要有四：理必當，思必深，氣必盛，辭必工。有一於此，輒翹然自異流輩，而缺其一，則終無以自到於古，而成一家言。……故文之佳者，理關至極，思好深沉，而氣復充愉，辭亦爾雅，彬彬有漢氏之遺風；其次則或鬱於氣，或滯於辭，雖据理務精，構思甚苦，而按之於古，既難遽以突前賢，訊之於今，亦非所以收時譽，則願足下更留意焉。夫氣非可趣之使盛也，率志委和，則理融而情暢，鑽礪過分，則神疲而氣衰，古人信有味乎言之矣！故宜從容適情，優柔適會，為養氣上術，而足下百事經心毋亦有不得已者，銷鑠精膽，蹙迫和氣，其於文也，往往見之。愚以謂自今搦管，姑少抑其銳，而澤於和平。柳子厚云：未嘗敢以昏氣出之，此必非所慮於足下而作，以矜氣則賢者有不免也。至於修辭之要，篇章句字，恒必由之夫篇之彪炳，章無疵也，章之明靡，句無玷也，句之菁英，字不妄也，此又古人之格言也。重篇章而略句字，為不足置意，非飄寓不安，即齟齬為瑕。熙甫云：如人好眉眼著些瘡痏，足下將以為何如？〔註237〕

所謂「文章之道」，是指文章寫作的基本原則、規律和技巧，在王步青看來它的基本要求是：「理必當，思必深，氣必盛，辭必工」。「理」指的是義理，是儒家先聖之言；「思」是指作品的立意，「氣」是指作品的氣勢，也就是通常所說的「文氣」，「辭」就是指作品篇章的安排和字句的修飾等，王步青認為，對於這四者必須做到融會貫通，「缺一不可」，才能達到「文之佳者」的境界，但一般人是很難進入到「文之佳者」的境界的。對於制義而言，「理」、「思」相對來說容易做到，無非就是陶冶性情、績學明理，而「氣」、「辭」則非經過長期的磨礪修練不可，注重「養氣」的工夫，做到「率志委和，從容適情」，

〔註237〕王步青：《與張嗣音》，《己山先生文集》卷十，集273，第810～811頁。

而後在修辭上不但要注意篇章的安排布局，而且也不可忽視對字句的鍛鍊，這樣才會漸入「文之佳者」的境界。

三、推崇天崇十家

在時文與古文合一的理論前提下，王步青還對明代八股文風的演變作了初步探索。一般認為，明代八股文大致經歷了四個發展階段，明初洪武永樂是八股文體式基本定型的階段，到成化、弘治八股文已臻完全成熟，正德、嘉靖則是「以古文為時文」的發展探索期，也有人稱之為是「明文之盛」的階段，隆慶、萬曆是八股文流派紛起、講究機法的時期，有所謂「江西四儁」、奇矯派、東林派、元脈派等，到天啟、崇禎八股文進入由衰啟變的時期，有所謂豫章派、雲間派、婁東派及金聲、黃淳耀等大家〔註238〕，王步青曾以「理」、「法」、「才」三字概括這四個時期的創作特點：「論明文者，於成弘正嘉言理，隆萬言法，天崇以才。」〔註239〕

明代八股文是怎樣由「理」而「法」而「才」的呢？通過《明文鈔》《明文初學指南》《歷科程墨所見集》等選本，王步青大致描述了明代八股文發展變化的脈絡，並發表了自己對明代八股文發展演變的看法。他認為，自明初洪武到景泰、天順，是八股文的初創成型期，這時八股文的特點是：「渾渾噩噩，無意求工，而古質蒼嚴，若大圭，清瑟可陳，而不可褻也」。到成化以後，義法轉精，時局漸開，代表人物有王鏊（守溪），故明文之盛則斷自成弘始。正德時期主持文運者為商輅，自是端緒相承，風流未墜，嘉靖初中去正德未遠，制舉之文猶能恪守家法，其代表人物是錢福、高拱、瞿景淳。這時八股文的特點是：「根於嚴謹，積為深厚，卓犖紆徐，間見層出，而雄才灝氣，時亦震發於其間」。至於嘉靖末造，或宕軼不收，流於冗蔓；或矯以促節，又失之偪仄；其時有歸有光起而振之，文運之衰因之一變，遺憾的是他沒能取得像王鏊、瞿景淳那樣的顯赫科名。到隆慶時期，又有張居正、鄧以讚、黃洪憲等「駸駸復古」，萬曆初年的制義尚諷諷可誦，陶望齡可謂這一時期的「中流砥柱」。但到中葉以後文風開始敗壞，專尚圓機，日趨軟調，氣萎體敗。「雖有貞父、孟旋諸公標持風格，力不足起衰，其他奉一二鉅子繆種，流傳起穢，自無論矣！」到天啟、崇禎，明代八股文進入到一個新的發展時期，王步青認為，

〔註238〕孔慶茂：《八股文史》，鳳凰出版社2008年版，第72～73頁。
〔註239〕王步青：《明文鈔序》，《己山先生別集》卷二，集273，第833頁。

它應該稱之為衰極而啟變的時期:「文至天崇而變已極,或以是為文之盛,或以為衰,皆非也!夫文莫衰於萬之季,氣靡理蒙,柔肋脆骨,賴大力、千子、正希、大士諸公起而持之,而文進於古,不可云衰。……天崇諸家意在起衰,雖場屋之文,率深想重氣,鬱勃淋漓,以視弘正前之優柔平中,固有間矣,然文不天崇,不足盡文之變。」〔註240〕但到了崇禎末年,類多張脈僨興,不可向邇,蓋其時世運敗壞已極矣!

不過,在王步青看來,天啟、崇禎才是明代八股文最重要的發展時期。他說:「洎乎成化,守溪氏(王鏊)作體斯備矣,唐(順之)、歸(有光)繼之,躋登於古。嗣是思泉(胡友信)、高邑(趙南星)、涇陽(顧憲成)、孟旋(方應詳),傑然代興,分持氣運。迄於末造,正希(金聲)、大士(陳際泰),力起積衰,同時章(世純)、羅(萬藻)、陳(子龍)、黃(淳耀),各開生面,要皆有不可磨滅之神,與初盛諸公後先相望,神完故氣盛,神清故意真,衷之於理,御之以法,達之以才,自有斯文,苟其至者,靡不由是。」〔註241〕從這一句話看,王步青對天、崇時期的八股文可謂推崇備至,認為它已進入到「理」、「法」、「才」完美結合的「神完氣盛」、「神清意真」的境界。對於天、崇時期的八股文到底是極盛還是極衰?當時文壇還是有較大爭議的,比如方苞認為「隆、萬為明文之衰,有氣質端重間架渾成者,亦有專事凌駕輕剽促隘,雖有機趣而按之無實理真氣者。至啟、禎名家之傑特者,其思力所造,途徑所開,或為前輩所不能到,其餘雜家則佪棄規矩以為新奇,剽剝經子以為古奧,雕琢字句以為工雅,書卷雖富,辭理雖豐,而聖賢傳本義轉為所蔽蝕。」〔註242〕但王步青認為,時文與古文一樣有正,有變,有風會,當一種文風走向極端,必然會流弊叢生,這時文壇也就有了求新求變的要求。「文有正變,其關乎風會者,端賴主持文運之人,或障川回瀾,由變而力反諸正,或因勢利導,以變而愈益神。」〔註243〕在隆慶、萬曆文風衰敗蕪爛至極之際,到天啟、崇禎便出現了一批由衰啟變「主持文運」「轉變風會」的大家,這就是《天崇十家文鈔》所選錄的「十家」——徐方廣(思曠)、章世純(大力)、艾南英(千子)、羅萬藻(文止)、金聲(正希)、楊以任(維節)、陳際泰(大士)、

〔註240〕王步青:《題程墨所見集四》,《己山先生別集》卷二,集273,第839頁。
〔註241〕王步青:《明文鈔序》,《己山先生別集》卷二,集273,第831頁。
〔註242〕方苞:《欽定四書文凡例》,王同舟、李瀾《欽定四書文校注》,第1頁。
〔註243〕王步青:《塾課小題分編》「論參變」,《己山先生別集》卷三,集273,第850頁。

陳子龍（大樽）、黃淳耀（陶庵）、高作霖（蘇生）。

其實，天、崇時期的八股名家並非「十家」而已，如清人梁章鉅《制義叢話》便收錄有 47 家之多，王步青何以會特地推出這「十家」作為代表呢？一方面，「天崇十家」是晚明八股文最具代表性的「十家」，在「品」、「思」、「才」、「幽」、「逸」等方面皆富於特色。「自故明以制義取士，代有傳文，成弘以降，正變迭乘，迄於天崇，變斯極矣，變而不戾乎正，力開奧奧，教人自為。吾得十家焉，十家者，品莫高於思曠，思莫微於正希，才莫恣於大士，與大士相雄長者，大力也。臨川兩大，其精悍足當之矣。羅視徐為幽，而沖淡之神不減，楊視金為削，而變逸之性自如，其諸高顒頏矣乎！若夫識老，則推千子，理覈則讓蘇生，益傑然於諸家中者，大樽興高而采烈，陶庵體博而義昭，視諸家氣韻稍殊焉，掇其尤者，胥藝林之盛軌也。」另一方面，「天崇十家」是晚明八股文由衰啟變的關鍵，通過推崇「天崇十家」能夠達到救弊正衰的目的。「吾嘗歎世俗操觚之子，暖暖姝姝，學一先生之言，習為揣摩之說，貪常嗜瑣，苟取世資……高論成弘，理趣索然，官骸徒具；宗隆萬者，則又哆談機法。循其流弊，治絲而棼，更相笑也。蒙以為欲救後此之浮靡，端尚天崇之雋異，蓋其時乘萬曆末葉，纖佻蒙雜，衰壞已甚，此十家者，後先起而振之，一以通經學古為宗，而為文不主故常，各標體要，以在我之性靈，發聖賢之指趣，覃思殫精，鉤元振採，專壹以致其至，溯王錢既遺貌而追神，契唐歸亦同工而異曲，惜世之溺沒於貪常嗜瑣中者徒耳食焉，而未嘗登其堂嚌其胾也。」最後，王步青還談到自己編選《天崇十家文鈔》，是有鑒於當時文壇耳食之徒，「貪常嗜瑣，習與性成」，出主入奴，文風敗壞，「貌成弘則土偶人形，談隆萬類傴師之說，學天崇作拉雜變，轉輾迷謬，豈有既歟」，「所為醫俗救纖，放淫截偽，以振厲而激發之」。〔註244〕

那麼「天崇十家」在轉變風氣上起到什麼樣的示範作用呢？一是「品」。所謂「品」，既指文品，更指人品。比如徐思曠，當江南社事鼎盛之日，多以聲氣相求，他則掉臂獨行，不逐時趨，王步青將之比喻為「藐姑射山神人」，並稱「讀其文，心跡雙清，邈然天際」。再如羅萬藻，當時文壇共推「江西四雋」，獨不及先生，先生亦熟視無睹。「此固其根於性術，蕭然高寄，謝絕聲華，有非世俗能軒輊者。」二是「清」。王步青認為金、徐、羅、楊四家稿皆

〔註244〕王步青：《天崇十家文鈔序》，《己山先生別集》卷一，集273，第827～828頁。

能使人「性靜」,「每塵囂溷雜之餘,拭幾展卷,浮情頓息,所謂讀文一過,可當一日坐功者也。」這種性之「靜」是來自文之「清」,當然各家天性有異,則文之「清」亦各有其品,金正希是清雄,羅文止是清幽,還有章大力:「當萬曆之末,氣靡理蒙,文章衰壞極矣。辛酉天啟改元,先生以清遒刻異之文,獨先四家雋,已乃刻其行卷,題曰《章子大業》,俾柔筋脆骨之徒,忽旋其面目,雄雞一唱天下白。」〔註245〕三是「古」。王步青認為陳際泰之文是「古雅」,艾南英之文是「古樸」,特別是艾南英在觀念上還有轉變風氣的意義:「先生持論一衷於理法,而其指要尤在服秦漢唐宋大家之氣,傳孔曾思孟之神……嘗自謂壯年淺學,盡見筆端已,乃一意掃除,漸窺古人深處……先生刊落浮豔,持論齦齦,而欲以吾樸老疏拙之文易天下,使天下之士群睨焉。」〔註246〕四是「真」。「真」,就是真實,自然,不矯揉造作,所謂「士君子立意較然,不欺其素浸假、強語雷同、曲學阿世」是也。比如對於陳子龍與艾南英之爭,論之者多左陳而右艾,但在王步青看來,他們看似相異,其實相通,前者尚才情,後者主理法,「千子之主理法是真理法,大樽之尚才情是真才情」,在當日偽經偽子煽風成習之時,陳、艾之爭說明了這樣一個道理:「天下亦惟其真者尚耳」。五是「實」。所謂「實」,是指實用,致用,經世致用,並非常人所說「時文無益」。比如黃淳耀之文就是絕妙的經世之文,先生為諸生時,館於錢謙益家,每閱邸報,欷覷時事,並發之於文。「先生嘗自謂求義理於六藝,求事蹟於諸史,求萬物之情狀於騷賦詩歌,求載道之器於漢唐宋諸家,所為涵糅隱括以得於心者,亦已至矣。及其放而之於文辭,則又能達於治亂之源以通之世,故而可以施於為政。」〔註247〕

四、關於《塾課小題分編》

在王步青編選的眾多八股選本中,《塾課小題分編》是一部很有特色的八股文選,它是為初學者入門而編選的八股文教材。這一選本在清代曾廣為流傳,「自通邑大都至遐陬僻壤,駸駸家有其書,數十年來,坊選未有若此之行遠者」〔註248〕,明清時期一些家訓或書院規約多把《塾課小題分編》作為指定書目推薦,如池春生《塾規二十四條》曰:「童子初讀時文,先授

〔註245〕王步青:《題章大力先生文鈔》,《己山先生別集》卷一,集273,第829頁。
〔註246〕王步青:《題艾千子先生文鈔》,《己山先生別集》卷一,集273,第829頁。
〔註247〕王步青:《題黃陶庵先生文鈔》,《己山先生別集》卷一,集273,第832頁。
〔註248〕王步青:《分課小題續編序》,《己山先生別集》卷四,集273,第855頁。

以王罕皆《八集》，挨序選讀。」李新庵《重訂訓學良規》曰：「時文先讀明文，於浦二田《五編》、王罕皆《八集》內選之，次則《張太史塾課》《溶靈集》《八銘初集》，次則仁在堂《時藝引》《時藝階》。」《海東書院學規》曰：「至夫合選善本，如《欽定四書文》外，王罕皆分種八編，殊有層級可循，無弔詭龐雜諸弊，宜所傳習外，若矜奇好異，軋茁字句以炫聽聞，概所弗錄。」〔註249〕

《塾課小題分編》是一部小題文的彙編，所謂「小題」是相對「大題」而言的，「大題」是摘取《四書》中的一句，或數句，或一節，或全章，以命題；「小題」則是為了避免命題的重複，專門從《四書》中截取文句，以考察考生對經文熟悉理解程度的一種命題方式，這種命題方式在塾課、縣試、府試、道試及考核生員的歲試、科試中應用廣泛。王步青自序談到自己編選這一選本的初衷和體例：「余自為諸生垂三十年，通籍歸里，仍理故業，遠近生徒問字，大都由制舉義而童而習之，尤以小題為初階，其講求義法，實與大題為造車之合轍，無可掉以輕心者也。……今且屏跡課孫，爰匯輯諸選小題文，分為八集。初一曰啟蒙，導其源也；次二曰式法，正其趨也；次三曰行機，暢其支也；次四曰參變，博其趣也；此四者初學熟之，復之相題，行文之概，亦既駸駸得之。自是按之愈深，則為精詣；恢之彌廣，則有大觀；絢爛之極，歸於平淡，是為老境；謹嚴之餘，溢為奇怪，是謂別情。凡茲八集，等級分明，而指歸自一，學者從容講習，旁推交通，其於小題得手應心，而大題之道亦莫能外。」〔註250〕它把初習八股分為兩個階段，第一階段是入門，包括啟蒙、式法、行機、參變；第二階段是深化，包括精詣、大觀、老境、別情；經過這兩個階段的訓練，便能進入出神入化、操縱自如的高級階段，也就是上文所說的「理」、「法」、「才」三者融會貫通的「入神」境界。

先說前四者，什麼是「啟蒙」？就是通常所說的發蒙，亦即對八股文的初步瞭解。王步青認為在習八股之前，必須先讀經書，後讀古文。進入初習階段後，首先要學會相題，審題之虛實，而後是解章法，瞭解其開合變化；最後，從淺顯之文入手，做到文義易明、文法易曉、一目了然。「啟蒙」意在導心源，「式法」重在授繩尺，何謂「式法」？就是指篇章的安排，具體說來就

〔註249〕余文儀纂：《續臺灣府志》，《臺灣文獻叢刊》第 121 種，臺北成文出版社，1983 年。
〔註250〕王步青：《塾課小題分編序》，《己山先生別集》卷三，集 273，第 846 頁。

是，首尾要一體，前後要照應，虛實要相生，開合要有致，切忌「平頭」、「合掌」。何謂「行機」？機者，巧也，行機就是技巧的運用。如果說「法」是已定的，那麼「機」則是未定的，「機」與「法」是相輔而行的關係，所謂「以法行機，以機化法」是也。「行機」有多重境界，有機神，有機杼，有機趣，有機調，皆文家所當知也。何謂「參變」？就是推陳出新，化板為活，變化翻新。「參變」也有多種表現方法，有理不變而意變者，有意不變而法變者，有變在體格而分題錯出者，有變在色韻而同題互見者。如果說前四者是導入，那麼後四者就是引申，是指導初學者如何由外行轉變為內行。所謂「精詣」，就是求精求深，由精於練詞，進而精於造意，由造「意」進而求「理」，由求「理」進而審「題」。「大觀」就是充實博大，「文之大者，根柢由於經術，氣局出自韓歐」，「咫尺有萬里之觀，聲欬接千年之脈」。「老境」是指文章的醇厚之境，它的特徵是「洗淨鉛華，歸於淳實」，「外枯而中膏，似淡而實美」，「漸老漸熟，乃造平淡」，具體說來，它又有識老、氣老、法老等不同境界。所謂「別情」，是指在常調之外的別調，常規文章之外的遊戲筆墨，自古以來文人不可磨滅之處，固由理勝，亦以情深，當他的情逾於理，便有了才情八股。總的來說，第一階段是可以揣摩可以學習的，第二階段則只能體會，它需經過長期日積月累逐漸形成。

雖然《塾課小題分編》是一部供初學者學習揣摩的入門讀物，但它在八股文的寫作原則、技巧、步驟等方面談到一些理論問題，因此，從八股文批評角度講也是值得我們關注的。

第四節　李紱的八股文批評

李紱（1675～1750），字巨來，號穆堂，江西撫州府臨川縣（今江西省臨川市臨川區榮山鎮）人。康熙四十八年（1709）進士，時年三十五歲，此後榮寵一時，「入詞館，授編修，即受聖祖不次之擢，超五階為庶子，自來詞館所未有也。」〔註251〕康熙五十四年（1715），典武會試為副考官。五十六年（1717），充日講起居注官，八月抵雲南，典滇試，為雲南鄉試正考官。五十七年（1718）九月，充武會試正考官。五十九年（1720）六月，典浙試。六十年（1721），

〔註251〕全祖望：《閣學臨川李公神道碑銘》，《全祖望集匯校集注·鮚埼亭集》卷十七，朱鑄禹校注，上海古籍出版社，2000 年，第 314 頁。

充會試副考官，以校士論罷，發永定河工效力，雍正元年（1723）復職。此後又多親歷漕運、典試、志書館等職，至乾隆八年（1743）因病致仕。一生三起三落，浮沉宦海三十餘年，是一位身兼學者與文人的著名官員，於康、雍、乾三朝「受特達之知，荷非常之寵，內而槐棘，外而節旄」，「揚歷三朝，負重望者四十餘年」。〔註252〕

　　李紱一生著述繁富，有《穆堂初稿》五十卷、《別稿》五十卷、《陸子學譜》二十卷、《朱子晚年全論》八卷、《陽明學錄》若干卷、《八旗志書》若干卷，皆行於世。李紱一生致力於陸王學術，地位顯赫，梁啟超評價為「陸王派之最後一人」〔註253〕，錢穆推之為「有清一代陸王學者第一重鎮」〔註254〕，學界對此多有研究。李紱在八股文批評理論上亦多所建樹，早年坎坷的科舉經歷與入仕後豐富的典試經驗，使其對時文的寫作與鑒賞亦有著別具一格的看法。

一、科舉之文之工，必由通經學古

　　李紱出生於貧寒之家，其父是作為「館甥資老」〔註255〕而入贅吳家的。在這樣貧困的環境中，李紱卻聰穎好學，少時即表現出群，讀書「五行並下，落筆滾滾數千言」〔註256〕。然而，李紱的科舉之路卻異常艱辛。康熙三十四（1695）年，李紱年二十一歲，補諸生，次年即抵章門（南昌）應鄉試，而「一二好事者誣為冒籍，排擊不遺餘力，乃得蕭然事外」〔註257〕，此後數躓秋闈，又先後三次應試，均不第。康熙四十七年（1708）始中舉人，領解第一，明年一舉而為進士。李紱「十四歲始學為時文」〔註258〕，至 35 歲成進士。二十餘年的時文寫作與屢次落第之科場經歷，使得李紱對時文之弊有著

〔註252〕全祖望：《閣學臨川李公神道碑銘》，《全祖望集匯校集注‧鮚埼亭集》卷十七，第 314 頁。

〔註253〕梁啟超著、朱維錚校注：《中國近三百年學術史》（五）《陽明學派及其修正》，《梁啟超論清學史二種》，復旦大學出版社，1985 年，第 152 頁。

〔註254〕錢穆：《中國近三百年學術史》（上），第七章《李穆堂》，商務印書館 1997 年版，第 312 頁。

〔註255〕李紱：《先考新安府君墓誌銘》，《穆堂初稿》卷二十五，《清代詩文集彙編》第 232 冊，上海古籍出版社，2010 年，第 286 頁。

〔註256〕全祖望：《閣學臨川李公神道碑銘》，《全祖望集匯校集注‧鮚埼亭集》卷十七，第 318 頁。

〔註257〕李紱：《章門雜詩》，《穆堂初稿》卷二，第 29 頁。

〔註258〕李紱：《火餘草詩自序》，《穆堂初稿》卷首，第 5 頁。

深切的體驗:「平日粗疏之學,讀書萬卷,毫無所用,更欲勉圖,衰無及矣。」
〔註259〕而自敘其科考經歷,李紱道:「國家取士三場,首試以經書文義,而
四書文尤重。予少也嘗為之,四試於鄉而不遇也。因取見售之文規焉,一試
而首舉,再試而成進士。文固有其必售者也。」〔註260〕致力於四書經義,四
試而不遇,而「取見售之文規焉,一試而首舉,再試而成進士」。然而,這正
是李紱所極力反對的刻坊之說、速化之文。對於一個致力於學術事工的有志
青年而言,這是何其悲哀之事。

　　誠然,在李紱的時代,時文已腐朽至極,「今天下文章亦多故矣,點者務
為詭激以驚愚俗而取名於時,始以支離之詞飾空疏之腹,信宿而蕉萃。」〔註
261〕「務為詭激以驚愚俗」,意謂清初時文沿襲明末惡習,詭怪偏激,誇新鬥
妍,「以新奇耀試官之目」〔註262〕。這種風氣所造成的結果是「以支離之詞,
飾空疏之腹」,士子空疏不學,士風萎靡不振,日常所習皆「索解於學究刪纂
之說,取材於坊刻淺薄之文」〔註263〕,尤有甚者「近復變為臃腫汗漫,幾於
指股脛腰,思有以障之,急不得其人。」〔註264〕李紱對此深為不滿,舉世皆
學而乏材者,造成這種現象的原因是士子急功近利,徒然以科考利名為歸,以
模擬仿習為務,而論真才實學則無有。「科舉之文,國家用以取士,士所共趨,
豈無所用心哉!然其心未嘗求有所自得,不過摹擬焉耳。義理則摹擬世俗之講
章,而講章外,不敢溢一義。辭采則摹擬世俗之墨卷,而墨卷外,不敢出一語,
即弋獲科名,而於心毫無所得。」〔註265〕日埋首沉酣、窮經皓首,而「不知
所以學者何為也」,世代相襲曰為科名耳,為利祿耳,「父兄以此教,子弟以此
學。舉聖賢扶世導民之具,僅供吾弋取利名之資,而於身心、性情、家國、天
下之故,毫無與焉。」〔註266〕正是這種極端功利主義的讀書目的,聖賢扶世
導民之教義,徒然成為士人弋取利名之資本,正如戴名世所言「時文興而先王

〔註259〕李紱:《答徐編修畫堂書》,《穆堂初稿》卷四十三,第588頁。
〔註260〕李紱:《余東木時文序》,《穆堂初稿》卷三十四,清乾隆庚申無怒軒刻本。
〔註261〕李紱:《閻仲容試草序》,《穆堂初稿》卷三十四,第412頁。
〔註262〕盧前:《八股文小史》,載劉麟生《中國韻文史》,東方出版社,1996年,第
　　　　194頁。
〔註263〕李紱:《宣成書院條約》,《穆堂別稿》卷四十九,《清代詩文集彙編》第233
　　　　冊,第471頁。
〔註264〕李紱:《閻仲容試草序》,《穆堂初稿》卷三十四,第412頁。
〔註265〕李紱:《蔡秀夫時文序》,《穆堂初稿》卷三十四,清乾隆庚申無怒軒刻本。
〔註266〕李紱:《宣成書院條約》,《穆堂別稿》卷四十九,第471頁。

之法亡」〔註267〕，這樣的學習對於儒家所追尋之修齊治平是毫無意義的。

基於對「士溺於俗學而不盡其材也久矣」〔註 268〕之不滿，李紱在雍正二年巡撫廣西期間，修復宣成書院，作《宣成書院條約》。從「讀書緣起」、「遊藝門徑」與具體學習方法的傳授入手，他辯證分析、矯正士人之不正學風與用力歧途之謬，「揭為學之指歸，且以課程創見」〔註269〕。在「辨遊藝門徑」中，他結合時文自身之體式特色、行文規範，對制藝者提出了「通經學古」的要求：

> 經藝之體，其理則代古先聖賢之言也，其辭則周秦以來立言者之神氣、格律，無弗包也。不探討於六藝，不足以窺理之奧；不穿貫於子史百家，不足以盡詞之變。故通經學古，非祈工於科舉之文也，而科舉之文之工亦必由是。〔註270〕

李紱認為時文之體包容眾多，其理奧而詞變，通經學古，則不僅要對儒家經典之《詩》《書》《禮》《樂》《易》《春秋》有深刻而精到的探討，同時對周秦以來子史百家之神氣、格律亦要鎔鑄貫穿，如此方能一窺淵深之奧義而隨心運化其詞。因此，他認為「通經學古」的最終目的不是為了「工於科舉之文」，然而「科舉之文之工亦必由是」。然而，現實是「今人皆知通經學古之為美，而顧畏而不前者，何也？則以其業繁，其程遠，不若俗學之可以速化也，是大不然。」〔註271〕這裡所說「俗學」自然指的是刻坊刊印、制舉者日夕爛熟以應科考之時文，在世俗之人看來這才是速化之法，而通經學古則業繁而程遠，李紱對此行徑給予了批駁：

> 夫俗學之根柢，講章、時文而已。然講說日新月異，時文逐風會為轉移，其變遷尤甚。世所號為老於科舉之學者，計其生平研覽於講說者，不知其幾種矣，敝精於時文者，不知其幾端矣。約略所誦，奚啻千百篇？古學以通經為主，九經僅四十八萬四千餘字，以較時文，不過七八百篇之多。鄭耕老謂：「日誦三百字，不過四年半可畢。」況《論》《孟》《孝經》，諸生共習又各占一經，約省三之一矣，再補餘經，三年可畢，況資性高者日不止誦三百字耶？諸生敝

〔註267〕戴名世：《汪武曹稿序》，《戴名世集》卷四，第 100 頁。
〔註268〕李紱：《宣成書院條約》，《穆堂別稿》卷四十九，第 471 頁。
〔註269〕李紱：《宣成書院條約》，《穆堂別稿》卷四十九，第 471 頁。
〔註270〕李紱：《宣成書院條約》，《穆堂別稿》卷四十九，第 471～472 頁。
〔註271〕李紱：《宣成書院條約》，《穆堂別稿》卷四十九，第 472 頁。

精於科舉之文，雖及百千，不免為大雅嗤點。苟腹貯九經，則可以方行天下，而其所為時藝之工，又必有異於人者矣。移其精神學力於是，則品之雅俗判若天淵，又未嘗見彼之逸而此獨勞也，諸生亦何憚而久不為此？且令勉諸生為古學，非謂必盡棄其學而更張之也，第科舉之學，諸生既已熟習，苟溫其故而加精焉，亦足以追時好而取世資，若今之所用為課者，則平生之尚未暇遑者也。〔註272〕

首先，俗學之所謂講章、時文是瞬息萬變、逐風會為轉移的。戴名世《〈宋嵩南制義〉序》稱：「制義者，與時為推移，故曰時文。時之所趨，遂成風氣，而士子之奉以為楷模者胥會於一。」〔註273〕時文之最大特色便在於「與時為推移」，它隨時運、主試者之審美與統治者之要求隨時變換。不同時期，研習者欲取得科場功名，則需時刻跟隨變遷之風會，爛熟背誦之文不下千百篇，而古學所通之九經，在數量上遠遠小於時文，所耗時間精力亦遠較前者為少。其次，用力於經典則不惟可以方行天下，且精通經典後所作之時文必然是卓然超群、獨具一格的，而二者品之雅俗高下自是判若天淵，可不謂一舉而多得乎？再者，致力於古學經典可令科舉之文更加溫故而加精，較之其他空疏浮泛之文自然更容易為主試者所青睞而取得功名。三個層次，由數量、質量再到成效，由表及裏，層層深入，證據充足，有理有力。同時，他為治舉業者提出了切實可行的學習之法：

今為諸生參分其日力，以其一為時學，以其二從事於斯。隨其資性之高下，以為記誦之多寡，雖時過，後學勤苦難成，記言誠然。然身隸學官，則肄誦之外無餘事，苟不為蓄，終身不得通經學古，是所厚望。〔註274〕

在李紱看來，國家以八股取士，宗旨在於使士人崇德廣業，「以立學術事功之基，即卑論文藝，亦欲甄陶漸濡，儲通經學古之士、光華著作之才，以仰備國家之用」。〔註275〕因此李紱作此條約的最終目的也是讓士人通經學古，以備終身之用，使得「諸士第時省所以讀書之故，則今日修之家者必有其事也，異時獻之廷者必有其具也」〔註276〕，並通過上述俗學與古學之鮮明對比，

〔註272〕李紱：《宣成書院條約》，《穆堂別稿》卷四十九，第472頁。
〔註273〕戴名世：《宋嵩南制義序》，《戴名世集》卷四，第113頁。
〔註274〕李紱：《宣成書院條約》，《穆堂別稿》卷四十九，第472頁。
〔註275〕李紱：《宣成書院條約》，《穆堂別稿》卷四十九，第471頁。
〔註276〕李紱：《宣成書院條約》，《穆堂別稿》卷四十九，第471頁。

合理分配制舉之精力，為士人提供了具體而微的可行性方案，於學術事功兩不相妨。同時他刊刻日曆，令諸生根據不同資質自我評估，若能「每日除溫習外，能讀記經史子集若干字，親筆填注於冊」〔註277〕，以此勉勵諸生自我監督，這已經上升到方法論的意義上了，用心不可謂不良苦。

　　同時，基於通經學古的基本原則，李紱對作者提出了「博」的要求。他提出「為文須有學問，學不博不可輕為文」〔註278〕，惟博而後能視野漸開，儲備漸豐，識見漸明，知何者為古人所已發明，何者尚有開拓空間，「如治經者欲立一解，必盡見古人之說，而後可以折其中。治史者欲論一事，必洞徹其事之本末，而後可定其得失。」〔註279〕倘若學不博，以管窺豹，自以為得其要領，則往往所論所見只是前人陳言，一如李紱自道曰：「余二十歲以前，嘗作《經史外論》一書，當時所見經史未備，經自《注疏》及明人《大全》而外，寥寥無幾。後得《通志堂經解》，自《經解》外，又購得數十種，試復觀少作，則所論者多昔人所已發，或前人言之而後人又已駁正之者。」〔註280〕從這一段經歷，李紱深歎「閱書不備，不可以為文也。」〔註281〕

　　對於時文創作而言，如何可謂之「博」呢？「經學而外，莫重於史，《史記》《漢書》，昔人以配六經，姿性高者就中節讀，余十九史亦當寓目。子如老、莊、荀、韓、《呂覽》《淮南》，文筆俱高。文集若《文選》《文粹》《文鑒》《文類》，皆宜別擇取裁，李、杜、韓、柳、歐、王、曾、蘇，宜觀全集，亦節取讀之。余文泛覽，以廣見聞，可也。」〔註282〕經史子集無不備覽而後謂之「博」，博古通經而後能文，如此則不惟巍科顯爵，且能夠由文以入乎道，以至文行雙修，進而入乎禮樂刑法、人才培養、課藝農桑、文治武功，均能夠於聖人之道有所闡發。

二、八股文率御以古文之法

　　由於八股文之現實功利性，人們截然將古文與時文歧之為二，諸生於童蒙之時便被灌輸惟以時文為務、以科舉為旨歸的思想，時文與古文遂日益分

〔註277〕李紱：《宣成書院條約》，《穆堂別稿》卷四十九，第472頁。
〔註278〕李紱：《秋山論文四十則》，《穆堂別稿》卷四十四，第426頁。
〔註279〕李紱：《秋山論文四十則》，《穆堂別稿》卷四十四，第426頁。
〔註280〕李紱：《秋山論文四十則》，《穆堂別稿》卷四十四，第426頁。
〔註281〕李紱：《秋山論文四十則》，《穆堂別稿》卷四十四，第426頁。
〔註282〕李紱：《宣成書院條約》，《穆堂別稿》卷四十九，第472頁。

道揚鑣,「今人以應科目八股之文為時文,以古人論議、序記、碑銘之作為古文,判然若秦越。其甚陋者以學古為戒,切切然若屬人生子,惟恐其肖之,以為妨於科目也。」〔註283〕

　　然而,李紱認為天下文歸於一統,文無二文,理無二理,若強行割裂時文與古文,「是莊生所譏井蛙夏蟲,拘於墟而篤於時者也。」〔註284〕對於這種惟以時文為務而拒古文於千里之外者,李紱譏之為井蛙夏蟲、目光短淺之輩,並且對那些以古文之法為時文的豪傑之士讚賞不已:

　　　　有明一代,能以古文為時文者不過六七人。嘉隆以前,其氣古
　　　而已,大士、陶庵或兼用其體與辭,乃其行世益遠而有曜,至於今
　　　不衰。國朝時文名家者甚盛,顧以古文法求之,亦不過三四人。近
　　　乃得吾同年友王君岩公,岩公八股文率御以古文之法,灝氣迴旋蟠
　　　鬱,濤奔山立,一化排比跡,尤善於攻題之虛。虛者,題之精神義
　　　蘊所從發也,如解牛然,以無厚入有間,恢恢乎遊刃有餘地,然後
　　　謋然以解。此法惟大士工為之,如陶庵猶未免於經肯綮,嘗大軱,
　　　刀割而折,技而未進於道也。〔註285〕

　　李紱認為自明至乾隆之世,制舉能以古文為時文者寥寥可數,其中於有明一代,李紱特別推崇陳大士、黃陶庵兩人。大士者,即陳際泰(1567~1641),字大士,明末臨川(今江西撫州)人,與艾南英輩以時文名天下。《明史》載「萬曆末場屋文腐爛,(艾)南英深疾之,與同郡章世純、羅萬藻、陳際泰以興起斯文為任,乃刻四人所作行之世,世人翕然歸之,稱為『章羅陳艾』。」〔註286〕在明末八股文的起衰振興運動中,陳際泰尤其才思敏悟,縱橫變化,出手快、成文多且質量高,「為文敏甚,一日可二三十首,先後所作至萬首,經生舉業之富,無若際泰者。」〔註287〕是以,李紱極推重之。陶庵者,黃淳耀(1605~1645)是也,字蘊生,號陶庵,明末嘉定(今屬上海人),「為諸生時,深疾科舉文浮靡淫麗,乃原本《六經》,一出以典雅。」〔註288〕黃淳耀是

〔註283〕李紱:《王岩公時文序》,《穆堂初稿》卷三十四,第419頁。
〔註284〕李紱:《王岩公時文序》,《穆堂初稿》卷三十四,第419頁。
〔註285〕李紱:《王岩公時文序》,《穆堂初稿》卷三十四,第419頁。
〔註286〕張廷玉等:《明史》卷二百八十八《文苑傳四・陳際泰》,上海古籍出版社,1996年,第4201頁。
〔註287〕張廷玉等:《明史》卷二百八十八《文苑傳四・陳際泰》,第4201頁。
〔註288〕張廷玉等:《明史》卷二百八十二《儒林傳一・黃淳耀》,第4113頁。

著名古文家，然其時文亦溶液經史，指切時弊，闡孔孟之妙義，探性命之奧旨，與古文渾融相合，在晚明八股文壇獨步一時。大士、陶庵二者均能以古文為時文，以雄快之文，發明經義，其時文遂「行世益遠而有曜至於今不衰」。

在李紱看來，入清以來，能以古文之法入乎時文者則更少，唯王岩公能夠做到「八股文率御以古文之法」，從而達到雄渾跌宕、氣勢盛大之境界。同時，王岩公「尤善於攻題之虛」，古文創作講究虛實相生，而運用於時文中，則能夠攻題之精神意蘊，「以無厚入有間，恢恢乎遊刃有餘地」，使經義之理得以更好地闡發。以「虛」、「實」理論融古文之法入時文中，並非王岩公的首創，而自隆、萬以來已有之，梁章鉅《制藝叢話》卷六引徐存庵言曰：「嘉靖以前，文以實勝；隆、萬以後，文以虛勝。」〔註289〕所謂「實」者，「句句有實理實事」〔註290〕，所謂「虛」者更需把握文題之精神要義，同時又要防止文章之流入空疏浮靡一途，可謂不易也。是以，李紱感歎在明「此法惟大士工為之」，如陶庵尚且「技而未進於道也」，並歎服王岩公「其文之深於古至於如是」，並希冀以此激勵制舉業者勤勉學古，「使知學古之文，遇未嘗不早，仕未嘗不達」。〔註291〕

同時，李紱自敘其與友人馮蘗揚相與學為時文而融古今之體式曰：

> 自左氏、莊、騷而下至於今，立言之士學焉而得其性之所近，故各囿於一偏。其為古文而盡得古今之體勢者，昌黎韓子而已。其為時文而盡得古今之體勢者，大士陳公而已。昌黎師孔孟，至自述其為文，則自《姚姒》《盤誥》《易》《詩》《春秋》《左氏》，下逮《莊》《騷》、太史、相如，無不學。大士為時文，亦訓孔孟之言者也，然其文自六經、史、漢、六朝文以至唐宋大家之篇之體，無不備居。嘗持此論，獨馮子蘗揚深以為然，故余與蘗揚篤好昌黎、大士兩公之文，而深求其所以能為兩公者，相與沉酣於經史，氾濫於子集，旁搜而遠紹，二十餘年於茲矣。……（蘗揚）生平借刻他氏者以千計，每操管伸紙，俯仰古今，顧瞻寰宇，前推於無始，後引於無終，揮斥人極，旁鶩六合，然後飛騰而入經史子集，並注其中，至餘波

〔註289〕陳水雲校注：《梁章鉅科舉文獻二種校注》卷六，武漢大學出版社，2015年，第107頁。
〔註290〕陳水雲校注：《梁章鉅科舉文獻二種校注》卷一，第21頁。
〔註291〕李紱：《王岩公時文序》，《穆堂初稿》卷三十四，第419頁。

綺麗，必且得所未有以為快，而未嘗稍溢於規矩。其於大士先生，
蓋駸駸乎具體而微矣。

李紱認為「立言之士學焉而得其性之所近」，然不可「囿於一偏」，他提
倡一種無論為古文時文而皆得打破古今之體式。他認為千百年來，能達到此
種境界者僅兩人而已——韓愈與陳際泰，「其為古文而盡得古今之體勢者，昌
黎韓子而已。其為時文而盡得古今之體勢者，大士陳公而已。」這裡，他將陳
際泰與韓愈並舉，可見他對陳際泰時文之推重。這兩人的共同點是：無論為
古為今，而均能夠出子入史，旁搜遠紹。以時文而言，「千匯萬狀，無體不具，
則大士千手目一人而已」〔註292〕，故二人用力於大士先生文獨深。

可見，李紱是極為反對割裂古文、時文為二途的，相反，他尤其尊崇士
人之能以古文為時文。他不僅從古文辭中尋求可用之時文的方法、元素，而
且還堅持詩歌寫作，並以詩歌創作經驗運乎時文，從而形成一種獨具一格之
時文風貌，「其時文殊絕，亦得力於詩也。」〔註293〕詩歌與時文，雖為兩種截
然不同的文體，然在構思運作、結構、技法都有須遵循的基本原則，才情高
華者自然能夠運用自如，晚明復古派「末五子」之一的李維楨早已論之：「夫
詩與舉子業殊途，而未始不相通，有學識、有才情、有氣格、有韻致，缺一不
可，拙者合之兩傷，而能者收之兼美。」〔註294〕

古文之法可入時文，然而，因士人所習之時文多為坊刻速化、空疏陳腐、
惟以科舉為務之陳言，且「時文風氣變換最速，隨時各有偽體」〔註295〕，所
以李紱並不全然認為古文時文合一，並且他堅決反對古文辭中混入時文元素。
在《秋山論文》四十則中，他提出古文辭禁八條，其中以下兩條與時文有關：

一禁用訓詁講章。自儒行不修，而講學盛行，六經三傳，尋章
摘句，以口治不以身治，固已陋矣。世乃有所謂講章者，專為時文
而作，尤陋之陋。始於《蒙存》《淺達》諸書，而三家村中蒙師俗子，
經字未能全識，皆欲哆然說書，庸惡陋劣，經義為之晦蝕。乃或引
用其說入古文，此如取糞壤以充幃，苟非逐臭之夫，烏能佩之？如
古文中必欲援引經傳，則漢注唐疏差為近古耳。

〔註292〕李紱：《秋山論文四十則》，《穆堂別稿》卷四十四，第429頁。
〔註293〕李紱：《火餘草詩又序》，《穆堂初稿》，第6頁。
〔註294〕李維楨：《馮長卿詩題辭》，《大泌山房集》卷一二九，《四庫全書存目叢書》
　　　　集部第153冊，第635頁。
〔註295〕李紱：《秋山論文四十則》，《穆堂別稿》卷四十四，第430頁。

　　一禁用時文評語。古人題跋、書後，於文與事必有發明，雖寥
寥數語，亦卓然可傳。時文根柢既淺薄，選家尤多庸陋，信手填綴，
陳言滿紙，不過清新、俊逸、典貴、高華等字，識者望而生厭。作
古文辭稱人文學者乃亦鈔而用之，其文之不堪，亦不必卒讀而知之
矣。〔註296〕

　　李紱不以訓詁講章、詩文評語入古文的原因，是二者於經義、於文事無
所發明，且「庸惡陋劣，經義為之晦蝕」。他建議若古文中必欲援引經傳，也
需有所抉擇，「則漢注唐疏差為近古耳」。李紱此論並非對時文之摒棄，輕視
時文，以其拙劣不足入乎古文，相反，這正是由於他對時文的推尊，因而厭
惡、不滿於市人轉向摹刻之淺薄無根，滿紙陳言，拙劣不堪。

　　作為一種用以取士的文體形態，八股文直接關係國家功令科名、人才培
養、教育吏治等諸多重要領域，因此不同於當時諸家之重古文輕時文，李紱
對時文極為推尊。他認為八股文為「代聖賢立言」之體，歷久而不衰，自有
其存在之價值。國家以經義取士，時文寫作之目的在於發明經義之理，於聖
教有所裨補，「夫經義取士，由宋元迄今六七百年矣。上以此求士，士以此
應上，苟於經之理有所發明，自足以裨補聖教，時文亦未可少也。」〔註297〕
這與明末艾南英所認為的八股文具有匡扶世運、濟世太平之功一脈相承：「士
生斯世，小之以文章扶世運，大之以功名獎帝室。其大者責不相及，而盡其
小者亦庶幾忠孝之思。」〔註298〕同時他認為時文未必不能成就好文章，「韓
曰：『俗下。』歐曰：『順時。』後世遂以應試之文為必無可存。余小時獨喜
讀東坡、穎濱《刑賞忠厚之至》《既醉備五福》諸篇，歎其氣象崢嶸，才情
絢爛，彼固未嘗非應試文也。」〔註299〕如能氣象崢嶸，才情絢爛，時文亦
可達至很高的成就。所以他在《三馮試草序》中評價三馮之時文而勉勵之曰：
「伯子簡練精密，如刀百辟，試輒血縷；仲子汪洋縱恣，波卷潮湧，海若天
吳、魚龍光怪，出沒莫可端倪；叔子穎發葩流，晴絲十丈，苑蕚千重，皆非
一世士。……東坡《海外》之篇，穎濱《東軒》之作，所為法今而傳後者，
果盡於是乎哉？」〔註300〕

〔註296〕李紱：《秋山論文四十則》，《穆堂別稿》卷四十四，第431頁。
〔註297〕李紱：《草廬書院會課序》，《穆堂別稿》卷二十五，第236頁。
〔註298〕艾南英：《庚午墨恕序》，《天傭子集》，道光十六年家塾藏本。
〔註299〕李紱：《三馮試草序》，《穆堂初稿》卷三十四，第414頁。
〔註300〕李紱：《三馮試草序》，《穆堂初稿》卷三十四，第414頁。

三、時文之法，極有定而極無定者

任何一種文體都有其特定之法度。作為一種有著嚴格功令與繁複程式的八股文，其文法之嚴密自不待言。李紱說「文貴有法，而時義尤嚴。」〔註301〕然而，時文之法又不是固定不變、千篇一律的，而是有定中又極無定，隨題、隨時而靈活變動、幻化無端的。

首先，李紱認可八股文寫作有特定之法度。李夢陽曰：「文必有法式，然後中諧音度。如方圓之於規矩，古人用之，非自作之，實天生之也。今人法式古人，非法式古人也，實物之自則也。」〔註302〕他認為文章有法式規則，而後能中音克諧，有規矩方圓，是天生而有，非後人所能法式，「實物之自則也」。李紱贊同此論，且認為時文之法尤其嚴密。如就時文之審題命意而言：

> 題中頭緒多者，須用消納法。如董宗伯所謂「齊其家」一節文，將「親愛」五者，納入下「好惡」中。又如湯祠部「故天將降」一節文，將「苦其心志」五句，納入下「動心忍性」二句內，皆是也。非惟心手閒逸，亦不復可割作半節文矣。〔註303〕

所謂消納法，即緊扣題目主旨，取其關鍵字詞，而將其他枝蔓延伸之義納入後文對其歸納總括之術語中，即剪枝裁蔓，突出主題而脈絡分明，其後所舉兩例皆是乾淨利落採用消納法之成功案例。然行此法，須有慧眼、有膽識，「非惟心手閒逸，亦不復可割作半節文矣。」

又如根據文題之長短、特點，調整寫作思路，具體而言：

> 長題須於緊要處極力發揮，而全題俱捲入其中，所謂散錢須索子也。若只平鋪直敘，則七百里連營，鮮有不覆敗者。
>
> 小題必須展擴得開。凡題有前有後，有左有右，有正面有反面，此即上下四方之義也。萬物一太極，一物一太極，此理大無外，小無內，大而數章，小而一字，一以貫之。會得此旨，更無窘窄之患。
>
> 但議論須是題所應有，若如萬曆末年喧客奪主，更覺可憎。〔註304〕

「長題」，論題相對較大，可論述也相對較多，因此需緊扣題眼，「於緊要處極力發揮」，圍繞主線而有發有散，切忌平鋪直敘。「小題」內容較狹，容

〔註301〕李紱：《秋山論文四十則》，《穆堂別稿》卷四十四，第429頁。
〔註302〕李夢陽：《空同集》，上海古籍出版社1987年版，第569頁。
〔註303〕李紱：《秋山論文四十則》，《穆堂別稿》卷四十四，第429頁。
〔註304〕李紱：《秋山論文四十則》，《穆堂別稿》卷四十四，第430頁。

納量相對較小，則須「展擴得開」，因題旨有限，因此須從「上下四方」，前後、左右、正反、內外各角度去論證之。但是因「小題拘牽甚多，稍一馳騁，即觸題忌」〔註305〕，因此要特別謹慎，所有論證均需本原題旨，是題目中應有之意，否則就易偏題、跑題，乃至喧賓奪主。

　　為防止士子猜題、因襲舊題，又有所謂截搭題應運而生。

　　　　截搭題要看得渾成一片，似本來只是如此起止，更無上下文一般。蓋截搭題既已割裂書理，不必更拘牽本義。然此等題終嫌傷雅，為主司者不當以之試士。〔註306〕

　　截搭題往往斷章取義，割裂書理，破碎經文，因此往往為人詬病，李紱也認為其追新求異而「終嫌傷雅」，他呼籲主司者不宜以之試士。然而作為一種文題存在而探討，李紱則言此種文題則須將其「看得渾成一片」，不必拘牽本義。

　　同時針對具體構思行文與謀篇布局，又有「一反一正，陰陽之義也。陰陽合而道備矣，反正全而文成矣。題之正者反面抉之，題之反者正面疏之，許益之翻轉看，真妙法也。」〔註307〕這些探討圍繞一定法度，具體而微，精闢深透，對皓首窮經苦求八股門徑之士子具有極大的現實指導意義。針對不同文題特點，掌握其基本法度，則宜乎其為文之修剪合度、文成法立。

　　其次，他認為「時文之法，極有定而極無定者也。」〔註308〕「極有定」，即上文所言之有一定之程式、規範、法度。「極無定」者，因八股文「長章累節，隻字單辭，題之增減，稍異毫釐，法之神明，便去千里。要須即題生法，使通篇恰如題位，一語不可移易，乃為盡善。」〔註309〕李紱所提倡是靈活自如之活法，而非墨守陳規、一成不變之死法。蓋運用之妙存乎一心，八股文雖有嚴密之審題命意、篇章自句、起承轉合，然隨境賦形，它也有其增減毫釐而差之千里者。

　　因此，靈活的運用行文之法是「即題生法」，這即是時文法之極有定而極無定者，能於有法無法間隨心自如、遊刃有餘，進而達到「使通篇恰如題位，一語不可移易」之境界，「乃為盡善」。

〔註305〕商衍鎏：《清代科舉考試述錄》，三聯書店，1958年，第236頁。
〔註306〕李紱：《秋山論文四十則》，《穆堂別稿》卷四十四，第430頁。
〔註307〕李紱：《秋山論文四十則》，《穆堂別稿》卷四十四，第430頁。
〔註308〕李紱：《秋山論文四十則》，《穆堂別稿》卷四十四，第429頁。
〔註309〕李紱：《秋山論文四十則》，《穆堂別稿》卷四十四，第429頁。

由此，他特別推重陳際泰之「一意能翻作兩層，文乃不可勝用，此大士先生秘法也。予窺之而未盡其致，願與有才者共之。」〔註310〕這正是陳際泰時文之特色，錢基博《中國文學史》記其「學無所承藉，一覽數行，手口耳目並用，質甚奇；日構數十藝，作文盈萬，才甚捷；變通先輩，自為面目，法甚高。」以此為文，「出沒縱橫，每多精義」〔註311〕。所謂「一意能翻作兩層」，即指陳際泰稿中一題數義者，「如《孟子》『充類至義之盡也』題文凡五篇，一氣銜接，意境如轆轤之相引；舉業家以此為直接賈誼《過秦》三論、柳宗元《西山八記》，分之則一篇自為首尾，合之則數篇自為首尾。」〔註312〕陳際泰文雖一意多層，一題數義，然如其自謂「余文數變，然其意皆以一己之精神，透聖賢之義旨為旨。」〔註313〕這就是變之「極有定而極無定者」，萬變而不離其旨，非有成法所能規之，李紱自言對此「秘法」，未盡其致。同時李紱尤其贊同其分股之論，陳際泰自言曰：「而所獨得者乃在分股。前人定為八股者，言之不已，而再言之，明為必如是而後盡也。若每股合掌，則四股可矣，何必八股哉？而吾則對股與出股一字不同，對股既嚴，而後出股不苟。然不合掌，又非於題外求不合掌也，文未至於一字不移，是八寸三分頭巾，隨人可戴也，病又不在世俗合掌下。必明於此，而後文始刻，始高，行文之手始快。至於微遠以取致，博奧以取理，所謂加務善之，而所要不存焉。凡為文而使人得傚之，已非立言之本，傚之在膚與傚之逾量，又非也。」〔註314〕陳氏分股之特色在於「對股與出股一字不同」、「非於題外求不合掌」，這些都是可以研習而難以摹刻之法，而人不得傚之。於此，李紱亦言「時文最忌合掌」。〔註315〕他由衷讚歎「大士先生謂生平得力在分股，不分股將並其一股而亡之，真篤論也。」並由此，他批評了世俗為八股而往往文理重複、股意不清，分股不明而藉以藏拙之行為，「夫八股猶散文耳，假令作散行文字，每段重說一遍，豈成文理？正、嘉以前，風氣未開，能事未盡，股意不清，往往有之。若以此為極，至陋矣。知其不可，而姑借為藏拙之地，抑又狡矣。」〔註316〕

〔註310〕李紱：《秋山論文四十則》，《穆堂別稿》卷四十五，第 430 頁。
〔註311〕錢基博：《中國文學史》第六編《近代文學》，中華書局，1993 年，第 935 頁。
〔註312〕錢基博：《中國文學史》第六編《近代文學》，第 935 頁。
〔註313〕陳水雲、陳曉紅校注《梁章鉅科舉文獻校注二種》，第 149 頁。
〔註314〕陳水雲、陳曉紅校注《梁章鉅科舉文獻校注二種》，第 149 頁。
〔註315〕李紱：《秋山論文四十則》，《穆堂別稿》卷四十四，第 430 頁。
〔註316〕李紱：《秋山論文四十則》，《穆堂別稿》卷四十四，第 430 頁。

四、李紱的八股文批評實踐活動

　　如前文所言，李紱的科舉之路不是理想中的一帆風順，其長兄李巨中也是皓首窮經，直到 54 歲才補了一個國子監生，而其身邊之好友如「文益高、遇益困」〔註 317〕的馮夔颺，又有經術湛深，學有根柢然屢試不第，而後專心經義，被聖祖賜予「耆年篤學」的胡渭，還有懷才不遇的陳震，自身科舉之路的艱辛與這些飽學之士的遭遇深深觸動李紱的心，讓他時時揣摩時文創作、進益之路徑，並毫無保留地傳授與治舉業者推廣、分享之。通籍後，對國家政治的密切關注與高度責任感，讓他迫切呼籲、積極響應國家對於人才的培養，倡導修復地方書院，「竊惟治世在於人材，人材由於培養，我皇上紹休明之運，建郅隆之業，既已崇獎學校，慎選儒官，猶復申飭封疆守土諸臣建立義學，興賢育材，所以廣勵學官之路者至矣。」〔註 318〕

　　康熙四十一年秋，張士琦為永新令，有感於永新歷史人文之盛與當下「本朝設科風蹦五紀，成進士者無一人」之現狀，「始闢秋山書院，與邑人士興學講藝」〔註 319〕，聘任李紱為秋山書院山長。李紱由此與邑諸生日夜研習討論時文、古文創作之法，慘淡經營，並購《十三經》《十七史》供諸生研習，討論無虛日。李紱對此事非常重視，兢兢業業，他自謙曰：「智小謀大，深用為虞。」今所見《秋山論文四十則》即李紱當日講學傳授諸生而代書問答之論，「因疏從前獵涉之餘有得於心者，雜書之，揭諸堂壁，質吾同人，藉資析賞，冀有助予所不逮者。」〔註 320〕在此，李紱提出「讀書先須立志」、「為文最忌率直」、「文如作畫，當工於設色、皴擦、烘染、點綴，一縈一拂，姿態橫生」、「文字刻畫形容，語能使千載下讀之神情飛動」〔註 321〕等眼光卓絕的創作論，其中他所提出的敘事論，「在中外敘事理論史上具有開創性的意義」〔註 322〕。這次書院興學講藝活動以三年後張士琦為民請命罷官歸而告終，然而，「自是永新人知沉潛卷籍，文學之士彬彬矣」〔註 323〕。其中論及時文有十四則，有

〔註 317〕李紱：《馮夔颺時文序》，《穆堂初稿》卷三十四，第 418 頁。
〔註 318〕李紱：《宣成書院條約》，《穆堂別稿》卷四十九，第 471 頁。
〔註 319〕李紱：《陳耿南時文序》，《穆堂別稿》卷三十四，第 416 頁。
〔註 320〕李紱：《秋山論文四十則》，《穆堂別稿》卷四十四，第 430 頁。
〔註 321〕李紱：《秋山論文四十則》，《穆堂別稿》卷四十四，第 426～428 頁。
〔註 322〕譚君強：《李紱〈秋山論文〉中的敘事論》，《雲南民族大學學報》（哲學社會科學版），2011 年第 5 期。
〔註 323〕李紱：《陳耿南時文序》，《穆堂別稿》卷三十四，第 416 頁。

十二則為專論時文，包括如上文所論述時文之法度、時文之根柢經傳、時文之審題命意、謀篇布局與行文運思與宜忌事宜等。他特別強調「為文須根柢經傳。然在時文，必須醞釀而出。昔人謂「傾群言之瀝液，漱六籍之芳潤」，非謂將成句闌入也。若運用史事，尤宜空舉。」又有「艾東鄉云：『能以舊解說作新時文，乃可謂之新。』時下輒欲於題外求新，所謂迓鼓亂舞，妄也，非新也。」〔註324〕這些源自沉潛研習而來的真知灼見，無疑來自於李紱的躬行實踐，即使放置於當下，亦不乏智慧之火花而給人以深思。李紱在秋山書院的講學獲得了極大的成功，自講學以來，永新人文日殷殷向盛，將與天下豪俊縱橫比肩，「連魁於鄉，再成進士，會功令增設五經科目，永新以五經舉者二人。」〔註325〕

雍正二年，李紱赴任廣西巡撫，於陛辭之時，上疏請求修建宣成書院，以廣教化。他認為「法以治其既犯，學以化於未然」，因此他希望「誠擇各州縣中生童，有聰明而知自愛者，入於省城書院。使經明行修之儒，朝夕化誨，講明道義，以變其貪戾之心，課習詞章，以訓其玩梗之氣。庶幾道德一而風俗同，以益成聖人之盛治」。〔註326〕他從文章取士之重要性角度，對督學官與教授提出了嚴格要求，認為督學官與教授肩負著轉變國家之治亂、風化之好壞、世運人心之正邪的重要作用，「近世以文章取士，實仿古者敷奏之遺，其大者關乎風俗世運，其小足以各見其人之心術性情，而其所為興衰、邪正、轉移之樞紐，則尤督學一官。」〔註327〕「天下之治在風化，風化轉移在學臣」，「風俗以教化為先，教化以師資為重」。國家、州縣對此都應十分慎重，尤其是督學官之品性，關係重大。「國家之制府、州縣各置學，月有課，季有考，舉行甚勤，然其進退不足，大為榮辱。鄉會試之科典雖重大，又皆僅僅取必於一日之短長，苟且者多徼幸焉。惟督學任久而權尊，考課再三，非特一試而已，其登降黜取，足以奔走一時之駿豪，蓋非具卓然獨出於流俗之識者不足以與乎此也。抑且物久蛀生，法久弊出，苞苴請謁，甚於他署，任之非其人，則居奇之藪耳。然則非清嚴有道德，慨然有志於天下者，又不足以與乎此也。」〔註328〕而那些資望深厚之儒學耆老更是天下學子之楷模，因此他不惜「捐貲餼士，敦延師

〔註324〕李紱：《秋山論文四十則》，《穆堂別稿》卷四十四，第 430 頁。
〔註325〕李紱：《陳耿南時文序》，《穆堂別稿》卷三十四，第 416 頁。
〔註326〕李紱：《請發宣成書院山長疏》，《穆堂初稿》卷三十九，第 479 頁。
〔註327〕李紱：《督學喬公德教碑》，《穆堂初稿》卷三十，第 364 頁。
〔註328〕李紱：《督學喬公德教碑》，《穆堂初稿》卷三十，第 364 頁。

長」〔註329〕，以重資聘任德高望重之碩儒來為諸生授業講學，寄希望於諸生「奮發濯磨，文行交修」，其中尤其注重諸士品性之培養，對於學行兼優之士獎勵之，而對那些輕佻浮薄之徒毫不姑息，堅決摒棄之。「其有操履粹白，學殖日新，文章華茂者，本部院別加優獎，即儲為將來薦剡之地。如有言行違反，燕僻怠荒，或恃一日甄擢，因而意氣揚揚、恣睢里巷、佻達城闕，此則浮薄不材之甚，無足陶鑄者，訪聞有此，立加擯斥，決不使一莠之滋亂我嘉禾也。」〔註330〕就為學而言，他特別注重師授、尊師之重要性：「為文須有講貫師授，乃不誤於邪徑。」〔註331〕他認為有師授方能正道直行，而為學則以有嚴師為先，如此不惟有益於諸士之記誦詞章，且於其性情德行之培養大有裨益。「學以嚴師為先。師嚴道尊而後知敬學，古之訓也。是以往制必任致政之卿大夫，以其德尊望重，足為後生小子矜式而嚴憚，切磋以有成也。諸生一言一動，凜遵毋違，則德器凝定，豈直記誦詞章之益乎？」〔註332〕

　　李紱先後多次出任地方鄉試考官，對時文之體式法程有著深刻的認識。「制科設三場，首以經義觀其心之明理與否，立其本也，顧其為體，依附聖哲語言以為文而已，無所與膚。末者易以託焉，論則自出斷制矣，表備對揚之用，判取臨民。策則經世之學具在，誠試以不經意之題，剃其剿說，其學之豐儉、識之明暗，言可用不可用，猶有遁焉者，亦罕矣故。」然而，科場之文名為三場並試，實則首場為重，長期沿襲，其弊端自不必言，「其後弊也積重於一偏。士務揣竊入股文之聲音笑貌以希弋獲，主司亦不復省視後場，而士習益空疎而寡據。噫，弊也甚矣！」〔註333〕以此，李紱實行獨特的科舉取士之法用以延攬、甄別、舉薦人才，康熙五十六年（1717），李紱與同年友張起麟同典滇試，「至滇之日，牓去取之意以示諸生，既入闈誓而蒞事，與同考官約三場各薦，不復相蒙。於是以首場取者十三，以二場取者十二，以三場取者十一。其首場並可觀，以二三場去取之者又十三四焉。」有鑒於時文之只重經義，而論表判策這種實用之文多被疏忽，李紱認為經書固然重要，然而，論表判策這樣致用之文同樣舉足輕重，若「二三場既不通曉，則經書文之弊弱亦可知己。」因此李紱特採用三場並重之法以取士，「牓放，則廩貢生為多，

〔註329〕李紱：《宣成書院條約》，《穆堂別稿》卷四十九，第473頁。
〔註330〕李紱：《宣成書院條約》，《穆堂別稿》卷四十九，第473頁。
〔註331〕李紱：《秋山論文四十則》，《穆堂別稿》卷四十四，第426頁。
〔註332〕李紱：《宣成書院條約》，《穆堂別稿》卷四十九，第473頁。
〔註333〕李紱：《雲南鄉試墨卷序》，《穆堂初稿》卷三十四，第410頁。

滇士藹然心厭，以為不甚辱斯典也。」〔註334〕至庚子（1720）鄉試，李紱同樣採取這一方法，他認為「士必備三試之長而後無愧於為士，主司必備觀三場而後無忝於試士之職。」〔註335〕經多次實驗，反覆研習，他得出規律「其經義佳而後場未必佳者十嘗八九焉，其後場佳而經義未能佳者十不得一二焉。其以首場獲選者，積學之士十才一二焉。其以後場獲選者，積學之士十嘗八九焉。然則士苟不備三試之長，主司不參觀三場之文，欲以副國家取士之意，豈有當哉。」〔註336〕正是基於這樣的豐富閱歷與深刻體驗，他於「闈中與同考諸君約三場全閱，後先遞薦，各不相蒙，而餘兩人同心商榷，較得失於毫釐分寸間。每雞鳴而起，夜分始休，窮搜者三旬。榜既放，浙中士大夫頗心許焉。」〔註337〕為選拔、甄別、錄取飽學之士，李紱嘗試研習了各種方法，甚至不惜以此丟官棄爵、危及自身性命。康熙六十年（1721），李紱充會試副考官，「仿唐人通榜故事，一時名宿網羅殆盡。」〔註338〕所謂唐人通榜故事，即科考試卷不彌封，由考官定奪錄取，然而這樣的做法在清代是不合規矩的，李紱最終「被劾落職，發永定河效力。」〔註339〕然而，他並不以此為意，依舊為舉薦人才、探尋發掘優秀士子而孜孜不倦。

明清兩代，時文寫作體式之要求極其嚴密，程式極其規範，「其文略仿宋經義，然代古人語氣為之，體用排偶」〔註340〕，文體縝密，寫作難度極大，那麼如何才能夠在諸多的束縛之下取得舉業之工從而巍科顯爵，建立勳績並且以文章名揚當時、傳閱後世呢？由此，李紱對舉業者提出了「專」的要求，指出：「國家以制科取士，崇尚經義而尤重四書，文士工其業，往往取巍科顯爵，其大者建勳績，次亦以能文章稱，咸得以名當時、傳後世，固宜其業之者之專也。」〔註341〕與此相類，他要求士子制舉唯「務之」而後已，「務之」即所謂專注，「務之則必盡其功，故得失可捐，而功之不盡則謂之不誠矣。」〔註342〕李氏所

〔註334〕李紱：《雲南鄉試墨卷序》，《穆堂初稿》卷三十四，第 410 頁。
〔註335〕李紱：《浙江庚子鄉試墨卷序》，《穆堂初稿》卷三十四，第 411 頁。
〔註336〕李紱：《浙江庚子鄉試墨卷序》，《穆堂初稿》卷三十四，第 411 頁。
〔註337〕李紱：《浙江庚子鄉試墨卷序》，《穆堂初稿》卷三十四，第 412 頁。
〔註338〕王炳燮編《國朝名臣言行錄》卷十二《李紱》，清代傳記叢刊本。
〔註339〕商衍鎏：《清代科舉考試述錄及有關著作》，百花文藝出版社，2005 年，第 310 頁。
〔註340〕張廷玉等：《明史》第六冊《選舉志二》，第 1693 頁。
〔註341〕李紱：《程文學四書文序》，《穆堂別稿》卷二十五，第 237 頁。
〔註342〕李紱：《宣成書院條約》，《穆堂別稿》卷四十九，第 471 頁。

要求的專注是一種不為得失所牽動的寵辱兩忘狀態，以一種純粹的專注用心揣摩、體會、精神貫注地投入時文之寫作、研習之中。他強調「學勤於專。古人目不窺園、坐而穿榻，專之謂也。場屋之學，不專亦不能成，況肆力於通經學古者乎？專則日積月累，由少以至於多，故曰：『蛾子時術之。』未有作輟而可以為學者也。」〔註343〕李紱先後主持秋山書院、宣成書院，因此對諸生之課業狀況十分瞭解，他針對諸生之具體學習狀況，為他們制定明確的學習計劃。「諸生在館，不得輒出，有必不得已者，請假而行，刻期遄返。」〔註344〕提出行之有效的學習方法，並積極推廣古人成功之學習經驗並結合實際加以改善，他提出「古人讀書多由手抄，不惟行墨總萃，便於記誦，抑且精神凝注。今所讀能日錄者尤佳，或作字遲鈍，恐費日力者則購坊本手加點閱，亦足考課勤惰，參驗進退。」〔註345〕經過這樣專注而嚴格的學習、訓練，宿昔討論，苦心孤詣，諸生不僅舉業之文大有進益，時文之現實意義得以充分實現，同時，於身心、性情陶冶熔煉之功亦難盡言，而聖人之道也得以闡發焉。

　　總之，李紱對清初八股文壇的流弊有著深刻的認識，其論八股文，重通經博古，認為時文之工必由通經學古，要求治舉業者博研經史子集而後為文，學不博不可輕為文；推尊八股文體，提倡一種無論為古文、時文而皆得打破古今之體式，欣賞士人之能以八股文率御以古文之法；探討八股文之法度，肯定八股文有其特定之法度，然而其法又是靈活變通、隨機運化的，「極有定而極無定者」。最重要的是，多年八股文創作經歷與多次出任地方鄉試考官經驗，使李紱對時文之法式有深刻的認識，並在實踐中自覺踐行其理論批評，為此廣修書院、在科舉取士中三場並重、仿唐人通榜故事等具體實踐活動，在清初可謂別具一格、極有膽識。

〔註343〕李紱：《宣成書院條約》，《穆堂別稿》卷四十九，第 472～473 頁。
〔註344〕李紱：《宣成書院條約》，《穆堂別稿》卷四十九，第 473 頁。
〔註345〕李紱：《宣成書院條約》，《穆堂別稿》卷四十九，第 472 頁。

第六章 興盛：雍正乾隆時期的八股文批評（下）

　　上一章所論諸家是從康熙到乾隆的過渡環節，進入乾隆朝以後，「清正雅正」文風開始風靡一時。在這樣的背景下，桐城派大有一統天下的氣象，劉大櫆作為桐城派在乾隆前期的代表人物，以理學為文章正宗，將理與氣相貫通、古文與時文相結合，提出了桐城派所特有的「神理說」。管世銘是乾隆朝著名的制義大家，他所處的乾隆後期正是考據學風風行天下的時候，不同於劉大櫆的重理氣，他更偏重於考據，以考據為時文，是乾隆朝制義尚考據的傑出代表，他與陳兆崙、周鎬在制義上並稱「三山」（韞山、句山、犢山）。在乾隆後期還出現了大量的八股文法論，借助技法的描述，以指引應試士子達到「清真雅正」的目標，這樣的著作有《論文約旨》《惺齋論文》《四書文法摘要》，其代表者則為高嵣《論文集鈔》。

第一節　劉大櫆的八股文批評

　　劉大櫆（1697～1780），字才甫，又字耕南，號海峰，安徽桐城（今屬樅陽）人。他為學推崇程朱之學，古文標舉司馬遷、韓愈，於時文則取唐順之、歸有光，詩文著作自成一家，古文成就尤高，見稱於世，與方苞（1668～1749）、姚鼐（1731～1815）被尊之為「桐城三祖」。其學生吳定言「國家用經義選天下士，而先生以振古之文，生於列聖相承、文教累洽之日」〔註1〕，經過康、雍兩位君主的勵精圖治，清廷此時逐漸平定初期的不穩定因素，至乾隆朝呈現出一種前所未有的繁榮景象。另一方面，清初士人因文字獄所帶來的挫敗

〔註 1〕吳定：《海峰先生墓誌銘》，《劉大櫆集》，上海古籍出版社，1990 年，第 624頁。

感，以及早期桐城派古文家因仕途不順多以教書為生，他們從早期反思明末文風弊端到試圖以一種更加理性和正面的態度來樹立古文家理想，劉大櫆是其中重要一環。

　　劉大櫆出生在一個以詩禮傳家的士大夫之家，「曾祖日耀，明末貢生，歙縣訓導。祖垶，父柱，皆縣學生，均以課讀為業。長兄大賓，亦曾教讀，中雍正乙卯科舉人……大櫆幼年即從父兄讀書。」〔註2〕劉氏少年即有才學，亦表現出對於社會現實的關切，約二十一歲時開始在鄉授徒，並與友人論學談藝，「出遊翰墨場」，早年為文已有「才雄氣盛，波瀾壯闊」的特點。雍正三年（1725）入京，方苞一見譽之為國士，「令其拜於門」。但此後十年間，先是雍正七年（1729）、十年（1732）兩次應順天鄉試不及第，又雍正十三年（1735）再應順天鄉試落弟，之後南歸，不復應試。乾隆元年（1736）應博學鴻詞亦被黜，直至乾隆二十六年（1761）才在64歲那年任皖南黔縣教諭，前後六年〔註3〕。晚年主要以講學課徒為業。從其一生來講，仕途甚不得意，但無論是在鄉里講學、入京應試亦或是入幕任職，劉大櫆與當時往來的著名學人，「切磋學問，談論時勢，關心民生休戚」。作為桐城派傳續之重要環節，劉大櫆對桐城先賢古文傳統的承續有著極其重要意義。晚清方宗誠編選《桐城文錄》以戴、方、劉、姚為主線，言其旨在紹述桐城文統、以饗後學，其中論及劉大櫆道：「海峰先生之文，以品藻音節為宗，雖嘗受法於望溪，而能變化以自成一體。」〔註4〕近人朱東潤也說：「自文學批評言之，海峰之論，盡有突過望溪者。」〔註5〕所以說，劉大櫆對桐城文統在理論展衍上作了進一步的深化。

　　無論出處如何，劉大櫆一生始終授徒講學不輟，加上交友廣泛，其集中多有為同時代士人時文集為序之作。本節擬從劉大櫆古文家的身份出發，分析其古文理論與時文理論及創作之關係，從劉大櫆的文章風格與其時代背景及其個人遭遇探析其八股文批評的內涵。

一、古文「神氣說」與時文「神理說」

　　古文與時文的關係問題一直是討論桐城派得失的一個重要話題，一般認

〔註2〕吳孟復：《劉海峰簡譜》，《劉大櫆集》附錄（二），上海古籍出版社，1990年，第614頁。

〔註3〕孟醒仁：《桐城派三祖年譜》，安徽大學出版社，2002年，第142頁。

〔註4〕方宗誠：《桐城文錄・義例》，《柏堂集・次編》卷一，光緒刻本。

〔註5〕朱東潤：《中國文學批評史大綱》，上海古籍出版社，2005年，第317頁。

為這種討論肇始於錢大昕評方苞〔註6〕。在八股文批評領域，自戴名世（1653～1713）始即提倡以古文為時文，其言曰：「不從事於古文，則制舉之文必不能工也；從事於古文，而不能學問以期於聞道，則古文亦不能工也。」〔註7〕劉大櫆以程朱理學立身，以好古聞道為追求，以弘揚桐城派「義法」文統為己任，其弟子吳定說：「自古文亡於南宋，前明歸太僕震川（歸有光）暨我朝方侍郎靈皋（方苞）繼作，重起其衰，至先生（劉大櫆）大振。」〔註8〕劉大櫆一方面接續桐城派古文精神，另一方面又繼承以古文為時文的創作思路，這也是桐城派先賢所秉持的理念。劉大櫆自少年時即受業於同鄉吳直，劉開《吳生甫先生傳》說：「先生（吳直）於海峰為師……當乾隆中葉，劉海峰先生始以古文為時文……其體則取之震川，其氣則取史漢八家，其義則取六經以及宋五子，尊之曰四書文，而不敢目為時藝。厥後工此藝者，海內則陳伯思昆季，吾鄉則姚惜抱先生，然其初實自先生（吳直）發之也。」〔註9〕這句話清晰地道出了吳直在性情學問與文章風格等方面對於劉大櫆的直接影響〔註10〕，特別是以古文為時文更是與他有直接的關聯。

劉大櫆的八股文批評立足於古文家身份，其時文理論是緊密結合其古文理論的，並且他對於區別於古文的時文這種文體有著明確的自覺意識，聯繫其古文「神氣說」而提出時文的「神理說」。「神氣說」與「神理說」既有聯繫，又有區別。其聯繫首先在於「神氣說」與「神理說」將文章的最高標準都統歸於「神」這一範疇，其次「神理說」很明顯是從其「神氣說」延伸而來。再次，劉大櫆又是非常明確古文與時文的差別，其區別主要在於時文這種文體特別注重「理」的重要性，而這種對於「理」的強調主要是時文「守經遵

〔註 6〕錢大昕指出方苞未得「古文之義法」，其言「方所謂『古文之義法』者，特世俗選本之古文，未嘗博觀而求其法。」並認為「方氏乃真『不讀書』之甚者。……王若霖言靈皋『以古文為時文，卻以時文為古文』，方終身病之。」（參朱東潤《中國文學批評史大綱》，武漢大學出版社 2009 年版，第 308 頁。錢仲聯：《桐城派古文與時文的關係》，《文學評論》，1962 年（2）；張永剛：《劉大櫆與時文》，《古籍研究》，2009 年（Z1）。）

〔註 7〕戴名世：《答張氏二生書》，王樹民編校《戴名世集》，中華書局，1986 年，第21 頁。

〔註 8〕吳定：《海峰先生墓誌銘》，《劉大櫆集》（附錄三），上海古籍出版社，1990 年，第 623～624 頁。

〔註 9〕劉開：《吳生甫先生傳》，《劉孟塗集》，清道光六年姚氏檗山草堂刻本。

〔註 10〕汪孔豐：《桐城派作家劉大櫆生平事蹟補考》，《安慶師範大學學報》（社會科學版），2018 年第 3 期。

注」的要求提出的，但是作為「文」,「神」尤為重要。

　　無論是古文還是時文，劉大櫆均提出「神」乃文章中一個更為根本性的要求，沒有自然神情的文章則只是徒守文章死法而已。《論文偶記》作為劉大櫆古文理論最主要的著作，「蓋自道其一生得力處也」〔註11〕，其中便以「神氣」為其論述的核心。相對於古文「神氣說」而言，劉大櫆在其《時文論》中標舉「神理說」。兩者均以「神」為文章的最高統攝。比如在討論古文「神」與「氣」的關係時，劉大櫆認為:「神為氣之主」,「神者，文家之寶。文章最要氣盛，然無神以主之，則氣無所埆，蕩乎不知其所歸也。神者，氣之主;氣者，神之用。神只是氣之精處。」〔註12〕所以其言「行文之道，神為主，氣輔之。」概而言之，「神」為作者主體性情涵容聖賢之道後所表現出來的優游神情、意態，「氣」為作者表現在作品之中的氣勢、格調、韻味，所以「氣」為「神」在文章之中的落實，「神」較之於「氣」更為根本，更為精微，文章之「氣」需要以「神」來統攝。同樣在時文理論中，劉大櫆也是認為「時文摹繪聖賢神理，而神尤重於理」,相對於「理」來說，「神」更為重要。它與古文一樣也是以神理契合為追求的目標，劉大櫆說:「作者以兼至為上:神重於理，則寫神為主，而理自無不至;理重於神，則說理為主，而神自無不合。寫神者宜少說理，恐礙神也;說理者忌空寫神，貴明理也。」〔註13〕傳神則義理寓於神中，明理則神情寓於理上，神理兩者是二而為一的存在。

　　上文已經提到桐城派主張「以古文為時文」,劉大櫆也是以這一觀念作為批評時文的標準，在八股文批評理論方面，其時文「神理說」也是源於古文「神氣說」的。劉大櫆認為「前人辨駁以古文為時文之說甚確」,並針對當時論古文者輕視時文，強調時文當作古文之一體。「明代以八比時文取士，作者甚眾，日久論定，莫盛於正嘉。」〔註14〕在此認識基礎上，他推崇明代唐宋派古文家的時文創作，指出:「其時精於經、熟於理，馳驟於古今文字之變，震川先生一人而已。荊川之神機天發，鹿門之古調鏗鏘，卓然自立，差可肩隨，他如胡二溪之奇變、諸理齋之屈盤亦自名家。」〔註15〕古文上成就不高

──────────────

〔註11〕李瑤:《論文偶記·李序》,王水照編《歷代文話》(第四冊)，第4105頁。
〔註12〕劉大櫆:《論文偶記》,王水照編《歷代文話》(第四冊)，第4108頁。
〔註13〕劉大櫆:《時文論》,《劉海峰稿》,光緒乙亥重刊本。
〔註14〕劉大櫆:《時文論》,《劉海峰稿》,光緒乙亥重刊本。
〔註15〕劉大櫆:《時文論》,《劉海峰稿》,光緒乙亥重刊本。

的其他文人之文，劉大櫆則認為「不過時文而已」，可見其是從「以古文為時文」的角度認可歸有光等人的時文的。在《論文偶記》中，劉大櫆曾歷數歷代文人文章，獨推司馬遷之《史記》，他認為歸有光、唐順之、茅坤的時文成就「皆有得於《史記》之妙」，《時文論》中言「荊川（唐順之）所得在敘置曲盡處。」即源於《論文偶記》（以下簡稱《偶記》）中所言：「文貴瘦……蓋文至瘦，則筆能屈曲盡意，而言無不達。」瘦與肥對，在文章之中，肥則濃豔輕巧，不能深入文理，瘦則淡樸蒼莽，能得表意精深。又《時文論》中言「鹿門（茅坤）所得，多在歇腳處，逸響鏗鏘。」即來自《偶記》中所言「文貴品藻……品藻之最貴者：曰雄，曰逸。」即在文章氣韻上有雄渾之氣又不失逸宕之意。《時文論》所言「然震川（歸有光）所得，多在起頭處，所謂來得勇猛者也。」即《偶記》中所言「文貴大。道理博大，氣派洪大，丘壑遠大。」歸有光評《史記》即言「大手筆」，「起頭處來得勇猛」。〔註16〕在劉大櫆看來時文之佳者均在於有得於古文典範《史記》。

即使是在創作途徑上，劉大櫆給出的也是如同古文理論同樣的路徑，把古文理論中關於「神氣、音節、字句」的論述運用於時文之中。在古文理論中，劉大櫆認為「神氣」為文章之最精微處，又言「音節者，文之稍粗處也；字句者，文之最粗處也。」並指出了一條由「字句」、「音節」而把握「神氣」的可行之路，「學者求神氣而得之於音節，求音節而得之於字句，則思過半矣」〔註17〕，即通過文章有形之音節、字句去把握文章無形高妙之處，在時文觀中言八股文「要文字做得好，才不是傳注訓詁；要合聖賢當日神理，才不是自我作論」，而達到這種要求在於「取左、馬、韓、歐的神氣、音節，曲折與題相赴，乃為其至者。」〔註18〕通過神氣、音節所到達的效果均表現為自我神情趨向於聖賢的聖情，在古文即「我之神氣即古人之神氣，古人之音節都在我喉吻間，合我喉吻」，在時文則表現為「自家肺腸與古聖賢肺腸相合」，「己之精神與聖賢精神相湊合」。

雖然劉大櫆論述古文與時文之中有很多相關聯的地方，但同時又認為古文之「神氣」與時文之「神理」是有明確的區別的。在《論文偶記》當中劉大櫆即已涉及到對於「理」的論述，但只是把「義理」作為古文的材料要

〔註16〕劉大櫆：《論文偶記》，王水照編《歷代文話》（第四冊），第 4111 頁。

〔註17〕劉大櫆：《論文偶記》，王水照編《歷代文話》（第四冊），第 4117 頁。

〔註18〕劉大櫆：《時文論》，《劉海峰稿》，光緒乙亥重刊本。

素來說的，其言曰：

> 至專以理為主者，則猶未盡其妙也。蓋人不窮理讀書，則出詞鄙倍空疏。人無經濟，則言雖累牘，不適於用。故義理、書卷、經濟者，行文之實；若行文自另是一事。〔註19〕

劉大櫆將「義理」與「書卷」聯繫在一起來論述，其含義即是通過讀書研經所得之學識、道理，相當於宋儒所闡發之聖賢義理，有義理則使得文章內容充實、見解有理有據，用語亦顯得雅正。但對於古文來說「神氣」才是為文更重要的另外一件事情。劉大櫆的古文論與時文論均導歸於「神」、標舉於「神」，又在時文論中以「理」置換古文論中「氣」這一批評範疇，主要在於：強調「理」更多表現的是聖賢之義理，「八比時文，是代聖賢說話，追古人神理於千載之上，須是逼真。聖賢意所本有，我不得減之使無；聖賢意所本無，我不得增之使有。」〔註20〕劉大櫆認為八股文這種文體是代聖賢說話，需要與古聖先賢之「神理」相契合，不得增減聖賢之意，如此才能夠做到「逼真」，所以說「作時文，使不得才情，使不得議論，使不得學問，並使不得意思」。應當「取自家行文神理去合古聖賢神理」，「己之精神與聖賢精神相湊合」，較之古文，八股文更多的要求作者去體會聖人的理路和精神，而不宜過多表現個人的意趣。而「氣」所表現更多的應是通過文章氣韻所反映文人之性情懷抱，所以說「古文只要自己精神勝」。古文形式沒有時文那麼拘謹，駢散兼宜，即要有求古慕道的精神，又能依託於傳統表達自我的性情懷抱。

劉大櫆認為古文與時文有別，在《論文偶記》「文貴去陳言」一條中亦有類似表述：

> 大約文字是日新之物，若陳陳相因，安得不目為臭腐？原本古人意義，到行文時卻須重加鑄造，一樣言語，不可便直用古人，此謂去陳言。未嘗不換字，卻不是換字法。人謂「經對經，子對子」者，詩、賦、偶儷、八比之時文耳；若散體古文，則六經皆陳言也。〔註21〕

劉大櫆從「創意、造言」角度認可古文「貴去陳言」，不僅在語言形式上，而且在思想內容上對於前人之古文既要有所傳承，又要適應日新之變而使用

〔註19〕劉大櫆：《論文偶記》，王水照編《歷代文話》（第四冊），第 4107 頁。
〔註20〕劉大櫆：《時文論》，《劉海峰稿》，光緒乙亥重刊本。
〔註21〕劉大櫆：《論文偶記》，王水照編《歷代文話》（第四冊），第 4116 頁.

新的語言形式表達新的主體意趣。劉大櫆認為對於八股文這種文體，更應以「陳言」上溯聖賢神理。「聖賢意所本有，我不得減之使無；聖賢意所本無，我不得增之使有。」八股文寫作技巧上一個很重要的要求就是「切題」，這也體現在時文之體「清真雅正」之「真」的含義裏面，「一題一文，不可移置謂之『真』」。〔註22〕劉大櫆亦深明此理，故其言：

> 作時文只要求其至是處，或伸或縮，要之不離本題真汁漿，不得別生支節。

> 時文體裁原無一定，要在肖題而已。整散佈置，隨題結撰可也。〔註23〕

寫作時文需要根據文題的需要，選擇合適的語言和內容，不是發表自己的議論，而是以聖人口氣，代聖人立言。所以，他認為「作時文不要求新，只說本題應有意思，便是千古常新，若別生議論，縱經經緯史要於題沒干涉」。所謂「不求新」，就是把《四書》結合「朱解」所闡發的聖人神理在八股文中明晰地表達出來，不求個人新解，明確體會聖賢意思，即是千古常明之理。所以從「神氣說」到「神理說」，劉大櫆一方面是聯繫其古文理論來談其時文理論，另一方面又從時文的文體特點指出時文要以明義理來充實其內涵。

這種古文與時文的區別表現了劉大櫆對於時文的文體體性的自覺意識，其有言曰：

> 夫文章者，藝事之至精；而八比之時文，又精之精者也。立乎千百載之下，追古聖之心思於千百載之上而從之。聖人愉，則吾亦與之為愉焉；聖人戚，則吾亦與之為戚焉；聖人之所窈然而深懷、僩然而遠志者，則吾亦與之窈然而深懷、僩然而遠志焉。如聞其聲，如見其形，來如風雨，動中規矩，故曰：文章者，藝事之至精；而八比之時文，又精之精者也。〔註24〕

他一直以「藝」來定位文章之事，無疑是根本於《論語》中「志於道，據於德，依於仁，游於藝」，只有從「立志、志道」到「據德」到「依仁」才進而「遊藝」，可以說「遊藝」是最後所呈現出來的境界，否則本末倒置。從為學的先後順序來看，文章屬於末技，但是從文章所承載的是儒家醇正的人文

〔註22〕路德：《仁在堂時藝課序》，《檉華館文集》，清光緒七年解梁刻本。
〔註23〕劉大櫆：《時文論》，《劉海峰稿》，光緒乙亥重刊本。
〔註24〕劉大櫆：《徐笠山時文序》，《劉大櫆集》，第93～94頁。

理想看，則又為藝事精之又精，所呈現出來的效果是「得天地之菁英，而光采併發，不可蔽掩」。他作八股文，需要就所給定的八股文題，體會聖賢之愉悅、憂戚，悠遠幽深的懷抱以及超脫清逸的志向，並體現在八股文中，所以說八股文為文章「精之又精」。這表明劉大櫆是以古文家的姿態，從文以貫道的角度論述尊古、學古的重要性。

以古文為時文，如同古文以聞道為內在追求，劉大櫆認為時文從創作上來講，亦應如明代正嘉時期唐宋派古文家一樣，以古文為時文，以時文作為好古體道的方式：

> 鄉舉里選之制廢，以文辭取士，至有明而其術窮。爰取四子之書，創為八比之文，家誦戶習，而能者出於其間，若唐氏、歸氏其資之古者既深，則其垂之於後必遠也。〔註25〕

> 後之英主，更創為八比之文，使之專一於四子之書，庶得沿波以討源，刮膚以窮髓，其號則可謂正矣。〔註26〕

就是說八股文可以有進於體道，還歸性情源流之正。可以說，劉大櫆的時文「神理說」有著與古文「神氣說」同樣的創作追求，均以好古聞道為目標，他為了區別於古文「神氣說」而提出時文「神理說」，又表現出其對於八股文這種文體的特徵與規範有著明確的意識。

二、「以古文為時文」的典範意義

如同在古文領域既有成熟的理論又有豐富的創作一樣，劉大櫆在時文領域也是理論與創作並舉，而作為劉大櫆的時文集《劉海峰稿》即是與其時文理論《時文論》相表裏的時文創作，以理論的系統思維體現創作的內在邏輯，以創作和評點表現理論的實踐性與典範性。首先，劉大櫆在當時即是八股名家。姚鼐作《劉海峰先生傳》言及劉大櫆早年遊學京城時「用朝官相知提督學政者率邀之幕中閱文」〔註27〕，張舜徽依此說到：「觀姚氏所撰大櫆傳，稱當時朝官相知提督學政者，率邀之幕中閱文，蓋大櫆以善為時文有名於時，人故爭相羅致。」〔註28〕《論文偶記》前載李瑤序言說道：「世雖稱其制藝，

〔註25〕劉大櫆：《東皋先生時文序》，《劉大櫆集》，第 92 頁。

〔註26〕劉大櫆：《張蓀圃時文序》，《劉大櫆集》，第 101 頁。

〔註27〕姚鼐：《劉海峰先生傳》，載《劉大櫆集》附錄（三），上海古籍出版社，1990年，第 622 頁。

〔註28〕張舜徽：《清人文集別錄》，中華書局，1963 年，第 149 頁。

實則不僅以制藝見也。」〔註29〕方苞也說：「劉生大櫆不但精於時文，即古文辭，眼中罕見其匹。」〔註30〕從中也可見相對於他的古文成就，劉大櫆也非常擅長時文創作，並且在當時就具有很大影響。其次，《劉海峰稿》也可以看作是以創作來樹立和引領時文典範。時文評選和時文稿本自明代起也起著這種理論宣傳作用，戴名世與其友人汪武曹評選了很多選本，在《庚辰會試墨卷序》中言及時文評選的價值時說道：「其議論斷斷，足以補主司之所未及，是亦不可謂無關於文教。」〔註31〕方苞更是借官方時文選本《欽定四書文》來貫徹其以古文為時文的理念。《劉海峰稿》作為劉大櫆的時文集，其中除四則是劉氏自記自注之外，其他評點均為其當時師友，是當代人評當代人。他們互相之間往來切磋，最後呈現出來的評語也基本上都是從正面來進行肯定，所以其評選旨趣可以看做是劉大櫆的師友文人群體共同所推崇的時文典範。對於《劉海峰稿》評點內涵的梳理，可以見出劉大櫆時文理論與創作之間的關係，也可以更加具體見出其以古文為時文的創作特徵。

　　首先，劉大櫆在《時文論》中已指出「時文體裁原無一定，要在肖題而已」，對於劉大櫆八股文創作，《劉海峰稿》中品評者給出的一個最基本的總結是：「肖題」。比如：

　　　　獨得題之真際。〔註32〕

　　　　此題義法，此文得之。〔註33〕

　　　　文之於題，如規矩之於方圓。〔註34〕

　　　　文之至者，至乎題而止矣。〔註35〕

　　這些點評均點明劉大櫆之八股文寫作與文題具有高度的契合性，也就是劉大櫆自己所提出的「時文體裁原無一定，要在肖題而已」，這種文與題的契合性又在於劉大櫆對於時文文體論述之「真」，即應該就八股文所給出的題目而就其應有的意思去體會聖賢之原旨，不可於題目之中表達自己的議論見解，

〔註29〕李瑤：《論文偶記・李序》，王水照編《歷代文話》（第四冊），第4106頁。
〔註30〕方苞：《與雙學使慶手書》，《劉大櫆集》（附錄四：舊評選輯），上海古籍出版社，1990年，第627頁。
〔註31〕戴名世：《庚辰會試墨卷序》，《戴名世集》，中華書局，1986年，第96頁。
〔註32〕方苞評《學而時習之》全章，《劉海峰稿》，光緒乙亥重刊本。
〔註33〕方苞評《陳司敗問》一章，《劉海峰稿》，光緒乙亥重刊本。
〔註34〕王鶴書評《至大至剛》，《劉海峰稿》，光緒乙亥重刊本。
〔註35〕陳伯思評《孔子登東山而小魯》一章，《劉海峰稿》，光緒乙亥重刊本。

更不得借題發揮，別生枝節。這種創作特徵也表現在他人對於劉大櫆時文評論上。比如：

> 理明故無雜意，無雜意故無枝辭，直可作《關雎》注疏。〔註 36〕

> 獨以地言幾於此見端善惡，渾而未分，故不可不慎，文最分明，可當注疏。〔註 37〕

> 只是道不遠人而已，三枝實同一幹，清明峻潔，似北宋人義疏。〔註 38〕

他們均指出劉大櫆時文創作對於義理的闡說達到「注疏」的程度。這種「肖題」之「真」又體現在劉大櫆對於聖賢「神理」的體認之深。如徐笠山評《學而時習之》全章曰：「此為《論語》之首章，極平近卻極深微廣大，聖人境地已盡於此文，乃恰與題稱。」《學而時習之》全章為《論語》首章，語義平實淺近而義理深微廣大，徐笠山指出這種聖人境界於劉大櫆這篇制藝之中盡見。又徐亮直先生評《夫子之文章》一章云：「靠實發揮，題蘊已無餘矣，而子貢歎息之神仍渾然不露。」《夫子之文章》一章中子貢感歎「夫子之文章，可得而聞也；夫子之言性與天道，不可得而聞也。」（《論語‧公冶長》）徐笠山即指出劉大櫆對於此一題目的闡述達到完全盡見的地步，子貢感歎的神態能夠渾然不露，隱藏於文字之間，有「不著一字，盡得風流」的特徵，方苞稱其時文達到了「摹繪聖人，深情如見」〔註 39〕的地步。所以劉大櫆這種「注疏」式的制藝創作，既不是「自我作論」，又不是「傳注訓詁」，而是一種標準的代聖人立言。

其次，在劉大櫆的時文創作之中，評論者特別強調其文「理明」，對於《四書》章句之義理把握的絲絲入扣。《劉海峰稿》的評點者在討論劉大櫆對於義理的把握精確時多是與其行文氣勢的雄渾聯繫在一起來評論的，認為其時文能夠做到將聖賢之義理以古文之氣勢表現出來，從而達到「理」與「氣」的忻合無間，故言其八股文是「真理學、真古文」。對於劉大櫆言理之明，比如：魯啟人評《宗廟之禮》一節：「雄健直達，耕兄深於經學，故能為此文。」陳彤對評《形色天性也》一節：「說理如數家珍，字字皆精確不磨。」

〔註 36〕周自民評《關雎樂而》一節，《劉海峰稿》，光緒乙亥重刊本。
〔註 37〕蔡鰲霄評《莫見乎隱》一節，《劉海峰稿》，光緒乙亥重刊本。
〔註 38〕何罦勣評《道不遠人》一章，《劉海峰稿》，光緒乙亥重刊本。
〔註 39〕方苞評《子之武城》一章，《劉海峰稿》，光緒乙亥重刊本。

指出劉大櫆對於義理把握的確切。另外一個重要原因在於他精於古文，是以古文的筆力融入到時文創作之中，所以品評者指出其時文「鑄六經為偉詞似劉克猷，而一種濃鬱之氣則得於古文者深矣」〔註40〕，「無微不達，化程、朱之語為莊、韓之文，大奇大奇」〔註41〕。即指出劉大櫆的時文能夠將六經聖賢之義理以古文之氣韻、格調表而出之，也就是劉大櫆在《時文論》中所言「只看當日神理如何，看得定時，卻用韓、歐之文如題赴之」。更加之劉大櫆博大的才氣，使得其行文洋洋灑灑，一氣貫下，而精力彌滿。周白民評其《興於詩》一章：「元氣貫精理而出，惟歸太僕有之。」徐亮直評《興於詩》一節：「理之精闢不待言，其行文渾雄磅礴，有籠蓋六合之氣，真先秦、西漢文字也。」周白民評《夫子喟然歎曰吾與點也》：「氣與理稱，讀之兩腋生風。」這講的是「理」與「氣」相稱，古文與時文的結合。

　　劉大櫆於古文標舉「神氣」，並以此標準推崇司馬遷《史記》，而在時文則提倡「神理」，並以歸有光的時文為其典範。對於劉大櫆的時文，大家也多以歸有光相比附，比如胡稗威評《莫見乎隱》一節：「風格亦近震川。」甚至有人認為劉大櫆有超越歸有光之處，比如蔡芳三評《學而時習之》全章：「於聖學始終境地看得融洽分明，故取之心而注之手，汨汨乎其來。作者多似震川，此卻有突過震川作處。」而以古文大家如韓非子、屈原、韓愈、歐陽修、王安石等，來比附劉大櫆的時文，但論述最多的還是司馬遷及其《史記》。比如張曙彤評《臣聞之胡齡曰》：「筆力高古，神韻生動，渾是子長得意處。」甚至有人把他與唐順之相提並論，曰：「荊川能以太史公敘次施之制藝，得吾耕兄而有兩。」〔註42〕也就是說劉大櫆與唐順之一樣，是「以古文為時文」的典範，其時文往往體現出古文一樣的風神。但劉大櫆「以古文為時文」不是對於古文之形的模擬，而是在於得古文之神，所以其文章表現出「不能指其古在何處，但覺一片真氣卷舒紙上。」「白描寫生，不《史記》若也，乃真《史記》。」這些均在於劉大櫆得之在古文之「真」，所以其時文「讀去鏗鏘鼓舞，純乎古人性情」〔註43〕。這種得古文之「真」在於劉大櫆能夠「領取神脈，俱在空際，而出以雄渾」〔註44〕，對於文題之理以及文章氣勢能夠以古文之

〔註40〕陳伯思評《詩雲邦畿千里》一節，《劉海峰稿》，光緒乙亥重刊本。
〔註41〕蔡芳三評《仁人心也》，《劉大櫆稿》，光緒乙亥重刊本。
〔註42〕蔡芳三評《臣聞之胡齡曰》，《劉海峰稿》，光緒乙亥重刊本。
〔註43〕何罕勳評《踐其位行其禮》一節，《劉大櫆稿》，光緒乙亥重刊本。
〔註44〕郭昆甫評《周有八士》一節，《劉大櫆稿》，光緒乙亥重刊本。

神情充實之，所以劉大櫆的時文創作大多「說理如昆刀切玉，行文如岷江赴海」〔註45〕，由於說理分明確切，行文氣勢貫通，其文章結構往往也「經營慘澹，乃漸近自然」〔註46〕。

其三，劉大櫆這種「以古文為時文」的創作特徵，在時文風格上的表現是：蒼莽拙樸，簡淡而神味雋永，這些亦同樣得自於劉大櫆《論文偶記》中所推崇的古文風格。劉大櫆用筆「瘦折」，精練傳神所以能夠曲盡文勢之妙，行文氣勢如虹，從而能到呈現古文「拙樸」的特點，徐笠山評《子曰中人以上》一節：「行文一氣奔瀉，莽蒼樸拙處，非震川先生不能。」這種蒼莽的特點又在於劉大櫆能得古人性情之真。又徐誠齋評《弟子入則孝》一節云：「丘壑自然起伏，波瀾自然瀠洄，精神自然雄渾。」即是指出劉大櫆時文的意境深遠中涵容著性情雄渾的特點，而呈現出來看似平淡實則氣象鬱勃，而蒼蒼茫茫之致又因作者主體性情的醇真而顯得澹宕，故而蔡芳三評《若聖與仁》一節道：「愈真則愈淡，愈淡則愈簡，簡淡之中，神味高遠，作者之心，以為世間真會讀書人種子不絕，直百世以俟知者而不惑耳。」於文字之間綿綿不息的是作者之心對於古文之真的體認。

《劉海峰稿》有光緒乙亥（1875年）刻本，時間已值晚清，是書校訂者曾紀雲集後所附的《跋》中從「文以載道」的角度，指出乾嘉之後文章「格卑而氣靡，意腐而調滑」的情況，從而推許劉大櫆的時文「說理透闢，命意深遠，措詞精確，布局渾成，瘦折而變化不窮，澹樸而精神如接，博厚高古，直逼史遷，即入明季、國初集中未有能辨之者。」亦即劉大櫆時文的說理確切、用筆拙樸而氣象雄渾，而這種風格特點在筆者看來於時文而言有典範意義，他認為舉子若以此為學習榜樣，「其所以楷模製藝、規矩士林而轉移乎世道者夫豈尠哉！」〔註47〕即認為這種時文風格可以作為舉子時文學習之典範，進而具有改善士林風氣的作用。

《論文偶記》前載李瑤序言劉大櫆「世雖稱其制藝，實則不僅以制藝見也。」〔註48〕這句話讚賞了劉大櫆時文與古文的成就在當時所獲得的聲譽，也是因為劉大櫆「以古文為時文」，以好古求道為其追求所在，這從《劉海峰

〔註45〕周蘭坡評《曰無傷也》一節，《劉大櫆稿》，光緒乙亥重刊本。
〔註46〕陳未齋評《孔子登東山而小魯》一章，《劉大櫆稿》，光緒乙亥重刊本。
〔註47〕曾紀云：《劉海峰稿跋》，《劉海峰稿》，光緒乙亥重刊本。
〔註48〕李瑤：《論文偶記·李序》，王水照編《歷代文話》第四冊，第4106頁。

稿》中刊刻前後時文大家的點評亦可見出其時文受推崇的程度。這表明劉大櫆時文的典範性不僅在晚清，即使在劉大櫆生活的乾隆時代已得到大家一致的認同，而這種典範性是針對於當時時文創作存在的弊端而提出的。從劉大櫆對於八股文的批評看，他認為當時作為時文者以「為人之學」取代了古之「為己之學」，遠離了時文創制的初衷，這表現劉大櫆對於當時時文風氣的濃厚針砭意識。上文從劉大櫆時文之「肖題」、「明理」與古文氣韻的忻合無間與其文章拙樸而蒼莽、簡澹而神味不盡的風格等三個角度論述劉大櫆時文的特徵，劉大櫆也是從這三個角度來針砭其時時文之失的。

　　制義首先在於切題之真，而當時的時文，多表現出「旁羅經史、以相附益」的駁雜和「炫其彩色音聲」的膚淺，以至於「於古聖立言之旨，浸以違戾。迄於今而承襲舛訛，先民之遺學掃地盡矣」〔註49〕。只是以客套辭藻炫耀其所長，於題目所蘊含聖賢之神情則不能洞見，於題目之外旁生枝節並於義理的把握不夠確切，所以他說「如今人作文字，便不見聖賢神理，待摹神理時，又不見今人」。劉大櫆提倡要「超然能復古」，目的是要正傳聖人道心。「蓋孔、孟之微言，經前代諸儒之論辨，而大意已明矣。後代更創為八比之文，如詩之有律，用排偶之辭，以代聖賢之口語，不惟發舒其義，而且摹繪其神，所以使學者朝夕從事漸漬於其中而不覺也。故習其業者，必皆通乎六經之旨，出入於秦、漢、唐、宋之文，然後辭氣深厚，可備文章之一體，而不至齟齬於聖人。傳習既久，日趨詭異，加之以患失之心、求得之念，而流弊至不可勝言。」〔註50〕造成八股文流弊的原因在於「立志」、「志道」、「據德」、「依仁」、「遊藝」的順序顛倒，不能出入古文而用筆和氣韻不能深厚，不能期於聞道則得失之心起，於是乎時文品格日下，劉大櫆不禁痛心疾首大聲疾呼：「明代復試以八比之文，相與為臭腐之辭，以求其速售。嗟乎，此豈有天下之豪俊出於其間哉！」〔註51〕所以對於八股文，劉大櫆言「其始也，猶有矩矱之序焉；其既也，用貪冒苟得之心，以求悅於鄙夫小人之目，而其道始離矣。」〔註52〕這就是說，劉大櫆是以古文家的理想和持守來創作時文，是以

〔註49〕劉大櫆：《東皋先生時文序》，《劉大櫆集》，上海古籍出版社，1990年，第92頁。

〔註50〕劉大櫆：《方晞原時文序》，《劉大櫆集》，上海古籍出版社，1990年，第97頁。

〔註51〕劉大櫆：《答周君書》，《劉大櫆集》，上海古籍出版社，1990年，第122頁。

〔註52〕劉大櫆：《張蔗圃時文序》，《劉大櫆集》，上海古籍出版社，1990年，第101頁。

傳承古文家對於真儒的信仰為追求所在，這一點從劉大櫆所作時文及其「蒼莽、簡澹」的創作風格可以看出。

概而言之，他的時文首先以肖題之逼真為特色，根據不同文題做出確切的闡述，從而達到體會聖賢神情之精微。其次，這種肖題的逼真又體現為對義理把握的透徹，能夠將程朱之理貫諸以古文之氣韻、格調，並鎔鑄在八股文創作之中，所以其時文又被譽為是「真理學、真古文」。這種理路的明確也使得其文章結構既慘淡經營而又自然天成。最後因為「以古文為時文」為內在追求，其時文風格亦呈現出蒼莽拙樸、簡澹而神味不盡的高古風範。

三、「文行出處」的時代命題

劉大櫆八股文批評中還有一個問題即是「文行出處」的時代命題。八股文作為科舉仕進的文體，不僅與文體流變、科舉制度息息相關，更與官方意識形態、時代世運以及士人安身立命有著直接的聯繫。與劉大櫆處於同一時代且人生經歷和思想認識具有相通性的吳敬梓〔註53〕（1701～1754），在《儒林外史》中借王冕之口言及八股取士時道：「將來讀書人即有此一條容身之路，把那文行出處都看得輕了。」〔註54〕閒齋老人評論此書曰：「其書以功名富貴為一篇之骨：有心豔功名富貴而媚人下人者；有倚仗功名富貴而驕人傲人者；有假託無意功名富貴自以為高，被人看破恥笑者；終乃以辭卻功名富貴，品地最上一層為中流砥柱。」〔註55〕一部《儒林外史》也就是通過「功名富貴」來「窮盡文人情態」，來思考「文行出處」在那個時代的失落與重建，以及對於士人人格真性情的呼籲。正如桐城派所推崇的韓愈古文運動於思想層面在於拯救時溺，劉大櫆乃至桐城先賢也是旨在時文領域樹立這種意識，期望士人效法聖賢之道，樹立修齊治平的儒者志向。「志也者，幹也；文也者，其華滋也。」〔註56〕劉大櫆將其好古求道的熱忱貫注在時文批評之中，認為不能將科舉僅僅視之為「干進之階」，而應當像明代唐宋派古文家一樣以古文

〔註53〕宋浪、胡益民：《「豈關科第求人才」——劉大櫆與吳敬梓科舉觀之比較》，《安徽大學學報（哲學社會科學版）》，2014 年第 6 期。

〔註54〕吳敬梓著，李漢秋輯校：《儒林外史》（匯校匯評本），中華書局，1999 年，第 13 頁。

〔註55〕閒齋老人：《〈儒林外史〉序》，載《儒林外史（匯校匯評本）》（附錄一），吳敬梓著，李漢秋輯校，中華書局，1999 年，第 687 頁。

〔註56〕劉大櫆：《郭昆甫時文序》，《劉大櫆集》，上海古籍出版社，1990 年，第 96 頁。

為時文，以儒家理想和古文傳統為士人安身立命之本。

劉大櫆將好古求道作為理想所在，並以此作為「文行出處」的基礎。他認為讀書在於體會孔孟微言大意，識得道體之廣大精深，以此為根基，才是發揮個人才能的正途。對於此，劉大櫆分別從兩個層面來展開論述：其一，縱向上，道統和文統的綿綿一息、熄火相傳，古代聖賢所闡述的人文理想歷代均有承續，且不斷發揮著現實作用，在文統上韓愈也是從接續道統來變革古文。劉大櫆在《東皋先生時文序》中說：「堯、舜之道遠矣，及東周之季，而仲尼祖述焉。冉牛、閔子、顏淵可謂賢矣，而孟子以為『姑捨是』，『願學孔子』。……文自東漢以代降，而韓愈振其衰。」〔註57〕這也即是方苞所謂「學行繼程朱之後，文章繼韓歐之間」，劉大櫆也是以此為己任，並以此為標準來肯定是集作者能夠體會孔孟文字之中所體現的聖賢義蘊。其二，橫向上，道體內涵廣大精深，依體啟用才能無所不至。「古昔聖人之言，約而彌廣，徑而實深，即之若甚近，尋之則愈遠。」〔註58〕學習聖賢經典就在於識得形而上的道體，才可與形而下的實際生活相互印證。並且劉大櫆認為個人只有放歸於道體的整一性之下才能更好的發揮作用，而不是憑藉個人的一己之能，在《徐笠山時文序》中說：「凡人之業，精於其所獨造，而敝於其所共趨。與眾明其理，而己獨有所獲焉，是知之至也。與眾習其事，而己獨有所優焉，是能之至也。」〔註59〕那些憑藉個人才能「各持其一是，各恃其一長」的人則會落入文詞技巧的誇大炫耀上來，而劉大櫆認為這是「顛倒而失其本心」，不能識得道體和聖人之心所致。所以無論是從聖人之道的延續傳承還是從道體的深廣內涵，劉大櫆對此都是很有信心，「由是觀之，以古之道為不足法者，妄也。以古之道為高遠而不可幾者，怯也。」〔註60〕那些以為古人之道高遠而不可觸及的人是怯懦的表現，所以他鼓勵士人要以「先王之法」、「堯、舜、孔子之道」為志向和責任所在，「一身任焉，則其志愈大，而力亦從之」〔註61〕，如此個人的能力也會不斷增強。

〔註57〕劉大櫆：《東皋先生時文序》，《劉大櫆集》，上海古籍出版社，1990年，第92頁。

〔註58〕劉大櫆：《張蓀圃時文序》，《劉大櫆集》，上海古籍出版社，1990年，第101頁。

〔註59〕劉大櫆：《徐笠山時文序》，《劉大櫆集》，上海古籍出版社，1990年，第93頁。

〔註60〕劉大櫆：《東皋先生時文序》，《劉大櫆集》，上海古籍出版社，1990年，第92~93頁。

〔註61〕劉大櫆：《東皋先生時文序》，《劉大櫆集》，上海古籍出版社，1990年，第93頁。

　　雖然劉大櫆對於科舉制度和時文文體多有不滿，如其言：「科舉之制，比之秦火，抑又甚焉。」〔註62〕但他還是從八股取士聯接聖人之道上來肯定其價值，並試圖從義理和辭章層面來充實其內涵，並以此作為時文「文行出處」的尺度。八股文的發明使得讀書人專注在四書範圍內，掌握儒家義理的知識，加之八股文「代聖賢立言」的要求，更需要體會文字之外所表現的古人神態。方苞說：「藝術莫難於古文。」劉大櫆也說：「夫文章者，藝事之至精；而八比之時文，又精之精者也。立乎千百載之下，追古聖之心思於千百載之上而從之。」〔註63〕古文需要依據聖賢經典和具體事物表達個人獨特的真性情，八股文則在於透過經典中的義理描繪古人神態，表現於八股排偶的形式之中，無論從思想內容還是表達形式都更加精練。所以劉大櫆一方面從形式上肯定八股文也是探求聖學之道的正途：「後之英主，更創為八比之文，使之專一於四子之書，庶得沿波以討源，刮膚以窮髓，其號則可謂正矣。」〔註64〕另一方面為了體會古人口氣，體現在文辭表達中也顯得醇正深厚，必須要「通乎六經之旨，出入於秦、漢、唐、宋之文」，如此才「可備文章之一體，不至齟齬於聖人」〔註65〕。

　　以此為尺度，劉大櫆指陳當時科舉時文的弊端，並從好古求道和科舉得第兩個層面認為以古文為時文而得第是為「兩得」，反之則為「兩失」。首先，因為八股文作為科舉選拔的重要形式，與士人升遷和榮譽有直接關係，所以其流弊也多從這裡滋生。「然設科名以誘之，懸爵秩以招之，得失眩其中，榮辱奪其外。其始也猶有矩矱之存焉；其既也，用貪冒苟得之心，以求悅於鄙夫小人之目，而其道始離矣。」〔註66〕即指出舉子因為功名和官祿的誘惑而忘失科舉取士的本意。其次，他指出當時時文在義理上也偏失儒家正統，在文辭上流於聲色炫技，從而失卻聖人之道和立言之旨：「後學厭棄先矩，乃更旁羅經史，以相附益，炫其采色音聲，而於古聖立言之旨，寖以違戾。

〔註62〕劉大櫆：《侑經精舍記》，《劉大櫆集》，上海古籍出版社，1990年，第323頁。

〔註63〕劉大櫆：《徐笠山時文序》，《劉大櫆集》，上海古籍出版社，1990年，第93～94頁。

〔註64〕劉大櫆：《張蓀圃時文序》，《劉大櫆集》，上海古籍出版社，1990年，第101頁。

〔註65〕劉大櫆：《方晞原時文序》，《劉大櫆集》，上海古籍出版社，1990年，第97頁。

〔註66〕劉大櫆：《張蓀圃時文序》，《劉大櫆集》，上海古籍出版社，1990年，第101頁。

迄於今而承襲舛訛，先民之遺學掃地盡矣。」如同劉大櫆認為「士不好古耳，好而求之，未有不至者」〔註67〕，這種以貪求苟得之心而行之以藻飾之文是一種偏失，即使得第也不是真得，而以古文為時文才是為學的正途，且無論是參加科舉還是成就事業才會有一番作為，是為「雙得」。如在《郭昆甫時文序》中稱讚是集作者「其動履必折衷於道義，而窮達禍福不以易其心。使其立乎本朝，而古人之功業，不復見於今世，吾不信也」〔註68〕，在《顧備九時文序》中說：「是故古湫之失，不足以蔽其所得，有真得者存焉；世俗之得，顧自以為得耳，彼其所失者多矣。然則世俗未嘗有得，古湫未嘗有失，雖失之，而行且得之。夫得失何常之有！」〔註69〕並且從歷史上認為：「唐以詩取士，而杜、李二子無與於科名；明以八比之時文取士，而歸氏熙甫晚乃得第。信乎高遠傑出之文，非世俗之所能知，古今同然乎？」〔註70〕明代以古文為時文的代表人物歸有光於嘉靖四十四年（1565年）才中進士（此時歸氏已60歲），所以劉大櫆認識到「志在返古」雖顯得「不合於時」，但仍然以一種決絕的態度來倡導自己的理念，且對於自己的理想充滿著信心。其三，上文言《劉海峰稿》中的評點者多是其師友，劉氏也曾為他們的時文集做序，他們之間相互往來切磋，從中多見以文會友、志同道合的趣尚，劉大櫆更從人品、學問與文章相結合的角度肯定他們的時文，及其持守「文行出處」的尺度。無論是結交當世友朋，還是進而取法古人，都需要結合做人做事的思想行為來考察其文章作品的實質。他在《纂自堂時文序》中稱是集作者「其為人潛靜而惇篤」，且「於古人之術，無所不窺」，「其為學，鴻深溥博無涯涘」，進而談到其時文說：「間嘗出其時文以示余，思澄以奧，氣直以豪，浩浩乎如洪河大川之奔流不可禁禦。」〔註71〕在他看來，文章表現的是士人的學問、氣質和涵養，「文之不同，如其人也。一任其人之清濁美惡，

〔註67〕劉大櫆：《東阜先生時文序》，《劉大櫆集》，上海古籍出版社，1990年，第92頁。

〔註68〕劉大櫆：《郭昆甫時文序》，《劉大櫆集》，上海古籍出版社，1990年，第96頁。

〔註69〕劉大櫆：《顧備九時文序》，《劉大櫆集》，上海古籍出版社，1990年，第99頁。

〔註70〕劉大櫆：《張俊生時文序》，《劉大櫆集》，上海古籍出版社，1990年，第104頁。

〔註71〕劉大櫆：《纂自堂時文序》，《劉大櫆集》，上海古籍出版社，1990年，第100頁。

而文皆肖像之」〔註72〕,其實時文同樣如此,只有持守「文行出處」的標準,不為世俗所染,表現為文才能做到純正典雅,所以他說:「人必有一介不取之操,而後可以臨大節而不奪。有臨大節不奪之心,而後其見於言者,輝光潔白,而不受世俗塵垢之污。」〔註73〕

從劉大櫆一生行藏來看均以儒者自任,以孤潔、豪邁之氣積極入世,雖終生不遇難以施展抱負,然始終持守著兼濟天下的儒者情懷,直至晚年依然堅持講學著書立說。在其早年所作《明分》一文即體現儒者的鮮明姿態:「江海山林閒放之士,居下訕上以為傲,世之人不之察也,而相與高之。嗚呼!此君臣之義所以不明於天下歟?」〔註74〕隱逸之士在劉大櫆看來是一群負氣任性之人,而他則試圖重新明確儒家倫常秩序作為士人安身立命的正途。劉氏五上京華固然均以落榜而告終,反之也可見其積極入世的渴望,晚年任職黟縣教諭,後又在書院講學中傳道受業〔註75〕,其中所作《問政書院記》中說:「古之君子,蓋將使四海之廣、兆民之眾,無一人之不同歸於善也,於是立學以教之」,於是言及問政書院的建成「固將使歟人之同歸於善,而非徒詞章、訓詁以為進取之階也。」〔註76〕他認為書院不應作為科舉的附庸,而在於培養士人的儒家志向和淑世意識。劉大櫆說:「大行則發之於事業,窮居則不得已而見之於文章。」〔註77〕姚鼐在《劉海峰先生八十壽序》描述老年劉大櫆的情狀時道:「獨閉戶伏首几案,年八十矣,聰明猶強,著述不輟,有衛武懿詩之志,斯世之異人已。」〔註78〕姚鼐之所以感動或者說劉氏傳承於後人的大概就是這種儒者矢志不渝的高潔之志。

〔註72〕劉大櫆:《郭昆甫時文序》,《劉大櫆集》,上海古籍出版社,1990 年,第 96 頁。

〔註73〕劉大櫆:《郭昆甫時文序》,《劉大櫆集》,上海古籍出版社,1990 年,第 95~96 頁。

〔註74〕轉引自:汪孔豐:《劉大櫆詩文佚作輯補》,《古籍研究》,2019 年上卷(總第 69 卷)。

〔註75〕江小角、王佳佳:《劉大櫆對清代徽州教育的貢獻及影響》,《安徽史學》,2014 年第 3 期。

〔註76〕劉大櫆:《問政書院記》,《劉大櫆集》,上海古籍出版社,1990 年,第 309、311 頁。

〔註77〕劉大櫆:《郭昆甫時文序》,《劉大櫆集》,上海古籍出版社,1990 年,第 96 頁。

〔註78〕姚鼐:《劉海峰先生八十壽序》,《惜抱軒詩文集》,上海古籍出版社,1992 年,第 114~115 頁。

　　討論「文行出處」離不開清初的時代氛圍。劉大櫆一生處於史學家所謂的「康乾盛世」時期，清王朝因為幾代人的努力日益呈現出帝國的繁榮景象，另一方面又大力清除反清意識，加強文化管控。早期桐城先賢因為強烈的遺民情緒往往表現出桀驁不馴的個性與文風，戴氏借方苞之口說到：「同縣方苞以為：『文章者窮人之具，而文章之奇者其窮亦奇，如戴子是也。』」〔註79〕這也不妨看做方氏自己的早年心志。戴名世一生志向在於《明史》的編撰，他說：「僕以為此古今大事，不敢聊且為之，將欲入名山中，洗滌心神，餐吸沆瀣，息慮屏氣，久之乃敢發凡起例，次第命筆。」〔註80〕方氏早年也有這種隱居深山「不為外物所侵擾」而進行著書立說的願望。在《與王崑繩書》中說：「苞之生二十六矣，使蹉跎昏忽，常如既往，則由此而四十五十，豈有難哉！無所得於身，無所得於後，是將與眾人同其蔑蔑也。」〔註81〕也經歷過與時世格格不入而放蕩不羈、頹廢昏沉的時光，方氏很明顯不甘於此，對於親朋科舉登第也顯得愧懼難當，「吾兄得舉，士友間鮮不相慶，而苞竊有懼焉」，於是立志要以治經為志向，破除舊說，端正本意，「苞邇者欲窮治諸經，破舊說之藩籬，而求其所以云之意；雖冒雪風，入逆旅，不敢一刻自廢。日月迅邁，惟各勖勵，以慰索居。」〔註82〕其中方氏之進取心志猶然可見。康熙三十八年（1699），方苞中江南鄉試第一，刊刻時文集，戴名世為之做序，對於方苞時文文風的轉變以及戴氏和方氏性情與志向的不同也做了非常明確的描述：

　　　　始靈皋（指方苞）少時，才思橫逸，其奇傑卓舉之氣，發揚蹈厲，縱橫馳騁，莫可涯涘。已而自謂弗善也，於是收斂其才氣，濬發其心思，一以闡明義理為主，而旁及於人情物態，雕刻鑪錘，窮極幽渺，一時作者未之或及也。……而靈皋之孤行側出者，固自成其為靈皋一家之文也。

　　　　余（指戴名世）多幽憂之疾，頹然自放，論古人成敗得失，往往悲涕不能自己。蓋用是無意於科舉，而唾棄制義更甚。乃靈皋歎時俗之波靡，傷文章之萎薾，頗思有所維挽救正於其間。〔註83〕

戴氏指出方苞對於少年時期的才思橫溢和英氣外露進行了收斂和規整，

〔註79〕戴名世：《與劉大山書》，《戴名世集》，中華書局，1986年，第11頁。
〔註80〕戴名世：《與劉大山書》，《戴名世集》，中華書局，1986年，第11頁。
〔註81〕方苞：《與王崑繩書》，《方苞集》，上海古籍出版社，1983年，第667頁。
〔註82〕方苞：《與王崑繩書》，《方苞集》，上海古籍出版社，1983年，第667頁。
〔註83〕戴名世：《方靈皋稿序》，《戴名世集》，中華書局，1986年，第54頁。

從回歸主體心性的角度來闡述義理、描述人情，以此來梳理早年情與理的衝突。如同孔慶茂《八股文史》中分析方苞的八股文創作時所指出：「方苞中舉以後，八股文比起前期，鋒芒稍斂一些，意氣也稍和平，義理也轉精了，去掉了往日的銳利鋒芒。」〔註84〕而且由此可見方苞在其中舉之前就有這種自覺意識。相對於戴氏的放蕩不羈和憂愁苦悶，方氏的重建意識更加具有內涵，而且其時文創作也能自成一家，自立於一片蒼茫之中。康熙五十年（1711）《南山集》案發後戴氏被殺，方氏受牽連入獄，後又被赦免，方苞對於戴名世之死不無惋惜，對於自己早年理想的追尋經歷過漫長的心靈流浪，痛定思痛過後，開始後半生30年的官宦生涯。〔註85〕劉大櫆在《感懷六首》詩中言：「弱冠負勇氣，鄉間嬰禍羅。」〔註86〕戴、方作為劉氏的同鄉，這段掌故必然了然於心，但如同方苞努力從遺民情緒的挫敗感中走出來，取徑「學而優則仕」的方式，劉氏所秉持的也是以積極入世的態度、以修齊治平的儒家精神為己任。

　　總之，劉大櫆的時文批評乃至其時文創作都是與其古文家身份有關聯的，他將古文領域中的很多理念應用於時文批評與創作，這確實起到了針砭當時時文流弊所產生問題的現實效果，使得其八股文能夠影響一時。劉大櫆在其八股文批評中所標舉的「神理」，以其來源與其古文理論有相通處而顯得敦厚，表現出不同於其時所謂「時文」的古文家追求。從時文與人格的角度而言，劉大櫆的八股文批評也反映的是一位儒者在「盛世」之下的持守，同時亦有對於時勢的憤懣，所以有人稱「先生志在經世，其蘊蓄而未出者，未嘗不欲表著於一時。抑塞既久，乃偶以其磊砢不平之氣，聊寄之詠歌慨歎之間，蓋先生之可見者，惟此而已。」〔註87〕作為劉大櫆的弟子，姚鼐的古文理論深受其影響，他的八股文批評所關涉的是與劉大櫆相同的問題域。對於八股文體，有著與劉大櫆一樣的尊體意識：「士不知經義之體之可貴，棄而不欲為者多矣！……苟有聰明才傑者，守宋儒之學，以上達聖人之精；即今之文體，而通乎古作者文章極盛之境。經義之體，其高出詞賦箋疏之上，

〔註84〕孔慶茂：《八股文史》，鳳凰出版社，2008年，第327頁。
〔註85〕關愛和：《〈南山集〉案與清代士人的心路歷程──以戴名世、方苞為例》，《史學月刊》，2003年第12期。
〔註86〕劉大櫆：《感懷六首》，《劉大櫆集》，上海古籍出版社，1990年，第371頁。
〔註87〕劉琢：《海峰詩集跋》，《劉大櫆集》附錄四（舊評選輯），上海古籍出版社，1990年，第628頁。

倍蓰十百，豈待言哉！」〔註88〕在他生活的時代，八股文流弊依然極深，「世之文士，以文進於有司，使一依古之格度，枯槁孤寂，與世違遠，以覬見賞於俗目，此亦不近人情之事矣。然遂背畔規矩，蔑理棄法，以趣時嗜，則必不可」。他批評當時士人徒有古之格調，只是為了迎合一時風尚，這一做法不僅有悖文章的理法，而且文章內容也顯得乾癟，沒有古人性情的涵容，「枯槁孤寂，與世違遠」。這說明姚鼐與劉大櫆一樣，對於世俗文風並不認同，表現出一位古文家的堅守。但我們看到姚鼐有一種更加豁達和明朗的觀念，從時文文體的要求上，他所推崇「醇雅有體」，「文體和而正，色華而不靡」，「酌古今之宜，審文質之中，內足自立，外足應時，士所當為，如是而已。」對於「文行出處」，他認為士人的窮達如同草木之榮華，「夫草木之榮華，同本而遲速異時。夫守己不變以俟時者，此亦士信道篤自知明之一端也。」〔註89〕以尚道期於自明，以不變以應時勢之變。相對於桐城派之前各大家來說，姚鼐於八股文關涉不多，但還是表現出不同於劉大櫆時代的新特徵。在學術史曾經有姚鼐與戴震之間關於漢宋之爭的瓜葛，而姚鼐對於八股文的推崇也更多是以捍衛宋學道統為目標。然而此時，清代學術大勢已然走向「乾嘉考據」時代，開始以另外一種方式來考述聖賢之道，而以宋學為依託的義理八股則走向衰落。

第二節　管世銘的八股文批評

　　管世銘（1738～1798），字緘若，一字韞山，江蘇武進（今屬常州）人。他出生於書香世家，少通經史，精習六經，然數躓秋闈，乾隆三十九年（1774）始中舉人。又四年（1778）中進士，授戶部主事，為大學士阿桂倚重，後官至監察御史，仕途較順，可謂「遭時太平，致身通顯，宜無有不釋然者」。〔註90〕管世銘是乾隆時期著名的詩文名家和制義大家，有《讀雪山房唐詩鈔》《讀雪山房雜著》《韞山堂詩文集》《韞山堂文錄》《制藝三集》《宋人絕句選》等。從

〔註88〕姚鼐：《停雲堂遺文序》，劉季高點校《惜抱軒時文集》，上海古籍出版社，1992年，第53頁。

〔註89〕姚鼐：《陳仰韓時文序》，劉季高點校《惜抱軒詩文集》，上海古籍出版社，1992年，第65頁。

〔註90〕莊炘：《韞山堂文集序》，載管世銘《韞山堂文集》卷首，《清代詩文集彙編》第393冊，上海古籍出版社，2010年，第464頁。

八股文的角度看，他是乾隆時期考據八股派的代表，「既有考據學家的博學，又有詞章家的才情技巧」，〔註 91〕後之學子多摹其聲調，「故一時轉移間，群趨於《管稿》」。〔註 92〕在中進士之前，管世銘已研習八股文二十餘年，通籍後仍以寫作八股文為志業。其子管學洛記其父，「一生雅好制義文字，通籍後猶時時為之，多讀書，得間及抒寫懷抱之作。」〔註 93〕時人亦謂管世銘以制藝雄一代，「其《韞山堂稿》百年以來幾於家弦戶誦，士束髮受書無不知有管韞山者」。〔註 94〕管氏為文本於心志，「其氣之疏以達，其辭之淳而肆，其取材經史，補益傳疏，尤夫前無事贅述。」〔註 95〕晚清詩人張維屏老而退居江村，不談時文，惟以韞山之文時時誦之。「嘗謂時文至管韞山，蓋合義理、法度、書卷、聲情融而為一矣。」〔註 96〕這是管世銘所達到的為文之最高境界，也表明管世銘的時文已超越了一般意義上的八股文，而成為當世制義之典範，他的八股文批評觀也代表了其時文場創作與衡士之祈向所在。

一、以考據入八股，又須才法兼備

　　楊文蓀在《制藝叢話序》中論及：「自有制義以來，固未有不根柢經史，通達古今而能卓然成家者。」〔註 97〕為制義而能自成一家，首要的基礎是根柢經史，貫通古今。「明於義理，挹經史古文之精華」，〔註 98〕湛深於經史之學，並汲取古文之法以表之，這是對制義作者的學養要求。據載，管世銘教子讀書強調：「每日不閱古書數寸，不得妄詡下幃。讀書多則義理日出，境界日開，沉潛既久，但一含毫落墨，清言名理，自然輻輳，因題立格，自然成章。」〔註 99〕讀經通史，沉潛其間，日久才可明義理，境界亦漸開，這樣落筆成文，自然有格調，有章法。

〔註 91〕孔慶茂：《八股文史》，鳳凰出版社，2008 年，第 364 頁。
〔註 92〕葉德輝：《郎園讀書志》卷十五，上海古籍出版社，2010 年，第 710 頁。
〔註 93〕震鈞：《天咫偶聞》卷七，北京古籍出版社，1982 年，第 167 頁。
〔註 94〕李夢符：《春冰室野乘》卷上，世界書局，1923 年，第 35 頁。
〔註 95〕錢維喬：《管韞山續刻時文序》，《竹山文鈔》卷一，《清代詩文集彙編》第 396 冊，第 205 頁。
〔註 96〕張維屏：《國朝詩人徵略二編》卷三十九，中山大學出版社 2004 年，第 987 頁。
〔註 97〕楊文蓀：《制義叢話序》，載梁章鉅《制藝叢話》，上海書店出版社，2001 年，第 4 頁。
〔註 98〕方苞：《進四書文選表》，載劉季高校點《方苞集》卷二，上海古籍出版社，1983 年，第 579 頁。
〔註 99〕震鈞：《天咫偶聞》卷七，北京古籍出版社，1982 年，第 167 頁。

　　管世銘曾作有《經學》一策，對十三經的版本流變做了梳理，並表明其宗經的立場，強調儒者應以宗經為本。「聖人之作經也，猶天之懸日月，地之奠河嶽也。日月明而陰陽敘，河嶽奠而高深列，六經作而倫紀昭，王者之治。捨是無以為治也。儒者之學，離是無以為學也。」其論經學實為論經義張本，把制義之源頭追溯到熙寧中以經義取士。「唐以帖經試士，專取記誦，無關義理。熙寧中，始更經義，則今制義之緣起焉。國家功令鄉會試五經專主程（伊川）、朱（晦明）、胡（文定）、蔡（九峰）及陳（澔）氏之傳說以歸畫一。又有御纂《四經》、欽定《三禮》並列學宮。先列《程傳朱子本義》（《易》）、《朱子集傳》（《詩》）、《蔡傳》（《書》）及先儒精粹（《春秋》《三禮》）之說為正義，次則採諸家之可並存者及別義之可旁通者後，以按語折衷之使學者沿流討源，由同證異，一洗專己守殘之陋，而益窺聖人作經之心。此田（何）、伏（生）、毛（萇）、戴（聖）所以全羽翼之功，而服（虔）鄭孔賈可以免聚訟之失矣。」〔註100〕他指出，國家以經義取士意在使學者沿流討源，習八股以經義為本而兼採諸家，以此可「由同證異一洗專己守殘之陋」，而真正領悟聖人之旨意，也反映出管世銘的考據家立場。作為學者的管世銘重學問根柢，潛心經籍，字斟句酌，搜奇剔幽，發明經義，致力於探求聖賢之本義，追求義理之精蘊。其時文亦體現了他的創作追求，張維屏稱其《學而時習之》全章等十八篇，「精闡名理，包羅史事，洞達物情」。〔註101〕

　　管世銘為文重考據學問是當時學風祈尚的真實反映。早在康熙時雷以山輯《鄉黨文葅》八股文合編，以考據《論語‧鄉黨》為主，初開八股考據之風，這一風氣在乾嘉時蔚為大觀。以考據入八股是清代中葉八股文最突出的特色，清代考據之學著重於群經、制度名物的考訂，重訓詁，訂正朱注錯漏，但疏於義理。「時藝之遵朱注，功令也，而《鄉黨》文則不然。《鄉黨》一篇，大而朝廟宮廷，細而飲食衣服，無一事不資考據，而朱注闕如也。」宋儒專言義理，發聖學根本，考據則不然，海內能文之士多從考據入手。所謂「考據不確，則題解不明，雖名手無從下筆。」風氣如此，「衡文者未嘗以功令繩之，勢不得不然也。」〔註102〕考據派八股不必遵朱注，以考據為基礎，講求言必

〔註100〕管世銘：《韞山堂文集》卷七，《清代詩文集彙編》第393冊，第508頁。
〔註101〕張維屏：《國朝詩人徵略》二集卷三十九，中山大學出版社，2004年，第986頁。
〔註102〕路德：《鄉黨文葅序》，《檉華館全集》卷二，《清代詩文集彙編》第545冊，第270頁。

有據。管氏當年應鄉試之題「享禮有容色」，釋「禮」與舊解不同，以「享」與「禮」對舉。按《禮儀》經文，「『賓裼，奉束帛加璧享』，『及享，發氣焉盈容』，皆未嘗加『禮』字，而享之後，私覿之前，尚有禮賓一節儀，視享、覿加詳，經文『若君不見，使大夫受』，不禮不拜，至『禮』字，皆專指禮賓而言。至『小聘曰問，不享；主人不几筵，不禮』，則直以兩事對舉。以《論語》之享禮分屬二節，正合經義，故韞山破題即云：『兼享與禮賓，以觀聖人之色。』」〔註103〕再以《見賢不能舉》一題為例，題出《大學·傳》第十章，「見賢而不能舉，舉而不能先，命也。」題中「命」字，朱熹《集注》：「命，鄭氏云：『當作慢。』程子云：『當作怠。』未詳孰是。」管氏對此持異議，「讀命為慢，究不免屈經從傳，玩上節語意，明是以惡惡成其好善，此節似亦不當平對。以前段作開，以後段作合，則命字不煩改讀，而白文往復循環之妙，亦倍有味外味也。」〔註104〕從這兩段材料，可見管氏學問之精深淵博，對經義有疑義處，則以考據之法釋之，以考據入八股乃其八股文之特色所在。

在當時，社會風尚普重考據，力避明人空疏之弊，以考據為治學之不二法門。考據八股多建立在對經義的理解上，並校以史實為證，於朱注疏漏舛誤處，皆加以訂正，言之成理，持之有故。但考據派八股重注疏引證，於義理用心不夠，於詞章更不措意，文章學問氣濃，而文學性不足，故流傳不廣。考據名家能以八股知名者，如阮元、任啟運、江永、杭世駿、管世銘等皆是考據、文章俱佳。管世銘能以八股名世，因其不薄訓詁，亦重義理、詞章，不類一般考據八股之枯索。因此，對於文法的重視和才氣的強調，成為管世銘八股文批評的另一重要面向。

管世銘有一段話專門談到，當時文壇從事八股文寫作者有「抗心希古」與「專工帖括」兩種情況，這反映了其時文場「尚才」與「重法」的兩種趨向。

> 制藝起於近代，抗心希古者，平時多不屑為，而特降意於場屋，至時而強為之，輒山野不能入格；其專工帖括者，軌步繩趨，既盡得其曲折，而未嘗沉浸古籍以恢張而變化之，率皆老生常談，卑無高論，令人厭而思去。是以，才高者軼於法，法密者窘於才，二者交譏，實則楚失，而齊亦未為得也。若既擅夫才，又習其法，足以

〔註103〕梁章鉅：《制藝叢話》卷十三，上海書店出版社，2001年，第275頁。
〔註104〕梁章鉅：《制藝叢話》卷十三，上海書店出版社，2001年，第291頁。

矜能於一世矣，而文家境地可到。〔註105〕

他認為「抗心希古」與「專工帖括」皆有其弊，前者慕古文之道，平時對八股文不屑為之，但為場屋之計又要勉力為之，因為沒有經過八股文的嚴格訓練，所以缺少八股之法度，此之謂有才無法；後者以專工帖括為務，「軌步繩趨」，深諳於八股之法，但是缺乏才氣，也不曾浸淫古籍，沒有研讀經史後產生的心得體會，所談義理都是老生常談，不免令人生厭，這叫做「有法無才」。這裡的「才」，有才學之意，「法」指行文之法，如何解決「才高者軼於法，法密者囿於才」的矛盾呢？他提出的主張是：「既擅夫才，又習其法」，這樣才能臻於八股文之上佳境界。他還特地談到趙榕岡的制義，認為其為文「循循焉，抑抑焉，若不蘄勝於人，而元氣灌輸，脈絡融暢，才不欲盡而韻自流，意不求奇而理自至」。在他看來，境界上乘的八股文應該是氣蘊充沛，「元氣灌輸，脈絡融暢」，不為展才而才韻自顯，不為意奇而文理自至，也即不工而自工之境界。而要達到這種境界，是需要有深厚根柢的：「夫江出岷山，河探崑嶺，視之若了不異人，而所以能致九曲而行萬里者，來龍遠邇結脈深。」上乘的八股文看去尋常而境界不凡，實因其「來龍遠而結脈深」，故「知此文之所以能工、傳之所以可遠也」！〔註106〕

二、文行合一，學以致用

管世銘認為為文的最高境界是才法兼備，意不求工而文自工。這是從作者與文本關係角度談的，從修養與文風的角度看，管氏論文尤重氣骨，這與其為人行事重氣節相一致，所謂「言為心聲，真經濟、氣節人，即制義可以覘其概」。〔註107〕

管氏所為八股識力精當，取徑高古，行文氣勢充沛，自成一家。其《其次致曲》一文，後二大比，文氣充沛，筆墨醇古，論理雄肆，快人耳目，尤見功力風骨。〔註 108〕劉文恪公評曰：「理窟中能為名士風流，必此間巨手

〔註105〕 管世銘：《周宿航制義序》，《韞山堂文集》卷三，《清代詩文集彙編》第393
　　　　 冊，第482頁。
〔註106〕 管世銘：《趙榕岡文學制義序》，《韞山堂文集》卷三，《清代詩文集彙編》第
　　　　 393冊，第482頁。
〔註107〕 梁章鉅：《制藝叢話》卷十三，上海書店出版社，2001年，第88頁。
〔註108〕 清代八股文的格式基本為破題、承題、起講、入題、起二比、中二比、後二
　　　　 比、束二比，起中後束要求兩股對偶成文，合起來共八股，故謂之八股文，
　　　　 後二比一般點名題旨，最顯筆力深厚與否。

也。」〔註109〕又如《學而時習之》後二比：「功修當不息之期，就令獨行無徒，不以移其永矢，而聞聲相思之雅，早共此油然之心，理與厥修以俱來，迨醞釀既深，而二三同志之餘，苟不足與於斯道者，反若瞠乎其無見，非人之識有未逮，乃吾知所歷日以不同也，夫亦欣然足以自慰矣。理道至厭心之會，則雖譽滿天下，詎以怠其修能，而賞奇析義之歡，轉幸此寂處之蓬廬，得交資而進業，設聲華早耀，則與人家國之後，求所為卒於此事者，或恐蚓乎其不遑，及此人不見知之時，而吾與朋之所造俱未有以限量也，曷不俛焉日以孳哉。」其友周景益以文見人見心，評曰：「前比言不慍，即是說樂；對比言不慍，即是時習。作者七薦不售，意豁如也，而其文彌昌，觀此二比，其所養可知矣，安得僅以文人目之。」〔註110〕從管氏文章可見其氣度風骨，「七薦不售」而無掛懷，豁達如此，言為心生，文以明道，不能僅僅以文人視之。

錢維喬說：「韞山乃僅以文章傳於世乎？予交韞山三十餘年，知之稔矣……慷慨尚氣節，能面折人過，不少婥阿，其於天下事可知矣！」〔註111〕眾所周知，武進管氏素有重名節操守之家族精神，臨大變而不改節。明清易代之際，管氏族人管紹寧及三子、從弟管紹恂及家僕崔三強皆慷慨就義，捐軀赴國難。及至管世銘，承太平之世，其氣節更多地表現在為人為官，剛烈耿直，清正廉潔。敢於面折人過，「彈劾權要，指陳時政」〔註112〕，能一無所懼。他以才幹品行稱名，並受知於權臣阿桂，桂依之如左右手。「時富察文襄王、章佳文成公皆引重府君，每遇大事，必曰：『質之管君』。」〔註113〕管氏亦懷治世之宏願，在一眾百官依附和珅之時，勇於彈劾，其與和珅相鬥的事蹟為士林擊節稱讚。《清史稿·列傳》、管繩萊《先大父侍御府君行狀》、陸繼輅《崇百藥齋文集》、李夢符《春冰室野乘》、葛虛存《清代名人軼事》、商衍鎏《清代科舉考試述錄》均載其事。「時和珅用事，世銘憂憤，與同官

〔註109〕梁章鉅：《制藝叢話》卷十一，上海書店出版社，2001年，第212頁。
〔註110〕梁章鉅：《制藝叢話》卷十一，上海書店出版社，2001年，第213頁。
〔註111〕錢維喬：《韞山堂文集序》，《韞山堂文集》，《清代詩文集彙編》第393冊，第464頁。
〔註112〕錢維喬：《韞山堂文集序》，《韞山堂文集》，《清代詩文集彙編》第393冊，第464頁。
〔註113〕管繩萊：《先大父侍御府君行狀》，《韞山堂詩集》，《清代詩文集彙編》第393冊，第363頁。

論前代輔臣賢否，語讖切無所避。」〔註114〕對權傾朝野的和珅，管世銘不僅不依附，而且時時欲彈劾之，「時時持正論折其牙角」。〔註115〕據載，「武進管侍御世銘，在臺垣負亢直聲。一日，與友人酒坐，時和珅以伯爵官大學士，眾譽伯揆無虛日。侍御披酒大言曰：『諸君奚為者，吾方有封事。』眾皆駭愕。是夕侍御歸邸舍，遽卒。」〔註116〕正因管世銘為人為官清正廉明，處事公允，「為人磊磊落落，克敦內行，遇事伉爽，交友勸善規過，無所洒涩，而與謀必盡其誠，氣誼良篤」〔註117〕，故為士林所重。所以如此，不僅僅在於其文章高義，更在於其為人其志向，正如管氏本人所推許的，「文章之外尚有平生志事在也」。〔註118〕從文行合一的角度看，其文可證其行跡，其行跡正是其文所論儒家道義之踐行。所謂「制舉之初意，本欲即文之一端，以覘其人之本質。」〔註119〕

　　八股文根於經術，本於儒家道德，意在用世，士子習八股的目的在於「日以義理浸灌其心，庶幾學識可以漸開，而心術群歸於正也」。〔註120〕「夫取士以四書，四書皆聖賢之言，所以垂教萬世，學問經濟備焉，而謂詮發而闡明之，無益於身心可乎？」〔註121〕真正以之為立身之本者，涵泳其間，領會精神，能夠培養出讀書人的胸襟氣度和真儒風範，成為國家的脊樑和棟樑。管世銘正是這樣一位有氣骨的真儒，他具有古來賢者的淑世情懷和以天下為己任的責任感、明知不可為而為之的慷慨之氣。管氏的制義正是其人品的寫照，文如其人，極具骨力，這也是管氏制義為人所稱道的原因。在他看來，「有明帖括之興，雖與前代之文不同，然代聖賢立言，果能以程朱之理，運韓歐之氣，亦足以刻畫天地之情狀，囊括古今之變態，而士之器識與其學養，

〔註114〕趙爾巽等：《清史稿列傳》卷143，《清代傳記叢刊》第92冊，臺北：明文書局1985年，第233頁。

〔註115〕李夢符：《春冰室野乘》卷上，世界書局，1923年，第35頁。

〔註116〕葛虛存：《清代名人軼事》，書目文獻出版社，1994年，第43頁。

〔註117〕錢維喬：《韞山堂詩集序》，載《韞山堂詩集》卷首，《清代詩文集彙編》第393冊，第361頁。

〔註118〕管世銘：《論文雜言四十一則》，《韞山堂文集》卷八，《清代詩文集彙編》第393冊，第520頁。

〔註119〕章學誠：《與朱滄湄中翰論學書》，《章學誠遺書》卷九，文物出版社，1985年，第84頁。

〔註120〕方苞：《進四書文表》，載劉季高校點《方苞集·集外文》卷二，第579頁。

〔註121〕錢維喬：《管韞山續刻製義序》，《竹山文鈔》卷一，《清代詩文集彙編》第396冊，第205頁。

胥於是覘也……蓋士之所謂學者，大之在格致誠正，修齊治平，下及於方名象數之微；士之所謂文者，博之於經籍史傳諸子百家，而約之以中正和平之旨……學者誠能敦本尚實，以消其浮競之心，強識力行，以作其委靡之氣，何患其學不為修己治人之學，其人不為經術有用之文乎？」〔註122〕敦於學行，篤於實踐，其人其行，其經術其文章，皆相暗合也。

　　從管世銘為人為文皆重氣骨，人文一致，可見出管世銘對八股之態度，亦即視八股為載道之文，習八股的最終目的是為了用世。管世銘雖重考據，但與當時盛行之考據學派只究考據不問義理不同，更重發明義理，強調通經致用，體現出今文經學家的立場。莊炘在《韞山堂文集序》中慨歎，「士大夫殫精畢智於決科之文，業成名立，乃始以其餘力治古文辭，故常不逮古人，而又以麗多用寡之曼詞、黨枯讎朽之樸學，誤用其心志，反不若經義之高明，猶足與聖言相發明矣。」〔註123〕受重義理的常州學派的影響，莊炘、管世銘皆倡導經世致用之學。莊炘明確反對「麗多用寡之曼詞」與「黨枯讎朽之樸學」，相比於詞章、考據，莊炘重時文義理，以發明經義，有用於世。管世銘也深受常州學風之浸染，以古文辭為根基，作文講究通經致用，於事理皆備。「自其少時所為，矻矻窮年者自六經諸子以及百家之言，皆嘗講明而切究之，則古文辭之根柢已具。及登仕版，當世之務，問之詳而思之審，發為文詞，必有當於事理而鑿然其可行。」〔註124〕正因管世銘於讀書作文中究治事之理，懷治世之才，有治世之能，故為大學士阿桂所倚重。「以是重臣之即訊節，使之奏報，皆欲得韞山以自佐。此在韞山為餘事，然獨非有禪實用之一端乎！韞山嘗言，自宋南渡以後有所謂性命之學、事功之學，然遁於虛者易、責以實者難。當為其易者乎？抑當為其難乎？此則韞山不欲為空言無補。」〔註125〕

　　治學在窮理明得失治事之道，管世銘在其文中引其從叔管叔厓之言論說讀書作文之道。「松厓叔氏論時文對策有云，作文之道，先積理，斯陰陽向背、聖狂敬肆、是非可否之原，無不悉矣；多讀書，斯天地方物、禮樂兵農、治亂

〔註122〕管世銘：《文體科目士習》，《韞山堂文集》卷七，《清代詩文集彙編》第393冊，第510頁。
〔註123〕莊炘：《韞山堂文集序》，《韞山堂文集》，《清代詩文集彙編》第393冊，第463頁。
〔註124〕莊炘：《韞山堂文集序》，《韞山堂文集》，《清代詩文集彙編》第393冊，第463頁。
〔註125〕莊炘：《韞山堂文集序》，《韞山堂文集》，《清代詩文集彙編》第393冊，第463頁。

得失之原，無不悉矣。」〔註 126〕錢維喬的序也論及管世銘的為文宗旨，「韞山之參機務，平讞牘，出入風義，亦未嘗不措諸用矣。其生平志略，既一一見之於詩文，又一一見之於文。其文不名一家，而說經則淹博而中理，序事述情則疏通而有物，皆不苟為無益之言，而足資後人之考鏡者。」〔註 127〕從錢維喬序中可見管世銘為文宗旨，不為無益之言，說經而中理，言而有物，有益於世，以為後人用世之鏡鑒。

三、關於時文與古文關係及其他

在論才與法、文與行等關係之後，管世銘還對八股文其他問題，亦發表了自己的獨到看法。這裡把它們歸納為三個方面：

（一）時文與古文關係

光緒十九年刊本《管韞山文摘》，有月華山人（劉雲摶，即劉鶚，又名劉鐵雲）之敘稱：「管先生其人者，以古文之精神，奏時文之音節，堂堂乎盛世元音哉！」〔註 128〕談到管世銘較好地處理了時文與古文的關係，亦即重視古文之根基，時文與古文兩不偏廢。友人莊炘憶，「余交韞山在乾隆己卯之歲，其時余頗學為古文辭，而韞山銳意舉業，有聲膠序。」〔註 129〕管世銘當年用心於舉業時文，然不廢古文辭，及嘉慶三年（1798）九月管世銘與莊炘京師會晤，示所為古文辭兩巨冊，「非好而樂之，曷為多且工如是」？〔註 130〕管世銘雖為考據派名家，其時文亦承桐城之統緒，義理、法度兼備，葉德輝評曰：「管世銘之文出於方苞。」〔註 131〕

管世銘古文時文兼重的態度，與管氏對八股文體的推尊有關。在為好友韋靜山所作制義序中，他評韋靜山文「精覈淵雅，有張曉樓任釣臺之風」。靜山「失意後頗怏怏，將棄帖括以就選人」，管氏惜制義之學日微，希望同道之

〔註 126〕管世銘：《論文雜言四十一則》，《韞山堂文集》卷八，《清代詩文集彙編》第 393 冊，第 521 頁。

〔註 127〕錢維喬：《韞山堂文集序》，《韞山堂文集》，《清代詩文集彙編》第 393 冊，第 464 頁。

〔註 128〕月華山人：《管韞山文摘序》，《管韞山文摘》，光緒十九年刊本。

〔註 129〕莊炘：《韞山堂文集序》，《韞山堂文集》，《清代詩文集彙編》第 393 冊，第 463 頁。

〔註 130〕莊炘：《韞山堂文集序》，《韞山堂文集》，《清代詩文集彙編》第 393 冊，第 463 頁。

〔註 131〕葉德輝：《郋園讀書志》卷十五，上海古籍出版社，2010 年，第 710 頁。

人靜山能不棄此道，故「書此以敘其集端，將以廣其意阻其行，而勸終其業也」。〔註 132〕此篇製義序意在勸靜山不廢時文，勸其不以出處得失為意，宦不能而文不廢，於為文上發憤精進，以此可見管世銘推尊八股文體的立場。「嘗記與周宿航論時文，雖小道，然果精其術，亦自足以刻劃天地之情狀，囊括古今之變態。」〔註 133〕時文能有此境界，實與古文同。八股取士制度至明末弊病日顯，流弊叢生，坊間刻本泛濫，士子束書不觀，惟以取巧投機為尚，視八股文為敲門磚，為文陳詞濫調，空言無物。而管氏尤重時文，與他通經致用的立場相關，時文亦是載道之文，治學應通經致用，有補於世，不為空言。正如章學誠所言，「向之方王儲何諸家制業，間有舉及之者，輒鄙棄之為不足道。夫萬物之情，各有其至，苟有得於意之所謂誠然，而不為世俗毀譽所入，則學問文章，無今無古，皆立言者所不廢也。」〔註 134〕

在管氏看來，制義雖起於近代，但其體非卑，制義之至境絕非章句小儒可到，需慘淡經營，會悟超曠，醞釀卷帙，感發山川，「刻畫天地之情狀，囊括古今之變態」。〔註 135〕梁章鉅《制義叢話》中所載管氏的一段話亦表達了類似的觀點，「時文之境地，常若有域焉以限之，未易言深造也。惟苦心強力之至者，歲引月伸，晨摩夕蕩，遲之又久，而此域始豁然以開，則舉身之所遭值，目之所俯仰，耳之所聽受，莫非吾文之所取資，而字裏行間，仍各視其所養之淺深以為厚薄，非可以一蹴而幾也。」〔註 136〕八股文字裏行間能顯現作者的學養淺深，高境界的八股文需要作者多年苦心強力的研磨經營，需要深厚的學養，需要對古今經史的融會貫通和了然在心，不是能一蹴而就的。此種為文之心之境又豈是眼界狹窄之腐儒、剿襲剽竊之徒可有可至？管氏論作八股之道，也即論作文之道，八股之至境也即文章之至境。八股文是一種有嚴格程式的文章，學養要求極高，為八股文能遊刃有餘，由技進乎道，為文章焉能不臻化境？亦反映出管氏推尊八股文體的態度。

〔註 132〕 管世銘：《韋靜山制義序》，《韞山堂文集》卷三，《清代詩文集彙編》第 393
　　　　　冊，第 483 頁。
〔註 133〕 管世銘：《論文雜言四十一則》，《韞山堂文集》卷八，《清代詩文集彙編》第
　　　　　393 冊，第 521 頁。
〔註 134〕 章學誠：《葉鶴塗文集序》，《章學誠遺書》卷二十一，文物出版社，1985 年，
　　　　　第 207 頁。
〔註 135〕 管世銘：《論文雜言四十一則》，《韞山堂文集》卷八，《清代詩文集彙編》第
　　　　　393 冊，第 521 頁。
〔註 136〕 梁章鉅：《制藝叢話》卷一，上海書店出版社，2001 年，第 19 頁。

（二）對「代聖賢立言」之新詮

管世銘為《韋靜山制義》所作序，還稱其文「貫穿三禮而出之以心得」。
〔註137〕在他看來，制義在遵經的基礎上講究出之以心得。制舉講聖賢之道，
本是本於本心所認同，其邏輯預設是為文者認同此道，故以文載道，本於四
書五經，以表達自己的認識與心得，也即章學誠所言：「舉業雖代聖賢立言，
亦自抒其中之所見。誠能從於學問，而以明道為指歸，則本深而末愈茂，形
大而聲自宏。」〔註138〕要求根柢經史，學問深厚，本於主體認知，體現為
文者之心之精神。正如江國霖所云：「士人讀聖賢書既久，各欲言其心之所
得……心之所造有淺深，故言之所指有遠近；心之所蓄有多寡，故言之所含
有廣狹，皆各如其所讀之書之分而止。吾故曰制義雖代聖賢立言，實各言其
心之所得者也。」〔註139〕制義能反映士子讀書的多寡與修養及境界的高低，
真正的八股名家是能自樹立有所得。「雖所得有淺深，而其文具存，其人之
行身植志亦可概見。」〔註140〕潛心於八股文者，以八股文表達其對聖賢之
道的領會和認知，文如其人其心，可見其行身職志。上文已析管世銘為文凜
然有生氣，其人亦如是，其行身植志與其文相契，此處論其對八股代言的批
評觀。

管世銘認為，「前人以傳注解經，終是離而二之。惟制義代言，直與聖賢
為一，不得不逼入深細。且章句集傳，本以講學，其時今文之體未興，大注極
有至理名言，而不可以入語氣，最宜分別觀之。設朱子之前已有時文，其精
審更當不止於是也。」〔註141〕就體制而言，八股文比以前的墨義帖括更能考
察一個人的才情學識，以傳注解經，重在疏通經義，而代言要求體會聖人之
心，以聖人的口氣自己的語言來表達聖賢意，傳注解經，注疏、正義與經文
為二，而制義代言是將傳注與經文合而為一，故制義之精審勝過以傳注解經。
正如錢鍾書論《左傳》之記言云：「遙體人情，懸想事勢，設身局中，潛心腔

〔註137〕管世銘：《韞山堂文集》卷三，《清代詩文集彙編》第393冊，第483頁。
〔註138〕章學誠：《與朱滄湄中翰論學書》，《章學誠遺書》卷九，文物出版社，1985
　　　　年，第84頁。
〔註139〕江國霖：《制義叢話序》，載梁章鉅《制藝叢話》，上海書店出版社，2001年，
　　　　第5頁。
〔註140〕方苞：《進四書文表》，載劉季高校點《方苞集·集外文》卷二，第579頁。
〔註141〕董思駒：《韞山堂稿序》，載管世銘《韞山堂稿》卷三，湖南書局，光緒庚辰
　　　　九月重刊本。

內，忖之度之，以揣以摩。」〔註142〕錢鍾書先生追溯代言體至《左傳》記言，謂明清八股文揣摹孔孟情事栩栩如生。

制義代言相比章句集傳的佳處在於制義代言可入口氣，是以我之心與聖賢之心為一，而能體會深細。沉潛於儒家聖賢學說，以聖賢之心去體悟領會，長此以往，聖賢之心即我心，「朝夕從事漸漬於其中而不覺。」〔註143〕所謂「四書五經之言皆聖賢心學所在，我之心即千古聖賢之心，我於聖賢之言一一體會於心，想其光景，玩其趣味，務得其所以然之故。久之，而義理通融，充然有自得之學」。〔註144〕這樣做出的文章口氣即是聖賢之口氣，心理時空與聖賢為一，能想見聖賢眉目神情，而文章也盡得聖賢精髓。這樣一個長期訓練的過程，使我以聖賢之心去體悟去理解透徹聖賢之意，而所得不離聖賢原意，又為我心所得，也即代聖賢立言，言我心所得，所得與聖賢相契。代聖賢立言也即將自己的心得體會以聖賢口吻惟妙惟肖地道出。正如明末制義名家陳際泰《太乙山房稿自序》中自評其文，「泰文凡數變，然其意皆以一己之精神，透聖賢之義旨為宗。」〔註145〕八股文是在領會聖賢之意的基礎上代聖賢立言，而表達的是己見。己見不是空疏發言無端之見，而是磊落光明以明道為旨歸的己見。要做到與聖賢之意相契，必得通讀古今聖賢書，出入經史，言而有物，也即前文所論的八股文作者的基本學養。

（三）關於清朝諸家制義

管氏還著有《論文雜言四十一則》，其中泛論清代制義名家：「嘗取國朝之文論之，以制義而直接八家之統者，方百川是也；以制義而盡擷注疏語錄之精者，李安溪是也。熊次侯龍行虎步，振開國之元聲；韓慕廬吸露餐霞，息塵寰之雜響。故論品，方、李為高；論功，熊、韓為大。經制題不可杜撰一語，當以六經為腳注，儲中子、張曉樓是也；理境題不可抄襲一語，必以白戰奏奇功，方百川、方望溪是也。王牆東文著著緊，儲在陸文步步寬，皆人所最不能及者。名稿之最利舉業者，其方望溪、儲中子乎？方善用虛，儲善用實，

〔註142〕錢鍾書：《管錐編》，中華書局1979年，第166頁。
〔註143〕劉大櫆：《方晞原時文序》，載劉季高校點《劉大櫆集》卷三，上海古籍出版社，1990年，第97頁。
〔註144〕李棠：《困學纂言》，《續修四庫全書》子部第1188冊，上海古籍出版社，2002年，第506頁。
〔註145〕梁章鉅：《制藝叢話》卷七，上海書店出版社，2001年，第120頁。

兼斯二者猶掇蜩矣。」〔註 146〕這是談八股文的做法，比如經制題與理境題、用虛與用實等，然其重要意義在對大家名家制義特色的比較與總結，也是對清代八股文壇總體創作狀貌的描述。

管世銘所評李光地、韓菼、熊伯龍與劉克猷被推為「清初四大家」。熊伯龍（1617～1669），字次侯，號塞齋，晚號鍾陵，漢陽人，有《熊鍾陵稿》傳世。所謂「龍行虎步」，是說他的制義風格古茂雄直，氣魄宏大，有剛健之氣，確乃「振開國之元聲」。李光地（1642～1718），字晉卿，又字厚庵，又稱榕村，安溪人，是清初理學名臣，有《榕村全集》傳世。作為理學家，李光地學問淵博，制義說理細微，發明經義，故管氏評其文「以制義而盡擷注疏語錄之精」。李氏學問經經緯史，無所不備，皆識其理。故其制義可作理學觀，每篇製義皆發明一種義理，文後自記其對經書義理的理解闡釋。〔註 147〕韓菼（1637～1704），字符少，號慕廬，長洲（今蘇州）人，有《有懷堂詩文集》二十八卷傳世。他的八股文義理、詞章兼備，清真雅正，是清初八股文典範和代表。韓菼八股文在當時影響很大，啟振明末制義之衰，變淺滑為雅正，康熙十二年（1673）韓菼中試，其文稿皆呈御覽。《制義叢話》卷九引乾隆十七年（1752）二月諭：「禮部尚書韓菼種學績聞，湛深經術，其所撰制義清真雅正，實開風氣之先，足為藝林楷則。」故管世銘評其文曰，「韓慕廬吸露餐霞，息塵寰之雜響。」韓菼「清真雅正」的文風開清代八股文的盛世之音，成為清代衡文標準，影響所及，不僅時文，桐城派古文亦如是。韓菼與熊伯龍，一成清文典範，一為振開國之聲，正如管世銘所評，「故論功，熊、韓為大。」

前文說過，在韓菼之後，江左有三大文派——桐城二方、宜興儲氏和金沙王氏。桐城二方即方舟（百川）、方苞（靈皋）兄弟，方氏兄弟皆出韓菼門下，百川善學唐宋八大家之文，故管世銘評說，「國朝之文，論之以制義而接直接八家之統者，方百川是也。」以古文為時文，以古文筆法寫宋人義理，善於寫情，寄情遙深。方苞雖聲名遠勝其兄，然制義成就不及方舟，他從兄學作時文，皆是以古文之法入時文，出入於明唐順之、歸有光之唐宋派，善學《左傳》《史記》、唐宋文，觸類旁通，敷陳論策，理真氣純，明白如話，學養極深，氣脈貫

〔註 146〕管世銘：《論文雜言四十一則》，《韞山堂文集》卷八，《清代詩文集彙編》第 393 冊，第 521 頁。

〔註 147〕參見孔慶茂《八股文史》，鳳凰出版社，2008 年，第 284～287 頁。

通，義理精純，頗合時文規矩。故管世銘評說，「名稿之最利舉業者，其方望溪儲中子乎，方善用虛，儲善用實，兼斯二者猶掇蜩矣。」方苞之時文精語層出，不用鉤連，而儲在文文必徵實，不做空論，所謂「方善用虛，儲善用實」。方舟、方苞文皆長於議論，方舟文理境深微，以俊逸之筆寫切實之理，醇厚而有溫柔敦厚之致；方苞早期制義長於寫世情，文章有廉悍之氣，方舟、方苞文皆從古文筆法，故長於議論說理，見從己出，故管世銘評說，「理境題不可抄襲一語，必以白戰奏奇功，方百川、方望溪是也。」而「論品，方、李為高」，可見管世銘對文章義理的重視，李光地、方舟皆長於發明義理，闡釋經義。

儲欣博通經史，幼習《唐宋八大家文鈔》，時文兼經義與古文之長，既能載孔孟程朱之「道」，又注意吸納秦漢唐宋古文之「法」，亦是以古文為時文之能手。儲欣讀書得其精，故能融匯貫通，文境開闊，故管世銘謂之「儲在陸文步步寬」。以儲欣為代表的宜興儲氏家族在清初文壇影響甚大，儲在文有《經佘堂自訂全稿》，亦是以古文為根基，深於經術，儲欣為其時文作序時說：「禮執之學，深探六經，採漢宋注，參鈔卷端，附以己見，熟復史漢，吟繹韓歐蘇氏之書，他若諸子百家，無不覽也，無不掇也。窺其心，將博極而止，而所得往往發之於時文。」〔註148〕儲在陸學問淹博，精於義理，深探六經，故其制義皆以六經為腳注，依注而敷理，管世銘評其文，「經制題不可杜撰一語，當以六經為腳注，儲中子、張曉樓是也。」張曉樓，名張江，江西南城人，與王汝驤從侄王步青為摯友，亦是當時制義名家，其為人規矩森嚴，義理皆從六經出。「曉樓文凡三變，而其大旨要以疏瀹性靈、羽翼經傳……讀書日富、觀理益深，抉經之心、提傳之要，閎深肅闊。」〔註149〕

相比於儲在陸步步寬的是王牆東的「著著緊」。王牆東名汝驤，字雲衢，金壇人，有《牆東集》《明文治》等傳世。王汝驤及其從侄王步青是金壇文派的代表。王氏家族與儲氏家族為世交，文章互有切磋，王汝驤曾得儲氏指授，「為二先生（指儲大文、儲在文兄弟）所弟畜」。〔註150〕翁方綱評其文：「其法密而氣醇，宜有以發其微妙之詣……耘渠時藝不特在金壇王氏推為師

〔註148〕儲欣：《禮執時文序》，《在陸草堂文集》卷五，《四庫存目叢書》集部第259冊，第484頁。
〔註149〕王步青：《張曉樓稿序》，《己山先生文集》卷二，《清代詩文集彙編》第228冊，第428頁。
〔註150〕王步青：《儲於賓遺稿序》，《己山先生文集》卷二，《清代詩文集彙編》第228冊，第431頁。

長，即在國朝諸名家雖氣度或遜前哲，而精詣過之。後有作者，未之能或先也。」〔註151〕

　　管氏所論諸家，皆是清初以來制義名家，並以古文入時文為其長，這與明清八股文壇形成的「以古文為時文」傳統有關。自唐順之、歸有光等兼擅古文與時文之唐宋派名家倡導以古文為時文以來，時文古文互有融合。如方苞以古文而兼擅時文，主張以《左傳》《史記》《公羊傳》《穀梁傳》《國語》《戰國策》之義法，「觸類旁通，用為制舉之文」。〔註152〕倡導義與法，主張為時文義理與章法兼備，而管世銘也是力主以古文之精神運時文之音節的。

第三節　乾隆時期八股文法論

　　在乾隆時期，有不少專談八股文法的言論，其中有代表性的是楊繩武《論文四則》、夏力恕《菜根堂論文》、張泰《論文約旨》、王元啟《惺齋論文》，涉及到讀書、修養、做法等問題，所論內容與唐彪《作文讀書譜》頗多相通之處，高嵣《論文集鈔》是其集大成。

一、楊繩武《論文四則》與夏力恕《菜根堂論文》

　　楊繩武，字文叔，號皋里，无咎子，江南吳縣人。康熙五十二年（1713）進士，官翰林院編修。主講江寧鍾山書院、杭州敷文書院，曾制定《鍾山書院規約》。有《古柏軒集》。

　　在《論文四則》一文中，楊繩武開篇提出聖上諭旨：「清真雅正」，認為這是千古論文之極則。「凡學者遵循是旨，深造有得，乃可以登作者之堂矣。」〔註153〕

　　何謂「清真雅正」？他用了一系列的比喻，從正反兩個方面對「清真雅正」之義涵做了形象的說明。「譬之長江大河，發源萬里，細流不擇，魚龍百怪，出沒其中，而其實湝之不濁，所謂清也。」這說明「清」源於博，因為博而能包羅一切，因為博而能做到濁而清。與長江大河相對的是溝渠之水，它在雨集之時也會盈尺，但頃刻便盡，終為藏垢納污之所。「天地之氣，流而為川，峙而為山，翼者能飛，趾者能走，得其秀者為人。雷雨時至，百卉盡放，

〔註151〕翁方綱：《跋王若林自書耘渠續稿序》，《復初齋文集》卷十七，《續修四庫全書》集部第 1455 冊，上海古籍出版社，2002 年，第 519 頁。
〔註152〕方苞：《古文約選序例》，載劉季高校點《方苞集・集外文》卷四，第 613 頁。
〔註153〕楊繩武：《論文四則》，王水照編《歷代文話》第四冊，第 4054 頁。

皆有生意貫徹於其中，是之謂真。」這表明「真」乃是天地之元氣，一種生命力量，它是萬物之源，具有強大的活力。如果只是刻木為人，翦彩為花，雖也能窮形盡相，卻是毫無生氣，何得謂「真」？至於「雅」，是指語言的雅潔，它由人的涵養而來。所謂「胸有數百卷書，舉止吐屬，自然雅令」。「正」有如諸葛亮佈陣，千變萬化，不離其宗。「武侯陣圖，陣間容陣，隊間容隊，風雲蛇鳥，變化不測，而實出於陰陽、奇偶、天地、自然之數，所謂正也。」它指的是千變萬化之中的規則法度，對於文章而言，自然是指開合、起伏、隱顯等基本規律。通過以上比喻，大約知道「清真」是指內容而言，強調思想的厚度；「雅正」是指形式而言，重視文章的軌範。他認為《孟子》和《史記》實為「醇厚、雅潔」之典範，指出：「孟子之文，縱橫恣肆，不可方物，而謂之醇。太史公之文，怪奇瑋璚，無所不有，而謂之潔。知孟子之所以為醇，太史公之所以為潔，可以得清真雅正之所從入矣。」〔註 154〕

　　如何進入「清真雅正」的境界？他認為，其所從入之路徑在多讀書，有原本。在《鍾山書院規約》中，他對於書院學子提出積學敦品的要求：「勵志、立品以端其趨，慎交以樂其群，勤學、通經、通史以敬其業，論詩賦古文制義之源流以修其義」。〔註 155〕談到制義的寫作要求時，他主張要培本植原，以讀書為根柢，熟於古人之義理，嫻禮古人之法度，以得古人之議論，識見、氣味、骨力亦因之而出。當其發而為文章，則平淡樸實而無所不包，光怪陸離而一塵不染。「有規行矩步而通變無方，有千變萬化而一絲不走者，奇正濃淡無施不可，清真雅正於是乎出焉。」〔註 156〕這裡是把「清真雅正」作為為文的最高目標去追求的。

　　為了達到這一目標，楊繩武對初學者提出一系列要求：通經、讀史、明源流。何謂通經？它不但指習句讀，通傳注，而是熟悉注疏，旁參經解諸書，會通並折衷之，這才叫做通經。通經之外，還要學習諸子之文，儘管它有時頗謬於聖人，然其陶鑄性靈，雕鏤物象，亦足以極文章之變，是寫好八股文的重要途徑之一。「所當別白其純疵而後用之，勿徒襲其險句怪字以為工。」〔註 157〕通經之外，就是讀史，首當習之者為《史》《漢》，此乃千古文章之大宗。其他

〔註 154〕楊繩武：《論文四則》，王水照編《歷代文話》第四冊，第 4054～4055 頁。
〔註 155〕晏斯盛：《鍾山書院規約跋》，《鍾山書院規約》，《昭代叢書》辛集卷十六，世揩堂藏版。
〔註 156〕楊繩武：《鍾山書院規約》，《昭代叢書》辛集卷十六，世揩堂藏版。
〔註 157〕楊繩武：《論文四則》，王水照編《歷代文話》第四冊，第 4055 頁。

如《三國》《五代》之謹嚴，六朝、《南》《北》史之名雋，唐史之練密，宋史之繁富，亦有所長。「皆足以識治亂、明是非、辨人才、知學術，於文章實有裨益。」〔註158〕最後還要明文章之源流，他認為求文之原當溯諸《經》。「經莫古於《尚書》，亦莫高於《尚書》」，《尚書》是千古文字之祖。《尚書》之後，能以文章相繼者為《左傳》《國語》，得《左傳》《國語》之傳者為「唐宋八大家」。「《尚書》，宿海也；《左》《國》《史》《漢》，龍門、積石以下，八家則九河入海之處也。」〔註159〕如果說《尚書》是包羅萬象的大海，那麼《左》《國》《史》《漢》則為龍門、積石，唐宋八大家為入門階陛。「古人文字各有所從出，時文何獨不然？先秦、《史》《漢》險峻，或未易攀，八家氣味漸近矣，為時文於八家無所得，便是熟爛時文。」這表明，在溯源經史之外，還當學習唐宋八大家古文。「唐宋八家根柢皆從經出，昌黎直法典謨，盧陵善學《春秋》，柳州兼摹子長，南豐酷似更生，臨川以《周禮》參管、韓，三蘇之文，出於《國策》《孟子》，大蘇尤得力於《莊》《騷》。」〔註160〕

　　最後，還要特別提及楊繩武在梳理八股文源流過程中表現出的批評觀。他說：「成、宏之文純以理勝，而製格練局法已具備，實為有明一代風氣所由開，後人以樸率當之者，謬也。正、嘉而下，矩公林立，皆恪守成、宏之規，擴而張之，隆、萬季年，稍變革矣。然其格律嚴整，針線綿密，又皆因題立制，並非率意穿插。往年人守其貌，近則轉相詬病，皆過也。啟、禎之際，才人輩出，各自名家。譬之用兵，隆、萬如程不識之刁斗森嚴，啟、禎如李廣之士卒樂用，雖卒犯之者，亦莫能禁，然自有國士風。國初諸公，文皆雄渾、深厚，與啟、禎相表裏而加以廓清摧陷之功。嗣後風氣數變，要皆屬後勁，蓋國家元氣萃於是時也。此間文字，高者多得力於啟、禎、國初，溯流而上，頗少問津。然其心思才力，寧強無弱，寧堅無脆，寧厚重無輕浮，寧刻深無膚淺。雖為賢智之過，而實不墮於卑靡。蓋亦足徵風氣之日上也。」〔註161〕這裡把從明初到清初的八股文流變，概括為成弘、正嘉、隆萬、啟禎、國初五個時段，並總結出不同時期的創作特色，比如成弘以理勝、正嘉隆萬的格律嚴整、啟禎的各自名家，清初的雄渾深厚，這些觀點對於過去的

〔註158〕楊繩武：《論文四則》，王水照編《歷代文話》第四冊，第 4056 頁。
〔註159〕楊繩武：《鍾山書院規約》，《昭代叢書》辛集卷十六。
〔註160〕楊繩武：《論文四則》，王水照編《歷代文話》第四冊，第 4056 頁。
〔註161〕楊繩武：《論文四則》，王水照編《歷代文話》第四冊，第 4056 頁。

成見是有所修正的，值得關注。

夏力恕，字觀川，晚號澴農，學者稱澴農先生，孝感人，清代著名的文學家、史學家與理學家。據光緒《孝感縣志》載，力恕三歲能以意字旁，得其音義。稍長，於書無所不讀。弱冠，讀宋五子書（指周敦頤、程顥、程頤、張載、邵雍），窮日夜不倦，遂有所得。康熙庚子（1720）中鄉試第一，明年（1721）春與兄立中成進士，並選庶吉士，時號「二夏」。以掌院學士薦授編修。癸卯（1723）充京闈同考官，甲辰（1724 年）充山西正考官，纂修《明史》。後以思親告歸，全力奉養雙親，屏跡林下達三十年。然未嘗一日廢學也，曾主講武昌江漢書院，門下負笈而至者歲數百人，晚年布袍竹杖，往來閭里，望若神仙。年六十五，無疾而終。有《易說》二卷、《四書劄記》二卷、《菜根堂劄記》十二卷、《古文》四卷、《杜文貞詩增注》二十卷，其論時文之作收入《澴農遺書》，人稱《菜根堂論文》。

《菜根堂論文》凡 14 則，涉及時文的大約有 10 條，主要觀點可以概括為三點：

第一，自道性靈，自成一家。他認為八股文作為一種文體，其功能是代聖賢立言，再次也是士子進身之贄，它對於寫作者的基本要求是「自道其性靈」，表達的是「自家心性」，營構的是「自家世界」。在夏力恕看來，言者心之聲也，觀其文而見其人。「古人之文字，所以必傳於後，亦不自掩其真而已。」〔註 162〕他以歸有光為例說明，文品之上者是：「下不邀譽於末流，上不炫奇於當路，浩然自得，若將老焉，躋科名之業於聖賢之奧，其諸為時文中君子儒乎？」〔註 163〕他認為學習前人當得其神韻，而不是剽其字句或竊其筆法，正如有的人學習杜詩：「僅取其間架，無真情，無實見，自以為樸而不知其俚俗，自以為沉雄老健，實則譬之十年腐臘，不止斷筋脈已也。」〔註 164〕他特別欣賞熊賜履的文章，認為其文「如絕粒仙人，膩理溫膚，分寸無可黏著處，而神采煥發，精氣盎然」。原因在於他是以一縷心思遊歷於古人門庭，然後才自得其所長，故為文皆自率其真。「其沉酣於佛老而肆然以為聖賢之道亦爾也，亦自率其真而無復騎牆之見，故其膽其識其才其學皆相隨而至乎其域。」〔註 165〕即使其文有病，

〔註 162〕夏力恕《菜根堂論文》，王水照編《歷代文話》第四冊，第 4064 頁。
〔註 163〕夏力恕《菜根堂論文》，王水照編《歷代文話》第四冊，第 4062 頁。
〔註 164〕夏力恕《菜根堂論文》，王水照編《歷代文話》第四冊，第 4063 頁。
〔註 165〕夏力恕《菜根堂論文》，王水照編《歷代文話》第四冊，第 4063 頁。

然有其真，相反，後之為文者，哪怕無前人之病，若是無自家之心，自得之語，也只是贗品而已。

　　第二，規矩不亂，其變多方。在尚真的前提下，羅力恕主張作文要規矩不亂，規矩既具，再擴而充之，神而明之，「各隨其才力之所至與氣運之所乘」。他特別推崇歸有光文章的有法度，認為通過歸氏文章能感悟到「規矩方圓之至」，「每篇中正面、反面、側面及追原者、補者、推廣者，皆微示端倪而未嘗窮極以盡其致，……嚴整精密，所以澄源而防其泛濫者，後人之蔓衍怪誕實無所藉口。」〔註166〕他認為明文從正、嘉到隆、萬，就是一個從尚法到主才的過程：「時文不到嘉、隆，無一學者之趨……時文不到天崇，亦無以盡才人之變。」因此，對於晚明的奇詭文風，他也能給予積極的肯定：「好腴、好瘦、好巧、好怪、好冷雋、好峭刻、好枯淡，種種偏好，雖無當於聖賢，而皆可以擅長不朽者。」但無論如何，卻不可趨時苟得，這樣只會造成惡俗之習。「矜奇險者或出於闒冗，尚剛勁者適文其軟頓，樂覼深者益彰其膚淺，方諸無病而呻吟，殆有甚矣！」〔註167〕

　　第三，對「清真雅正」的新詮。他是從反面立論的，通過一正一反的對比，妍媸立見。何謂「雅」？它是相對於「俗」而言的範疇，「俗」主要表現在語言上：「油滑之調、靡曼之音、駢偶之格及一切不雅馴者是也。」何謂「正」？它是相對於「邪」而言的範疇，「邪」主要表現在義理上「背注而為奇衺之論」，在言辭上「反常而為茝軋之辭」，「若向來所傳數十字面，群奉為金丹者，皆茝軋之類也。」在他看來，言辭是作者「心之聲」，從語言的雅俗可以看到其心之邪正，所謂「雅俗者其聲，邪正則其心也」。何謂「清」？「清之反為濁，即經史子諸書橫填直塞，不惟其意義，而但襲其言辭，猶之乎濁也，韓子所謂陳言者也。」何謂「真」？「真」是與「偽」相對的範疇，所謂「偽」就是「言非心得」，膺古而不化，沒有自己的標準尺度，因此，所作自然是沿襲而剽竊。在夏力恕看來，雅正是清真的基礎，清正是對雅正的更高要求，雅正與清真兩者是互補的關係：「雅正以立其本，清真以致其精，未有不雅正而能清真者，則又有雖雅正而猶未必清真者，故必交相為用，其義始全。」〔註168〕

　　他還為初學者指出了一條登堂入室的路徑，首先要謹守「清真雅正」的

〔註166〕夏力恕《菜根堂論文》，王水照編《歷代文話》第四冊，第4062頁。
〔註167〕夏力恕《菜根堂論文》，王水照編《歷代文話》第四冊，第4065頁。
〔註168〕夏力恕《菜根堂論文》，王水照編《歷代文話》第四冊，第4067頁。

原則，然後從《史》《漢》學得變化之道，再從歸、唐、金、陳等制義大家那兒學習時文之道：

> 學者但謹守此四字，以從事於《五經》、四子之書，朝夕諷泳，即文章之奧奧皆不出此；其次乃求之《史》《漢》諸大家，以觀其運用變化；又其次乃求之歸、唐、金、陳諸家以觀其規模次第。歸、唐、金、陳諸家之言則又擇其尤精者，然後知其規模次第，即《史》《漢》之運用變化，即《五經》、四子之奧奧，初非取諸時文而得之也。〔註169〕

他認為進入「清真雅正」的堂奧，目的在「窮理」，但窮理卻要通過為文的方式去實踐它。「其功以窮理為要，而文章之設施、剪刈、磨礱、浸潤，寧終身未至，勿一日苟安，一義不精如擊仇讎，一字未妥如除稂莠，無古無今，皆取長而去其短，熔其液而消其滓。其始也，窮理與論文交致其功，及其久也，合而一之，理至而文隨之矣。」〔註170〕文章的實踐，依賴於日久月累的訓練，取前人之長而去其短，做到理與文交相為用，而後成自家之面目。

二、張泰開《論文約旨》

張泰開（1689～1774），字履安，號樂泉老人，江南金匱人。少時聰明好學，胸有大志，博覽群書，遍讀「四書五經」、「諸子百家」等典籍，儘管在科場考試中多次失利，但並不氣餒，到清雍正十三年（1735），終於得中乙卯科舉人，乾隆七年成進士，改庶吉士，命上書房行走。旋自編修五遷禮部侍郎。二十年，內閣學士胡中藻為詩謗朝政，坐誅，泰開為詩序，授刻，部議奪官治罪，上特宥之，仍在上書房行走。尋復授編修。二十二年，擢通政使。三遷左都御史。三十一年，授禮部尚書。三十三年，以老乞休，上獎其勤慎，加太子少傅，賦詩餞其行。回鄉後，樂於善舉，曾修繕「龍王廟」。三十九年卒，年八十六，諡文恪。有《採香堂詩集》《樂泉詩集》《論文約旨》等。《論文約旨》為其在京督學諸生而作，收入高嵣所編《論文集鈔》，凡22條。此書先是論文大綱八則，而後泛論各股做法，再論活局、認題、文氣、筆意、字句、篇幅等文章規範及具體要求。另附有《論文摘謬》一篇，列舉作文諸弊，以為諸生作文之戒。關於八股文法的論述，時人論之多矣，如武

〔註169〕夏力恕《菜根堂論文》，王水照編《歷代文話》第四冊，第4067頁。
〔註170〕夏力恕《菜根堂論文》，王水照編《歷代文話》第四冊，第4067頁。

之望、董其昌、陸隴其等，都有比較詳細的討論，張泰開《論文約旨》又有哪些新見呢？

（一）論文綱領八則

對於八股文法，張泰開首先談到了八股寫作的八大綱領，具體內容包括審題、布局、章法、修辭、命意、變化、根柢、養氣等，前六點是對文章而言的，後兩點是針對作者而言的。

審題。他認為文題雖有長短偏全之別，但其理則一，這就是要審其精神之所在。「作者拈一題，須審其精神在於何處。」〔註171〕它有時在上文，有時在下文，有時在實處，有時在虛外，有的雖是數句而實專注一句，有的雖是數字而專於一字。「審題既明，然後閉目靜思，此題當如何安頓，如何出落，如何是正旨，如何是陪客，題中之肯綮，題外之神情，了然心目，然後下筆，則文能肖題，而無膚套之患矣」〔註172〕。審題是把握題旨精神所在，然後思考如何布局安排，如何發揮題旨，這樣經過自己的思考而作出的文章，才能避免落入俗套。

布局。布局與審題的要求不同，「題有定理，文無定局」，故布局尤為重要。對不同的題目，要有不同的安排，即以長題而論，有順衍之格，有順滾之格，有駕題整做格，有駕題散行格，有駕題輕做格，有兩扇中紐格。「若不預先布定，如行兵無陣法，首尾如何聯絡呼應？作者未下筆時，將一篇大勢，從頭至末，細細構思，胸有成竹，揮毫落紙，自有舒卷從心之妙。若想得一句寫一句，想得數句寫數句，總有警句，而文氣必不能打成一片。」〔註173〕只有先布局安排好行文之脈絡，才能一篇文章做到氣脈貫通，落筆汩汩而出。若是想到哪寫到哪，不成文脈，難有文氣，怎能算是一篇文章？這實際上是要求重視構思，構思是決定文章成敗的關鍵。任何一種文體，布局都非常重要，對制義而言，布局亦是論作文之布局。

章法。相對於布局，它們是全體與局部的關係，布局是就文章大局而言，

〔註171〕高嵣：《論文集鈔》，《華東師範大學圖書館藏稀見叢書彙刊》第 24 冊，第 71 頁。

〔註172〕高嵣：《論文集鈔》，《華東師範大學圖書館藏稀見叢書彙刊》第 24 冊，第 71 頁。

〔註173〕高嵣：《論文集鈔》，《華東師範大學圖書館藏稀見叢書彙刊》第 24 冊，第 72 頁。

章法則專是指具體行文而言。「文者，言之有章也。」〔註174〕文是言的外在表徵，是語言的有序化。所謂有序即是法則，所謂「無法不立」，對於文章而言亦如此。「須知章法只是通首一意相承說下，如續麻之法，根根相續，更不另起一頭而中間脈絡仍自分明，有提有束，有轉有折，有來路有去路，乃為文成而法立。」〔註175〕簡言之，章法要脈絡分明，提束、轉折、來去路皆有，所謂文成而法立是也，「其訣總在上半篇能蓄勢，次第相生，由淺入深，由粗入細，開口不使一兩句說完，下面便綽有餘地，自無說了又說，疊床架屋之病矣」〔註176〕。文分上下，上半篇蓄勢，給下半篇留說話餘地，這樣整篇文章才前後相續，而沒有重複、疊床架屋之弊。

命意。文章妙處在於其立意精深，有過人之處，而不只是人們通常所說的辭達而已。他引汪遹喜的話說，「文之厚乃厚於意而非厚於辭，若務填實字，而都無深意，總極聲韻鏗鏘、光麗奪目，細按之，卻空虛單薄，無耐人尋究處」〔註177〕。唐人杜牧《答莊充書》曾有「凡為文以意為主，以氣為輔，以辭采章句為之兵衛」的話，這表明「意」對於一篇文章而言，是主腦，也就是說，意雖依賴於辭，但意重於辭，有辭無意，則空虛單薄，沒有耐人尋味處。

修辭。在命意的前提下再論修辭，亦見張泰開頗重辭采。在他看來，文章雖以立意為主，但不重修辭，則漫無聲律，出語詰屈聱牙，「雖有穎思，終為結澀」〔註178〕。從「文」之本義而言，它就是物色相雜、五色錯綜之意，他引蘇軾之言為之證：「小時文字，須令氣象崢嶸，彩色絢爛，修辭之謂也。」（趙令時《侯鯖錄》卷八）具體說來，他對於修辭的要求是：「膚末之詞不可有，而典切之辭不可無。」〔註179〕即不可有膚淺濫俗之辭，但辭尚典切對於文章而言也是必要的。那麼，如何煉辭？就是將一切絢爛文字熟讀細玩，然

〔註174〕高嵣：《論文集鈔》，《華東師範大學圖書館藏稀見叢書彙刊》第24冊，第72頁。

〔註175〕高嵣：《論文集鈔》，《華東師範大學圖書館藏稀見叢書彙刊》第24冊，第72〜73頁。

〔註176〕高嵣：《論文集鈔》，《華東師範大學圖書館藏稀見叢書彙刊》第24冊，第73頁。

〔註177〕高嵣：《論文集鈔》，《華東師範大學圖書館藏稀見叢書彙刊》第24冊，第73頁。

〔註178〕高嵣：《論文集鈔》，《華東師範大學圖書館藏稀見叢書彙刊》第24冊，第73頁。

〔註179〕高嵣：《論文集鈔》，《華東師範大學圖書館藏稀見叢書彙刊》第24冊，第73頁。

後發其才情，漸染既深，則下筆自然音節諧和。「讀之如戈玉敲金、清廟明堂之奏，非同凡響矣」〔註180〕。

變化。在張泰開看來，制義雖然是命題作文，但因文心不同，儘管是千百人共作一題，但未有彼此雷同者。「即就一題而一人構數義，亦可前後不雷同。無他，文心之變化也。」〔註181〕所謂「文心之變化」，就是作文時立意構思的變化，它是檢驗作者能力的重要方面。具體說來，變化之法有變舊為新者，有化板為活者，也有化無為有者。四書文題目有限，要在同一個題目內作出新意，必須翻陳出新，具體如何作，就要看平時多讀書多思考了。

根柢。張泰開認為根柢就是修養，「仁義禮智，吾心之根柢也；孝悌忠信，立身之根柢也；六經子史，文章之根柢」。因為文章根柢在六經子史，所以應該多讀古人書。「平時將古人之書沉浸濃鬱，含英咀華，胸中有物，則下筆有神，文章自生光焰。」〔註182〕讀書多，胸有根柢，為文自然華茂有光焰。「若無根柢，專靠幾句俗爛時文，剿襲點竊，即或塗飾一時，剪綵為花，終無生氣。」〔註183〕這專指不學無術剿襲點竊者而言，所作時文即使看上去裝飾華采，但沒有自根柢而來的勃勃生氣，終是腐爛文章，即使僥倖中式，也沒有多大意義。

養氣。多讀書則涵養自成，從這個角度看，作者之修養十分重要。如何提高作者之修養？養氣是也。他引韓愈之言說「氣盛則言之短長與聲之高下相宜」，又引蘇軾之語云「理非氣不充，事非氣不立，文非氣不雄」，可見氣在文章中的重要性。在他看來，氣有英氣、靜氣之別，「英氣如河溯少年，……馳驟康莊，其鋒之銳，能使萬夫辟易，亦足制勝；若靜氣則人忙我閒，人亂我整，如大人君子，正笏垂紳，體度已籠罩一切。」〔註184〕不過，英氣得之天分居多，若靜氣則必由養而至，這說明學者之氣可以由養而得，也即承認後天的學習和努力是可以培養人的。「學者先振作其銳氣，然後涵養其靜氣，行

〔註180〕高塘：《論文集鈔》，《華東師範大學圖書館藏稀見叢書彙刊》第24冊，第73頁。

〔註181〕高塘：《論文集鈔》，《華東師範大學圖書館藏稀見叢書彙刊》第24冊，第74頁。

〔註182〕高塘：《論文集鈔》，《華東師範大學圖書館藏稀見叢書彙刊》第24冊，第75頁。

〔註183〕高塘：《論文集鈔》，《華東師範大學圖書館藏稀見叢書彙刊》第24冊，第75頁。

〔註184〕高塘：《論文集鈔》，《華東師範大學圖書館藏稀見叢書彙刊》第24冊，第76頁。

文自能深沉有力」〔註185〕。

對於以上八點，張開泰有一句總結的話：「論文八則，故舉其大綱如此，至其正變相生，緩急相受，順逆相取，虛實相間，略者可詳，詳者可略，聯者可斷，斷者可聯，規矩誠設，巧則在人。要而論之，有關而必有開，無呼而不應，更有一字訣：曰『緊』，須愈寬而愈緊，緊密在其中矣；曰「靈」，須愈圓而愈靈，動在其中矣。」〔註186〕這是就具體行文之法而言，所謂「緊」，乃指結構寬而文字意脈要緊，而「靈」則指語言文字意蘊要靈活。

（二）論作文的具體技法

一般學者都能認同後天學習的重要，對於中下之資而言，通過學習作文之法可得登堂入室。所謂「恐中下之資，溺於習染，無從擺脫，難以入門，因復條分縷析，或據先輩之言，或砭世俗之失，俾易知易從」。〔註187〕上智之人，固然一點即通，但中下之資，需要仔細教導，使其有路可循。先是論通篇、然後論破承、起講、入題、起股、出題、中股、後股、結束、短股、對股、活局，皆是專對一篇八股而言，講到各股做法及安排，最後是論認題、文氣、用意、用筆、用詞、字句、篇幅等，主要是對於所有文章也包括八股文通行法則而言的。

先說通篇，張泰開提出了「通篇打局」的要求，所謂「通篇打局」就是要有全局的觀念，比如縱橫開合、抑揚起伏、錯綜頓挫等，從提與反、到大講與小講、再到繳與束，處處都表現出來。具體說來：「起講扣題寫大意而不犯實位。起股或正引到題目，或反逼起題目，俱在題前。中股方是正做題面，後股進一步說，多在題後。一題到手，先想章旨何如，節旨何如，有上文者如何入脈，無上文者如何發端。題中當從某字說起，再說到某字。有可於起股下即出題者，有只宜出一半做兩股再出題者，有宜逐層出落，至篇末方將題字出盡者。須知展局，則地步自寬。」接著下來，他就每一環節提出要求，如破題要見得題旨，起講之訣在不寬不盡……最後談到要通貫全篇，其局要活，亦即「活局」非常重要。「題體萬有不同，不得拘於六股八股之

〔註185〕高塘：《論文集鈔》，《華東師範大學圖書館藏稀見叢書彙刊》第 24 冊，第 76 頁。

〔註186〕高塘：《論文集鈔》，《華東師範大學圖書館藏稀見叢書彙刊》第 24 冊，第 77 頁。

〔註187〕高塘：《論文集鈔》，《華東師範大學圖書館藏稀見叢書彙刊》第 24 冊，第 77 頁。

格」〔註188〕，應該根據文題靈活布局，「即使可作整股者，若能參以活局，則尤為出色」〔註189〕。活局方法有：「或起頭提綱挈領，如登高而呼；或中間突起波瀾，散行一段；或提二句作柱，分應二比；或四句，足上起下；或夾縫中從空寂落想，融會題神，不即不離，抒寫二股，或篇末散行一段，有詠歎淫泆之致。要使通篇濃淡相間，疏密相生，斯為謀篇之能事矣。」〔註190〕這樣文章有波瀾起伏，全篇濃淡相間、疏密相生，才是引人入勝的好文章。

論認題不離前人所言，強調認題為作文第一要務。「先輩云於實字觀義理，虛字審精神。」並引王步青之言，從用字與題旨兩個方面展開討論，從用字而言：「凡題必有實字有虛字，或似實而虛，或虛而實；或一字而介在虛實之間，或虛實之義皆備，實義不明則措語必多浮辭，虛神不審則出筆定成呆相。」從題旨而言：「須探得章旨、節旨及上下文歸重何處，而以本題迎合之，先輩所謂精神結聚處是也。」〔註191〕如何探其精神結聚處？有數句結聚於一句，有數字而結聚一字，有本題而結聚於上下文，有結聚於實字，有結聚於虛字，有不在於字句之中而結聚於字句之外者。接著，他舉有數例以說明，如「『誰毀誰譽』題，『誰』字即上文『人』字，不得作『無毀無譽』。『學也祿在其中矣』題，是上下轉關語，不得實講如何祿在其中，與『干祿』章無別。」〔註192〕這是要求作者「細心體認，方得題之真義理、真精神」〔註193〕。

論文氣。文以氣為主，它是全篇的脈絡，如果文氣貫通，就不會有倒亂、硬裝、板滯、堆纍之病。文章起伏多變，多隨文氣而行。文章寫作如何養氣？他強調要多讀古文，「氣必從古文而出」〔註194〕，若是《左傳》《國語》《史

〔註188〕高嵣：《論文集鈔》，《華東師範大學圖書館藏稀見叢書彙刊》第 24 冊，第 89 頁。

〔註189〕高嵣：《論文集鈔》，《華東師範大學圖書館藏稀見叢書彙刊》第 24 冊，第 89 頁。

〔註190〕高嵣：《論文集鈔》，《華東師範大學圖書館藏稀見叢書彙刊》第 24 冊，第 89 頁。

〔註191〕高嵣：《論文集鈔》，《華東師範大學圖書館藏稀見叢書彙刊》第 24 冊，第 90 頁。

〔註192〕高嵣：《論文集鈔》，《華東師範大學圖書館藏稀見叢書彙刊》第 24 冊，第 91 ～92 頁。

〔註193〕高嵣：《論文集鈔》，《華東師範大學圖書館藏稀見叢書彙刊》第 24 冊，第 92 頁。

〔註194〕高嵣：《論文集鈔》，《華東師範大學圖書館藏稀見叢書彙刊》第 24 冊，第 92 頁。

記》《漢書》難於取效,也可取唐宋八家中銳快流利作為取效對象。多讀古文,這樣文章之氣自然養成,文章之波瀾意度皆從氣生。「讀之精熟,則古人之氣,即我之氣,文安有不超群者哉?」

　　論用意。張泰開吸收前人之論,強調文章要貼題而立意。他認為,立意貴傳文章之神,不可鋪排貴形。文章始終以意為上,文字不論奇正,先要「以說題瑩透為主」〔註195〕。題有皮膚與筋骨之分,要懂得把握題之筋骨,這樣「片言而有餘」〔註196〕。否則,只是抓住了題之皮膚,在表面字句下工夫,所作無非訓詁。他尤其強調文章立意「雖極懺擴,即至無中生有,總要在題中主張」〔註197〕,不得節外生枝,無理取鬧,不得無端牽扯。哪怕是枯寂題,也要隨題意生發,意盡即止。

　　論用筆,乃是指文章理法之出筆。說理沉悶、用法拘隅,乃是因其出筆不高明之故。「有筆,則說理者有理趣而無理障,用法者神明於法而非死法」〔註198〕。用筆的妙訣在靈活,轉換自如,賓主開合有法。筆法靈活還在於善用虛字。張泰開同時講求筆法要多變,「要爽,忌晦;要快,忌鈍;要潔,忌冗;要圓,忌板;要斬截,忌黏滯;要沉著,忌浮滑」〔註199〕。筆終究與氣相表裏,要煉筆,還在養氣,在多讀古文,文氣充沛,筆法自佳。

　　論用詞。八股文章雖是說理之文,亦不可忽視詞采。張泰開認為「文中詞采自不可少,要在胸有卷軸,擇焉而能精,食焉而能化」〔註200〕。亦即詞采從多讀書中來,多學習前人文采斐然之章,擇其精者,化而用之,形成自己的語言風格,自然煉得文章有詞采。對於詞采,他提出兩點要求,一是要有來歷,與題意相切合,不可杜撰、襲用訛傳之語。二是詞為達意,不可掩其

〔註195〕 高嵣:《論文集鈔》,《華東師範大學圖書館藏稀見叢書彙刊》第 24 冊,第 95 頁。
〔註196〕 高嵣:《論文集鈔》,《華東師範大學圖書館藏稀見叢書彙刊》第 24 冊,第 95 頁。
〔註197〕 高嵣:《論文集鈔》,《華東師範大學圖書館藏稀見叢書彙刊》第 24 冊,第 95 頁。
〔註198〕 高嵣:《論文集鈔》,《華東師範大學圖書館藏稀見叢書彙刊》第 24 冊,第 95 頁。
〔註199〕 高嵣:《論文集鈔》,《華東師範大學圖書館藏稀見叢書彙刊》第 24 冊,第 96 頁。
〔註200〕 高嵣:《論文集鈔》,《華東師範大學圖書館藏稀見叢書彙刊》第 24 冊,第 97 頁。

意。「辭繁而至掩意，原為下品，故寧以意勝，無取乎尚詞也。」〔註201〕文章雖要詞采，但不可詞采過盛，甚至掩蓋了文章之意，文章終究是以意勝，詞為意之輔。

論字句。張泰開認為字句要求有：「宜典雅，不可杜撰；宜新鮮，不可陳腐；宜渾成，不可關湊。」〔註202〕典雅是對語言風格的要求；新鮮是專就時文不可作陳腐套話而言，要有令人耳目一新之感；渾成是對作者作文功力的要求，文章要渾然一體，不可拼湊字句。湊數字成一句，上半句與下半句不連貫，上半句現成而下半句杜撰，這些都是為時文之大忌。簡言之，為湊字句成篇，文章不能渾然一氣，此乃庸手之所為。他認為用字句，以新穎為上，「不然，必須潔淨穩妥」〔註203〕。對於用字要仔細推敲，字句所用務使「道理圓足，聲調鏗鏘」〔註204〕。

論虛字。虛字主要有「則、抑、然、故、如使、倘、假令、雖然、及然」〔註205〕等。他把虛字分「題中虛字」與「文中虛字」兩類，並列舉數例說明「題中虛字」如何審清、「文中虛字」如何巧用。如「則吾進退」題，「則」字連接上文，要用「則」字就要接著上文之意來論述。又如文中用「然」字，「然」是轉折之意，從反面轉到正面，從題外轉入題內。那麼正說題意就不可亂用「然」字，否則即是從正面轉到反面，從題內轉到題外之理去了。正起正接的，當用「故」字、「則」字等，不可亂用表示轉折的「然」字。即使正起有反轉的，也不可用「然」字，當用「苟」字、「如使」字、「倘」字、「假令」字，為後文從反面再轉入正面留有餘地。虛字等等，用法不一而足。

論篇幅。這是指文章容量而言的，他認為篇幅無論長短，「要在行乎其不得不行，止乎不得不止」，即如蘇軾所說的「隨物賦形」，除「促」與「冗」之弊。但也不是說長短要求是一樣，在他看來，文之長者當以氣勝，以意勝，以

〔註201〕高嶠：《論文集鈔》，《華東師範大學圖書館藏稀見叢書彙刊》第 24 冊，第 97 ～98 頁。

〔註202〕高嶠：《論文集鈔》，《華東師範大學圖書館藏稀見叢書彙刊》第 24 冊，第 98 頁。

〔註203〕高嶠：《論文集鈔》，《華東師範大學圖書館藏稀見叢書彙刊》第 24 冊，第 98 頁。

〔註204〕高嶠：《論文集鈔》，《華東師範大學圖書館藏稀見叢書彙刊》第 24 冊，第 98 頁。

〔註205〕高嶠：《論文集鈔》，《華東師範大學圖書館藏稀見叢書彙刊》第 24 冊，第 99 ～101 頁。

波瀾反覆勝，切不敷衍浮詞。

最後，張泰開總論全篇，強調「文無定體，學貴本原」〔註 206〕。所謂取法乎上，僅得其中。學時文要先立足高點，慎重選擇名稿、名選佳篇，加以揣摩，方有進益。對明初至今的八股文章，要博覽通曉，各種家數都要做到心中有數，明其源流變化。他又告誡讀書之人不可存成見偏好，凡是好文章皆要取其長。而最重要的，則是「氣清詞潔」〔註 207〕四字，這與方苞「清真雅正」之說是一脈相承的，體現了清初至今的衡文風尚。他再次強調潛心學古的重要，不可讀坊刻庸爛時文，要擺脫時蹊，此是張泰開對士子的厚望所在。

（三）論文摘謬

為督促士子在作文一道上更精進有成，張泰開批評了讀書取法之風尚、具體行文之法、用字用句三方面存在的陋習，以備初學之士引以為戒。

首論讀書取法之風尚方面的陋習。「文章一道，平奇濃淡，學焉而各得其性之所近，原不可執一格以定工拙，但相沿陋習，急宜草除。」〔註 208〕本來作文確實不可拘定一格，應根據性之所近而選擇為文風格，但明清以來，相沿成習，作文之人總喜追隨時風。時風陋習最易影響讀書人，使其不思上進，只讀所謂坊間秘本，父兄師弟轉相傳述，耳濡目染，以致不可救正。張泰開批評近時習氣以割裂經史、穿鑿字句為新奇，置書旨、題神於不顧，只在字句上下機巧工夫，認為先民軌範並無此偽派，即如章金牧之稿，亦非文章正宗，其長在才情洸洋恣肆，這類文章「可看而不可學也」。〔註 209〕而今之學者，連章金牧文章的根柢都未窺見，只是襲其面貌，未能得其好處，但得其壞處。在張泰開看來，作為尤王派另一代表的尤侗之文更是不可傚仿，尤侗長於駢文而不在制義，如學其制義文章就是入了歪路。從張泰開對章金牧、尤侗的評價來看，相較文辭，他更重視文章之意，重視說理要醇正。他指出此為文之謬在於警示士

〔註 206〕高嵣：《論文集鈔》，《華東師範大學圖書館藏稀見叢書彙刊》第 24 冊，第 102 頁。
〔註 207〕高嵣：《論文集鈔》，《華東師範大學圖書館藏稀見叢書彙刊》第 24 冊，第 102 頁。
〔註 208〕高嵣：《論文集鈔》，《華東師範大學圖書館藏稀見叢書彙刊》第 24 冊，第 103 頁。
〔註 209〕高嵣：《論文集鈔》，《華東師範大學圖書館藏稀見叢書彙刊》第 24 冊，第 104 頁。

子作文要先立主意，不隨時流，學習取法當以正宗文章為範。

　　次論具體行文之法的諸種陋習。他歸納為五種情況，第一種是亂用套語、語意重複。不看題意如何，先將「進觀」、「進論」、「先言」、「再舉」、「舉其意甚深矣」、「其意可思矣」等語概行寫入。承題首句與末句，與破題意思重複，「只換幾個虛字，全無變換，不知拆點題目，囫圇整寫」〔註210〕。股頭動輒用「萬不至」、「如情亦知夫」、「非不知夫」等調，亦為可厭。換詞不換意，甚至無詞可換，只將「不易」換「甚難」，「非有心」換「非有意」之類。「後股不進一層用意，仍在題中打滾，此為說過又說。」〔註211〕亂用套語、語意重複此兩種毛病都在不肯用功學習作文，只拼湊些套話上去。第二種是敘事之謬。記事題，篇末動輒用「吾當援筆而書之曰」云云，或用「間嘗驅車過之，父老為余言」云云，篇末憑空捏造，極其惡劣紕繆；「題有姓名者，附會其命名取義。」〔註212〕翻駁聖賢言語行事，漫用「孰意否否」、「孰知有大謬不然」，導致文意不通。第三種在不審清語氣，「題有問答及自述語氣者，若不入清口氣，漫用『今夫』、『且夫』、『若謂』，不知是何人說話」〔註213〕。用「想其意曰」輕慢聖賢，因為「其」字是輕詞，不可用於聖賢。點題非敘述形容語氣，結果漫用「殆」字、「云」字。「起講下用『如其某是已』，作引證口氣，而與起講意不對，最為無理。」〔註214〕「非比興題，用『試以某某』論；非懷想題，用『吾不禁穆然』云云。」〔註215〕如是等等。第四種乃是文法之諸種弊病。如已經點過題，「每股間又見題句」〔註216〕；「反做二比再轉，又斷不可反者亂反」〔註217〕；

〔註210〕高嵣：《論文集鈔》，《華東師範大學圖書館藏稀見叢書彙刊》第24冊，第105頁。

〔註211〕高嵣：《論文集鈔》，《華東師範大學圖書館藏稀見叢書彙刊》第24冊，第109頁。

〔註212〕高嵣：《論文集鈔》，《華東師範大學圖書館藏稀見叢書彙刊》第24冊，第109頁。

〔註213〕高嵣：《論文集鈔》，《華東師範大學圖書館藏稀見叢書彙刊》第24冊，第105頁。

〔註214〕高嵣：《論文集鈔》，《華東師範大學圖書館藏稀見叢書彙刊》第24冊，第106頁。

〔註215〕高嵣：《論文集鈔》，《華東師範大學圖書館藏稀見叢書彙刊》第24冊，第106頁。

〔註216〕高嵣：《論文集鈔》，《華東師範大學圖書館藏稀見叢書彙刊》第24冊，第106頁。

〔註217〕高嵣：《論文集鈔》，《華東師範大學圖書館藏稀見叢書彙刊》第24冊，第108頁。

「起講反起，起比仍反起；起股已反矣，中股又反；正做過矣，又反」〔註218〕等等。第五種是股法上存在的毛病。如「題中雙字不可分股而分股，不必分股者而分股」〔註219〕；雖分股但不見意思分貼，則兩股仍是一樣。

再論用字用句方面的謬誤。第一、虛字的錯用與重複用。如：「出股用『夫』字，對股用『抑』字，『抑』字是反語詞，兩股有轉換者用之，既合掌矣，如何用『抑』字？」〔註220〕「有前二股用『夫』用『抑』，而下二股仍用者。」〔註223〕「『雖然』下用『而』字，『苟使』二字連用。」〔註222〕「上下文俱是正面，而用『然』字轉；或小開小轉，當用『苟』字、『乃』字、『顧』字者，而用『然』字；或從正面用『然』字轉到反面」〔註223〕，張泰開指出這些毛病「不但童生不知，秀才中犯此病者甚多」〔註224〕，不可不戒。第二，平仄聲韻之誤，「不知平仄者，上下句聲韻不調，兩股住句皆平聲仄聲，及一句中連用四五個平聲仄聲，及七八個不等」〔註225〕。第三，最為不可取者，乃是寫別字。「如『以』字、『一』字、『亦』字不分，『為』字、『惟』字部分，『區』字、『曲』字部分，『其』字、『豈』字不分，『縱訛』為『總』，『續』訛為緒，『熙皞』作『熙皋』，『貿貿』作『冒冒』，『攘攘』作『穰穰』，『昧』作『冒』，最不通者，『致君』作『治君』，『把臂』作『把背』，『嗚呼』作『嗚乎』，『嗟乎』作『嗟呼』，『得毋』作『得勿』，『發憤』作『發奮』，『祗』字、『止』字作『只』字，皆由坊刻以訛傳訛也。」〔註226〕此是一類，另有一類「不知解

〔註218〕高嵣：《論文集鈔》，《華東師範大學圖書館藏稀見叢書彙刊》第 24 冊，第 109 頁。

〔註219〕高嵣：《論文集鈔》，《華東師範大學圖書館藏稀見叢書彙刊》第 24 冊，第 108 頁。

〔註220〕高嵣：《論文集鈔》，《華東師範大學圖書館藏稀見叢書彙刊》第 24 冊，第 108 頁。

〔註223〕高嵣：《論文集鈔》，《華東師範大學圖書館藏稀見叢書彙刊》第 24 冊，第 108～109 頁。

〔註222〕高嵣：《論文集鈔》，《華東師範大學圖書館藏稀見叢書彙刊》第 24 冊，第 109 頁。

〔註223〕高嵣：《論文集鈔》，《華東師範大學圖書館藏稀見叢書彙刊》第 24 冊，第 110 頁。

〔註224〕高嵣：《論文集鈔》，《華東師範大學圖書館藏稀見叢書彙刊》第 24 冊，第 110 頁。

〔註225〕高嵣：《論文集鈔》，《華東師範大學圖書館藏稀見叢書彙刊》第 24 冊，第 110 頁。

〔註226〕高嵣：《論文集鈔》，《華東師範大學圖書館藏稀見叢書彙刊》第 24 冊，第 110

釋字義，寫省筆字」〔註227〕，「幾為」、「几席」而代作「幾」，「機」為木名而代作「機」，「猶」為獸名而代作「猶」等等。更有音同而義不同者，有音義俱不同者，有字彙並無此字者，如此甚多。再有一類是故意不依書寫，好為怪異之體。甚至有不成字者，如「據」字、「遽」字從「處」，「業」字中間作八字等。

綜上所述，張泰開非常詳細地將作文諸多方面、諸多細節上會犯的謬誤都一一指出，士子以此為誡，當會作文出新、出意，更有一種境界。

三、王元啟《惺齋論文》

王元啟（1714～1786），字宋賢，號惺齋，又號祇平居士，浙江嘉興人，乾隆十六年（1751）進士，先任將樂縣知縣，後主持書院講席三十餘年。王元啟博通經史，尤擅曆算，守程朱之學，為文崇尚韓愈古文，著有《祇平居士集》《惺齋先生雜著》《讀韓記疑》《讀歐記疑》《王氏家訓》《勾股衍》等，有《惺齋論文》被收入王水照主編之《歷代文話》第四冊。

《惺齋論文》專論八股文，一論讀書之法，強調讀書要注意學習前人作文之法，於前人用字用句上精審熟察，「精心析理」以「致知」。二論做法，論具體行文之法。三、論作八股尤須注意的幾點，包括文章如何出落、文章對法、下文有宜犯不宜犯。四、論各類題做法，如虛窘題、枯寂題、記述題、比喻題、辯論題、排句題、長題、搭題、割截題、連章題。其中關於論做法等涉及到八股文的寫作技巧、章法安排及各題做法諸問題，值得關注。

（一）論行文之法

王元啟對行文之法的論述，主要是從作文的具體要求出發的，這些要求可以歸納為：

第一，文章之變在「貌」不在「骨」。什麼是文章之「貌」？就是文章的外在風貌，如「雅淡」、「滿暢」、「整齊」等；什麼是文章之「骨」？就是文章的根本，王元啟認為是「清與深」，「析理精而不混，則清；命意切而不浮，則深」〔註228〕。做法如得清深，則貌之平奇濃淡皆可從時，而自有骨體，一切

〔註227〕　～111 頁。
〔註227〕　高嶹：《論文集鈔》，《華東師範大學圖書館藏稀見叢書彙刊》第 24 冊，第 111 頁。
〔註228〕　王元啟：《惺齋論文》，王水照編《歷代文話》第 4 冊，第 4154 頁。

時弊皆可避免。如何作清深之文？一是勤於作文。不管是觀書有得，還是整理舊文有感觸，即可乘便作文，「切不可畏難而止」〔註229〕。二是要勤與師友辯論，他認為「口舌之功，可以抉心障而發天光」〔註230〕，理愈辨則愈明。

第二，作文要使人可解。「嘗論士人讀書著文，求之古者，貴其能解，出之己者，尤貴予人以可解」〔註231〕。王元啟以皇甫持正稱韓愈文「章安句適」，蘇洵、蘇軾父子自言其文「所向如志」、「意之所到，曲折赴之」為例，說明文以辭達稱意為上。「從古魁人傑士，能以其言自立於不朽者，不過歸於辭達而止，所謂與人以可解者也」〔註232〕。而要使人可解其文，當先求自解，將經史義理理解透徹，而其法在「以意逆志」，「憂而柔之，厭而飫之」，「沉潛乎義訓，反覆乎句讀」〔註233〕。王元啟批評今世之人「以莽鹵為學，不復能虛心究味於古人辭旨之所存，但胸中橫梗一意，屈古人以從我，以為其言如是云云耳。於是以其所不解者而驅之為文，魚網或鴻麗，射馬乃中獐，金礦錯陳，甲乙倒置，橫騖別馳，自以為風發而泉湧矣，乃使讀之者，茫如羅剎國人之聞華語，莫解其何謂」〔註234〕。自己就沒有理解清楚古人意旨，屈古人之意以從己，這樣作出的文章不知所謂，又如何能使人解？

第三，作文要講究轉接之法。「文字之道千變萬化，蔽以二言，不過曰接曰轉而已」〔註235〕。接即接上文意，所謂「一意相承」也；轉即轉為他意，所謂「兩意相承」也。接、轉各有法，「轉法有開合賓主，而接法亦有淺深虛實」〔註236〕。他認為文之大病在複與倒，複即重複，倒即次序顛倒。這其中，最忌者乃為重複，要使意無重複，「必使前後相承，觸手生變，而無一語之或同」〔註237〕。行開合賓主、淺深虛實之法則能避此弊病，「開合者，轉法之顯然不同者也；賓主者，轉法之似同而實不同者也。淺深者，接法之顯然不同者也；虛實者，接法之似同而實不同者也」〔註238〕。這樣行文，雖然看上去

〔註229〕王元啟：《惺齋論文》，王水照編《歷代文話》第4冊，第4154頁。
〔註230〕王元啟：《惺齋論文》，王水照編《歷代文話》第4冊，第4154頁。
〔註231〕王元啟：《惺齋論文》，王水照編《歷代文話》第4冊，第4154頁。
〔註232〕王元啟：《惺齋論文》，王水照編《歷代文話》第4冊，第4154頁。
〔註233〕王元啟：《惺齋論文》，王水照編《歷代文話》第4冊，第4155頁。
〔註234〕王元啟：《惺齋論文》，王水照編《歷代文話》第4冊，第4155頁。
〔註235〕王元啟：《惺齋論文》，王水照編《歷代文話》第4冊，第4156頁。
〔註236〕王元啟：《惺齋論文》，王水照編《歷代文話》第4冊，第4156頁。
〔註237〕王元啟：《惺齋論文》，王水照編《歷代文話》第4冊，第4157頁。
〔註238〕王元啟：《惺齋論文》，王水照編《歷代文話》第4冊，第4157頁。

前後文相似，但實則不同，所謂「於類似相同之中，猶必精求其異，則其心細如髮而其利如刀，雖吹毛可斷矣。如是為文，必無一語之或同」〔註239〕，這樣作文，既無重複之病，前後文相承相接，「序亦行乎其中矣」〔註240〕，故倒之病亦去矣。

文字以接、轉二道論之。這其中，轉之法更為精妙，所謂「文字之妙，只一轉字盡之」〔註241〕。王元啟引韓菼語云：「筆筆轉，則筆筆靈，筆筆透矣。」〔註242〕文字多轉，則筆勢靈活精透。故作文「大忌堆疊幾句轉運不動之辭在內」〔註243〕。轉亦有轉之法，王元啟認為文章勝處全在於轉，意思轉處「須以片語抵人千百，勿過為寬博之勢」〔註244〕，轉處語言要高度凝煉，不可過多。他還強調轉處要合題，筆頭要活跳，「勿作跋馬登山之勢」〔註245〕，不然，筆意滯澀，意思難以轉入下一層。

「文以能轉為工」〔註246〕，逐句、逐層意思有轉變之方。而王元啟對文要多轉的要求又引出了對文要靈活的要求，所謂「文要句句靈活」〔註247〕。怎樣做到靈活？王元啟認為「語語有不盡之意便靈」〔註248〕，若是黏住一義，無回眸他顧之勢，文意便死。

第四，在如何用典上，王元啟強調無論是用古人成語，還是運用古典、經典成語，須貼合題意，使語自己出，而非囫圇直用直抄，堆砌辭藻。（一），「凡驅用古人成語，必須拆碎用之，顛倒用之，或截半用之，切忌囫圇直用，總期達吾之意而止。其與吾意無關者，概行削去。切忌牽枝帶葉纏繞不清。如此立定主意，不肯全用古人一語，則語皆己出，自然觸處靈通，不為塵綱之所拘縛」〔註249〕。（二），「凡運用古典，大忌直抄。總要曲曲想出意義來，令與題旨關會。必須是我去運用古人，勿反為古人所用。若但搬運故實，而

〔註239〕王元啟：《惺齋論文》，王水照編《歷代文話》第4冊，第4157頁。
〔註240〕王元啟：《惺齋論文》，王水照編《歷代文話》第4冊，第4157頁。
〔註241〕王元啟：《惺齋論文》，王水照編《歷代文話》第4冊，第4158頁。
〔註242〕王元啟：《惺齋論文》，王水照編《歷代文話》第4冊，第4158頁。
〔註243〕王元啟：《惺齋論文》，王水照編《歷代文話》第4冊，第4158頁。
〔註244〕王元啟：《惺齋論文》，王水照編《歷代文話》第4冊，第4158頁。
〔註245〕王元啟：《惺齋論文》，王水照編《歷代文話》第4冊，第4158頁。
〔註246〕王元啟：《惺齋論文》，王水照編《歷代文話》第4冊，第4158頁。
〔註247〕王元啟：《惺齋論文》，王水照編《歷代文話》第4冊，第4158頁。
〔註248〕王元啟：《惺齋論文》，王水照編《歷代文話》第4冊，第4158頁。
〔註249〕王元啟：《惺齋論文》，王水照編《歷代文話》第4冊，第4159頁。

與題義無關，便苦臃腫」〔註250〕。（三），「凡經典成語，縱使與題極其精貼，猶須融化出之，若整句抄襲，便不免剽賊之譏。又況不切之語，正以摧陷廓清為勇，如何反更圇圇堆砌？但取一字可以假借，便不顧首尾語意云何，是何異佃客抄貼田主堂聯，人或譏之，輒自詫為一字不錯乎」〔註251〕！

（二）論作文要點

王元啟論及作八股尤須注意的幾點，包括文章如何出落、文章對法、下文有宜犯不宜犯。

第一，論出落。何謂出落？是指一篇文章之精神所在。「文章出落處，如骨之有骱，肉之有筋，頭面之有眉目，所以使氣血流行，百骸便利，精神焜者，全在乎此。」〔註252〕如果作文只是專事堆疊，則文章毫無生氣，所以說「作文首要講出落之法」〔註253〕。如何出落？王元啟說：「題頭是通身筋脈呈露處。要求文字妙，先要從點題處著意起，切勿率爾。」〔註254〕題頭能顯出整篇文章的結構脈絡，故此處文字一定要精妙，要點題。「點題有一定之法，實字宜先，虛字宜後。」〔註255〕「大凡題中實義實字，必須開端揭發，大忌在半中間雜出。」〔註256〕題目中的實義實字，要在文章開頭就揭發出來，不可再中間夾雜寫出，使人不知所云。而「題字為上文所未見者，不宜突出，必須千呼高喚出之」〔註257〕，題字上文未見，則其義未明，不可直接突出，要慢慢烘托而寫出其義。王元啟以元曲為例說明凡事皆有引端發始處，「若突如其來則觀者駭矣」〔註258〕，故作文最忌「開口便將題句全吞」〔註259〕，要慢慢引入題意，「總貴曲為布置，不宜徑遂直前」〔註260〕。作文要一步步逐層引入，「步驟紓徐，見不突之妙」〔註261〕。「承上處，大忌圇圇，尤以整行直

〔註250〕王元啟：《惺齋論文》，王水照編《歷代文話》第 4 冊，第 4159 頁。
〔註251〕王元啟：《惺齋論文》，王水照編《歷代文話》第 4 冊，第 4159 頁。
〔註252〕王元啟：《惺齋論文》，王水照編《歷代文話》第 4 冊，第 4170 頁。
〔註253〕王元啟：《惺齋論文》，王水照編《歷代文話》第 4 冊，第 4172 頁。
〔註254〕王元啟：《惺齋論文》，王水照編《歷代文話》第 4 冊，第 4171 頁。
〔註255〕王元啟：《惺齋論文》，王水照編《歷代文話》第 4 冊，第 4172 頁。
〔註256〕王元啟：《惺齋論文》，王水照編《歷代文話》第 4 冊，第 4171 頁。
〔註257〕王元啟：《惺齋論文》，王水照編《歷代文話》第 4 冊，第 4171 頁。
〔註258〕王元啟：《惺齋論文》，王水照編《歷代文話》第 4 冊，第 4171 頁。
〔註259〕王元啟：《惺齋論文》，王水照編《歷代文話》第 4 冊，第 4171 頁。
〔註260〕王元啟：《惺齋論文》，王水照編《歷代文話》第 4 冊，第 4171 頁。
〔註261〕王元啟：《惺齋論文》，王水照編《歷代文話》第 4 冊，第 4171 頁。

寫為戒。只揀要緊處說，乃見手眼」〔註262〕，承接上文的地方，正是文意緊要處，不可整行直寫，要扣緊文意寫得緊湊。而「承上領脈處，必須使題意雖不全出，早已隱約欲動。不得向空處吆呼」〔註263〕，既不可寫作空筆，亦不可將題意全部寫出，要隱約透出題意，顯出文脈。

　　第二，論對法。對法即對股之法，王元啟強調「文字要全股中無一句一字合掌」〔註264〕。而不合掌之法有四：「立柱也，開合也，淺深也，回互也。」〔註265〕掌握此四法，則文章脈絡分明，文意變化無窮。他又強調對股重在換意而非換辭，「若意不換而辭換，正所謂換湯不換藥也」〔註266〕。

　　第三，論結束。「末處收納全篇，須令次序井然不亂」〔註267〕。結束處，若文意趨下，「須有從容不迫之致」〔註268〕，而非一直徑下，好比「演戰陣戲，跑馬追趕，雖急欲下場，亦必再打幾個迴旋」〔註269〕。他認為結束「大忌用『進觀』及『合之』等字落下，總要尋出意思，紐到下文乃佳」〔註270〕。如果題語未了，題只半句，文末不可戛然煞住，「結處必須趨入下文，庶幾語意完備」〔註271〕。

　　第四，論下文有宜犯不宜犯。王元啟認為作文不可一概禁犯下，要視具體作文而定。他批評「塾師論文，首禁犯下，見有侵及下文字面者，必加大抹。其稍稍解事者，則曰：犯字何妨，忌在犯意耳」〔註272〕。他認為字、意皆可犯，「惟犯界，則斷斷不可」〔註273〕。他以一比喻解釋為何字、意可犯而界不可犯：「犯字者，如魯國中殺一姜姓之人，未必是齊之公族也；犯意，則所殺竟屬齊之公族矣。然使殺所當殺，則魯亦未有大罪。唯是揚旗鼓眾，直達泰山北境，則雖不殺一人，已為王法所不宥，為其犯齊之界也。作文亦然。

〔註262〕王元啟：《惺齋論文》，王水照編《歷代文話》第4冊，第4171頁。
〔註263〕王元啟：《惺齋論文》，王水照編《歷代文話》第4冊，第4171頁。
〔註264〕王元啟：《惺齋論文》，王水照編《歷代文話》第4冊，第4172頁。
〔註265〕王元啟：《惺齋論文》，王水照編《歷代文話》第4冊，第4172頁。
〔註266〕王元啟：《惺齋論文》，王水照編《歷代文話》第4冊，第4172頁。
〔註267〕王元啟：《惺齋論文》，王水照編《歷代文話》第4冊，第4173頁。
〔註268〕王元啟：《惺齋論文》，王水照編《歷代文話》第4冊，第4173頁。
〔註269〕王元啟：《惺齋論文》，王水照編《歷代文話》第4冊，第4173頁。
〔註270〕王元啟：《惺齋論文》，王水照編《歷代文話》第4冊，第4173頁。
〔註271〕王元啟：《惺齋論文》，王水照編《歷代文話》第4冊，第4173頁。
〔註272〕王元啟：《惺齋論文》，王水照編《歷代文話》第4冊，第4173頁。
〔註273〕王元啟：《惺齋論文》，王水照編《歷代文話》第4冊，第4173頁。

題句各有界分，豈容凌躐？」〔註274〕犯字、犯意好比殺人，只要有理皆不為錯，而犯界雖不殺一人也無理可言。王元啟舉了前輩文中犯字、犯意的例子。「如明代《君子有三畏》節會墨，元作直犯下文『知』字。可知犯字無妨。」「知」字為「畏」字中必有之意，故犯字無妨。《唯仁人為能愛人能惡人》一題，「王文恪文將下兩節意一併揭起，可知犯意亦無妨」〔註275〕，仁人之見賢必舉，舉必先，而不肯惡人所好，與其見不賢必退，退必遠，而不肯好人所惡，亦「能愛能惡」中必有之意，既是題中必有之意，又何必避忌下文作糊塗搪塞語，還不如張膽直言犯下文之意。如果作文犯界，等於下文可刪卻不要，此為不可。

（三）論題型做法

王元啟論及各類題做法，如虛窘題、枯寂題、記述題、比喻題、辯論題、排句題、長題、搭題、割截題、連章題，茲將相關論述簡略述之。

第一，論虛窘題。王元啟針對當時人對虛窘題的畏難情緒，指出不在題難，而在「無制題能事耳」〔註276〕。他指出近時人作虛題謬在趨下太急，「其所以趨下太急者，由於入題太驟，所以落想要在空際，運筆宜在題前」〔註277〕。「凡作虛題，總以肖題神吻為工，不宜於題後別添議論」，他認為作虛題止於刻肖題神，不可另加議論發揮。作虛題要得題神，首先要隔清題界，不可使得題目所在句之下句義混入作文中，又要「使下句宛然可接，不至與我相離」，這樣才能做到肖題之神，所謂既要界分清楚，又要令下句可接。作虛窘題，「無論正反面，總須退縮一層，在題前落想，方有曲折赴題之勢。若開口便咬住題句，下文豈復有轉身地位乎」〔註278〕？作虛窘題，要先退縮一層，給作文留下餘地，方能慢慢進入題旨。作虛題，要知題面審題意，「但知題面而不審題意，則呆；然欲急醒題意，反致與題面相反，則又病於取下之過躁」〔註279〕。取下不可急迫，「總要先就賓位襯說，一入主位，便如題勒住」〔註280〕。

第二，論枯寂題。文貴有情韻動人，題目雖然枯寂，「亦須就立言者意中

〔註274〕王元啟：《惺齋論文》，王水照編《歷代文話》第 4 冊，第 4173～4174 頁。
〔註275〕王元啟：《惺齋論文》，王水照編《歷代文話》第 4 冊，第 4174 頁。
〔註276〕王元啟：《惺齋論文》，王水照編《歷代文話》第 4 冊，第 4174 頁。
〔註277〕王元啟：《惺齋論文》，王水照編《歷代文話》第 4 冊，第 4175 頁。
〔註278〕王元啟：《惺齋論文》，王水照編《歷代文話》第 4 冊，第 4175 頁。
〔註279〕王元啟：《惺齋論文》，王水照編《歷代文話》第 4 冊，第 4175 頁。
〔註280〕王元啟：《惺齋論文》，王水照編《歷代文話》第 4 冊，第 4177 頁。

鑽研一過，於所以作此一語上落想，方有靈機」〔註281〕。

第三，論記述題。王元啟強調作記述題「須有天然之波趣，而不露刻鑿之痕及講說中駁難聲口，乃佳」〔註282〕，簡言之，作記述題要自然生動。「行文之法，須削盡空閒無著之話，而樞紐轉接間，必使前後針鋒相直，乃見靈緊」，文章要簡潔，又要緊湊。

第四，論比喻題。王元啟指出「作比喻題大病，不是蹈虛，便是跕實」〔註283〕。何謂蹈虛，「入首處，先說此事豈可借彼相形，旋即翻轉說，此事亦何妨借彼相形。即此便去了兩股文字，此蹈虛之病也」〔註284〕，作此二股文字，實則無用處。何謂跕實，「說到實義處，則雖千層萬層，總要一口吞盡，再不會分出淺深變換顛倒之方。於是就一股看，則壘塊充塞，運掉無方；就對股看，則只辦得一個合掌之法而已」〔註285〕，作文不講究淺深變換顛倒等方法，股股就一個意思實說，這樣作文，前後意思重複，又死板。作比喻題，「只須就本位喻義發揮，其關合正意處，須於語中埋蘊，不宜於語外吆呼」〔註286〕。

第五，論辯論題。王元啟認為「語言固有次第，然總從道理自然處分先後」〔註287〕，故作辯論題「只須就道理上發揮」〔註288〕，自然行文有序。若是像策士刺探，云：「吾若先說此句，便恐與彼意不合，須先令彼意若何，然後可以吾說進之。」〔註289〕這就落入了俗套，亦不能顯出聖賢公正之懷，不為大方之文。

第六，論排句題。王元啟指出作排句題的弊病，「首句動曰不止是此句，兼有下句道理在，但此句之理則可先說耳，究竟下句道理如何，本句道理如何，兩無著落，徒作油滑之腔，此何用也」〔註290〕，若是在首句即輕率言說將下句道理包含在內，這樣作文，本句道理與下句道理皆沒有說清。他認為作排句題，

〔註281〕王元啟：《惺齋論文》，王水照編《歷代文話》第4冊，第4177頁。
〔註282〕王元啟：《惺齋論文》，王水照編《歷代文話》第4冊，第4178頁。
〔註283〕王元啟：《惺齋論文》，王水照編《歷代文話》第4冊，第4178頁。
〔註284〕王元啟：《惺齋論文》，王水照編《歷代文話》第4冊，第4178頁。
〔註285〕王元啟：《惺齋論文》，王水照編《歷代文話》第4冊，第4178頁。
〔註286〕王元啟：《惺齋論文》，王水照編《歷代文話》第4冊，第4178頁。
〔註287〕王元啟：《惺齋論文》，王水照編《歷代文話》第4冊，第4179頁。
〔註288〕王元啟：《惺齋論文》，王水照編《歷代文話》第4冊，第4179頁。
〔註289〕王元啟：《惺齋論文》，王水照編《歷代文話》第4冊，第4179頁。
〔註290〕王元啟：《惺齋論文》，王水照編《歷代文話》第4冊，第4179頁。

「須尋獨切之法，使前後句不得通用，乃佳」〔註291〕，應該作一句是一句的理，「渾身鑽入題中，實實就此句本義研搜」，這樣才可避免為他句所奪。萬不可前後句通用，前句可說後句，後句可說前句，這樣作文流為空話，未將題意說透。

第七，論長題。王元啟認為「作長題，逐節須得其大意所在」〔註292〕。因為題長，「恐顧此失彼，及首尾起訖不清，故有左縈右拂，前伏後挽諸法」〔註293〕。作長題不可逐處飣餖，「著語須一一中其筋節，乃無支蔓之辭」〔註294〕。長題要融煉，「題中字句，勿論多少，竟須一氣煉就，直如生鐵鑄成，不復能分作幾塊」〔註295〕。

第八，論搭題。「大凡搭題弔下之法，須在講下承上文後，未入題位之先，於題前空隙處，納取下意於隱然不覺之中，及至再合處，恰好順落本題上截，乃為得法。」〔註296〕作截搭題，要在未入題位之先，將下文的意思隱約透出，這樣上下文才有銜接，不顯截然兩層。截搭題要將上下文黏合為一，故於中間過渡處「自出主意，格外造一樞紐，以為關筍接縫之計」〔註297〕。王元啟認為黏合不難，難在上下文要界限分明，各自斫削精工，這樣關筍接縫時，才能無縫。此種論調顯出王元啟與前人論文的不同，「自來論搭題之法，上下兩截，患其不合。吾獨患其不分，能分自能作合」〔註298〕。

第九，論割截題。割截題好比「敧斜不正之器」〔註299〕，不可用尋常作文規矩。本來割截題為大方家所不屑為，但既考試出此類題目，亦要有對策以解之。王元啟認為割截題最忌枝枝節節而為之，要胸有成竹，一揮而就，一線穿成，又要「語語中題竅要，無一無聊支綴之辭，乃見手法。若一處蹈空，便將眾義拋荒，一處撦實，又苦疊塊充塞，揮掉不靈」〔註300〕。

第十，論連章題。「大凡兩章並出之題，首要割分界限。」〔註301〕即使

〔註291〕王元啟：《惺齋論文》，王水照編《歷代文話》第 4 冊，第 4179 頁。
〔註292〕王元啟：《惺齋論文》，王水照編《歷代文話》第 4 冊，第 4179 頁。
〔註293〕王元啟：《惺齋論文》，王水照編《歷代文話》第 4 冊，第 4180 頁。
〔註294〕王元啟：《惺齋論文》，王水照編《歷代文話》第 4 冊，第 4180 頁。
〔註295〕王元啟：《惺齋論文》，王水照編《歷代文話》第 4 冊，第 4180 頁。
〔註296〕王元啟：《惺齋論文》，王水照編《歷代文話》第 4 冊，第 4180 頁。
〔註297〕王元啟：《惺齋論文》，王水照編《歷代文話》第 4 冊，第 4181 頁。
〔註298〕王元啟：《惺齋論文》，王水照編《歷代文話》第 4 冊，第 4181 頁。
〔註299〕王元啟：《惺齋論文》，王水照編《歷代文話》第 4 冊，第 4182 頁。
〔註300〕王元啟：《惺齋論文》，王水照編《歷代文話》第 4 冊，第 4182 頁。
〔註301〕王元啟：《惺齋論文》，王水照編《歷代文話》第 4 冊，第 4183 頁。

是無分別之題，也要細心為之分別，「其分合處，轉落處，尤須蹤跡了然，勿令一語模糊」〔註302〕。兩章相連，無論是否有分別，都要分清界限，各章論說清晰，這樣合兩章處才能銜接無縫，文章層次脈絡才清晰。

綜上而論，王元啟論作八股文，重在授人以法，皆是圍繞作文的具體技法而言。論作文，強調文意要多變，不可重複，文章文脈要緊，結構層次要清晰，所作之文要使人可解。論各類題型做法，皆是具體就此題型難作與弊病之處而提出如何巧妙作文以應對。

第四節　高嵣《論文集鈔》

高嵣，字梅亭，直隸順德府南和縣人。「乾隆庚辰科（1760）舉人，三十二年（1766）委署沁源縣，三十七年題署沁邑」。〔註303〕高嵣一生著述甚豐，於古文、八股文皆頗有研究心得，輯有《左傳鈔》《公羊傳鈔》《穀梁傳鈔》《國語鈔》《國策鈔》《史記鈔》《前漢書鈔》《後漢書鈔》《唐宋八家鈔》《歸餘鈔》《論文集鈔》《嘉懿集》二編，《明文鈔》六編，《國朝文鈔》五編，現今編入黃秀文、吳平主編《華東師範大學圖書館藏稀見叢書彙刊》15 至 39 冊《高梅亭讀書叢鈔》，其一生心血與功力皆見於此。

這些著述大約分為三種類型，第一種是古文評點，如《左傳鈔》《史記鈔》《唐宋八家鈔》等，選輯經典名篇評點，並集以各家之說，以為時文寫作提供義理、文法等方面的指點；第二種是時文評點，如《明文鈔》《國朝文鈔》，選輯明清時期重要的名家時文，授以初學者寫作八股文之技法，並示以範文，期籍登堂入室，乃至精通時文之道；第三種《嘉懿集》《論文集鈔》，是關於彙集懿行本事及時文做法之書，相當紀事及文話之類著述。

一、論古文與時文關係

高嵣對於古文與時文都有精深研讀，對於古文與時文之關係也有獨到認識。過去有以古文為時文論，以時文為古文論，時文與古文皆文之一體論，通過考察《左傳》、兩《漢書》及唐宋古文，高嵣是把唐宋古文作為時文之源頭的。他說：「以八家者冠冕兩朝、籠罩百子，洵古文之極，則制藝之淵

〔註302〕王元啟：《惺齋論文》，王水照編《歷代文話》第 4 冊，第 4183 頁。
〔註303〕孔兆熊、郭藍田：《沁源縣志・明宦志》，成文出版社有限公司，影印民國二十二年鉛印本。

源也。」〔註304〕學作時文當從唐宋古文入手，但唐宋古文卻是由秦漢古文而來，高嶹為初學者設計了一條學作時文的取法路徑：

> 文章一道，隨時遞降，體裁屢更，誦讀之法與編次之體不同。昔人言秦漢文法寬、唐宋文法嚴，又云秦漢文法微、唐宋文法顯，故初學經書既畢，授以古文，須先從唐宋入手，先有徑路可尋，次及《史》《漢》，層累而上，蓋推本以求，由《左》《國》《史》《漢》以下迄唐宋者，窮源及流之道也；逆溯而往，由唐宋以上及《左》《國》《史》《漢》者，先河後海之義也，是鈔採集較富，體亦獨備，如論、辨、記、序、碑、銘等編，皆前鈔所缺，當可為有志古作者之助，抑不獨為舉子業有益時文云爾也。〔註305〕

他編選《唐宋八家鈔》，較之過去類似選本，在選目及文類上更為豐富，不獨有益於學時文者，亦有助於學古文者。如果能由唐宋上溯到《左傳》《國語》《史記》《漢書》，精心研讀《左傳鈔》《國語鈔》《國策鈔》《史記鈔》《前漢書鈔》《後漢書鈔》，必然通達推本以求、先河後海、窮源溯流之道。在這裡，高嶹梳理了一條古代文章發展脈絡，從《左》《國》《史》《漢》到唐宋古文，再到明清時文，這就明確了時文於文章史的特殊地位，它是《左傳》以來古文傳統的承續，論時文之道也就始終不離論文章之道。

高嶹認為《左傳》《國語》《國策》《史記》《前漢書》《後漢書》等，對於初學者而言，不但有文章意義上的敘事、議論之法，更有思想意義上的明理載道之旨。

> 自宋西山真氏《文章正宗》截錄《左傳》分為敘事、議論、詞命三體，嗣是講古文者無不取之以冠集首。夫左氏之書與《春秋》相表裏，其徵事也，其明道也，非徒以文也。然其文已開史家之權輿，立古今之極則，後來班馬轉向祖述，即唐宋諸大家又豈能外是而別開蹊徑哉！（《左傳鈔·序》）〔註306〕

他認為《左傳》已為後來文章確立了法則——立文、徵事、明道，從司

〔註304〕高嶹：《唐宋八大家鈔》，《華東師範大學圖書館藏稀見叢書彙刊》第20冊，第451～452頁。

〔註305〕高嶹：《唐宋八大家鈔》，《華東師範大學圖書館藏稀見叢書彙刊》第20冊，第452頁。

〔註306〕高嶹：《左傳鈔》，《華東師範大學圖書館藏稀見叢書彙刊》第15冊，第4頁。

馬遷、班固到唐宋諸大家莫不遵循之。其《史記鈔・序》言「此書論史為千古之良史，論文亦千古之至文也」〔註307〕。其《後漢書鈔・序》亦言「於文取姿體生動、或議論醇樸得二卷」〔註308〕。但為文之旨在經世，作於世有用之文，亦即「載道」「明理」。「夫文以載道也，學以適用也，虛車之飾與犬羊之鞹交譏，學人矻矻窮年、日馳心於偽詭虛幻之作、風雲月露之章，自謂汪洋足以自恣、奇麗足以動人，然言不衷理、詞不關要，坐而言者不堪起而行，非經世之學、有用之文也。」〔註309〕秦漢古文所以興盛，就在其用意所至在用世。「自來文章之盛，首推西京，大抵經術湛深、治術通達」，「若其風格樸茂、體骨堅整、渾淪彌漫之真氣鼓蕩楮墨間」。只是它在東漢漸趨消匿，特別在晉魏以後，隨著浮辭虛文之風泛起，這一樸茂文風日趨衰靡，「蓋渺不可追矣」〔註310〕。在高嶋看來，時文、古文皆是文章，學者應該「取法期上、託體宜尊」〔註311〕，從《左傳》《國語》《國策》《史記》《前漢書》《後漢書》等汲取精華。從唐宋古文來講，雖然它與秦漢古文有別，但不離秦漢古文之宗旨；從明清時文來講，雖然其法度較之古文更為森嚴，但其旨歸一：「載道」「明理」；從文章源流關係看，古文是時文的淵源所在，時文的根柢在經史、古文，時文乃由古文一系而來。高嶋引前人陸隴其之言曰：「夫文以理真法密、全題神氣者為宗。雖濃淡兼取，而平庸者、詭僻者、外強中乾者、艱澀沈晦者，俱弗與焉。尤所切戒者，顢頇依約之文，乍閱之似冠冕堂皇，細按之則浮誇無當，蓋無理取鬧，固非制藝本色也。」〔註312〕此說亦可見出清代制義衡文標準「清真雅正」的影子，文章要正統，切戒者乃是「顢頇依約之文」，此類文章「總由見理不明，而徒飾其詞，襲貌遺神，毫無心得」〔註313〕，作文要先

〔註307〕 高嶋：《史記鈔》，《華東師範大學圖書館藏稀見叢書彙刊》第 18 冊，第 164 頁。

〔註308〕 高嶋：《後漢書鈔》，《華東師範大學圖書館藏稀見叢書彙刊》第 20 冊，第 136 頁。

〔註309〕 高嶋：《前漢書鈔》，《華東師範大學圖書館藏稀見叢書彙刊》第 19 冊，第 189 頁。

〔註310〕 高嶋：《前漢書鈔》，《華東師範大學圖書館藏稀見叢書彙刊》第 19 冊，第 189 頁。

〔註311〕 高嶋：《前漢書鈔》，《華東師範大學圖書館藏稀見叢書彙刊》第 19 冊，第 189 頁。

〔註312〕 高嶋：《論文集鈔》，《華東師範大學圖書館藏稀見叢書彙刊》第 24 冊，第 135 頁。

〔註313〕 高嶋：《論文集鈔》，《華東師範大學圖書館藏稀見叢書彙刊》第 24 冊，第 135

多讀書，養成深厚的學養，不飽讀經書，難以文章明義理，只好在語詞上虛飾，玩弄花招，沒有學問而作文章，「皆遊談無根，隨手填湊」〔註314〕。

高嵣在《論文集鈔》中選錄了大量批評坊刻庸爛時文之言論，強調學古的必要性。他告誡初學之士，坊刻時文惡爛不堪，宜急火其書，否則後患無窮。「若成材之士，當自知之，且潛心讀古，擺脫時蹊，是使者所厚望也。」〔註315〕學作時文宜從學古中來，「文章未有不學古而能佳者」〔註316〕，學古乃是學其骨格調法，學其蒼渾高古之氣，而非摭拾字句入其時文。所謂「渾其氣、蒼其格、高其調、秀其色，脫胎換骨於其中而不自覺，是獲益於古文者無窮矣」〔註317〕。從這個角度看，學作時文與學作古文一樣，要重視文氣。「氣必從古文而出，《左》《國》《史》《漢》，猝難取效，當從唐宋八家擇其銳快流利者，時時諷誦，自然有效。」雖然《左》《國》《史》《漢》年代久遠，難以取效，但唐宋八家古文易於學習而養成文氣。「試觀名手之文，無不從古文出者，既讀古文而得其氣，則時俗腐爛單弱之文，自覺礙口耳不能讀下」〔註318〕。讀古文多，則下筆梗概多氣，時俗爛文章由於沒有根柢充沛之氣而單弱不堪卒讀。「故閱文者但看一起講而優絀自見，或清淡而不害為佳，一裝綴而即知為俗，則於氣辨之也」〔註319〕。有古文之氣者，開篇起講即可感受到，而裝綴之文一讀便氣息羸弱，俗不可耐。文筆自養氣來，讀庸爛時文是無論如何不可能煉成好筆法，因為好的文章是從學養中自然生發出來的。「欲煉筆，仍在養氣而讀古，若沉溺於爛熟時文，筆再不能佳矣」〔註320〕。

頁。

〔註314〕高嵣：《論文集鈔》，《華東師範大學圖書館藏稀見叢書彙刊》第 24 冊，第 136 頁。

〔註315〕高嵣：《論文集鈔》，《華東師範大學圖書館藏稀見叢書彙刊》第 24 冊，第 103 頁。

〔註316〕高嵣：《論文集鈔》，《華東師範大學圖書館藏稀見叢書彙刊》第 24 冊，第 39 頁。

〔註317〕高嵣：《論文集鈔》，《華東師範大學圖書館藏稀見叢書彙刊》第 24 冊，第 41 頁。

〔註318〕高嵣：《論文集鈔》，《華東師範大學圖書館藏稀見叢書彙刊》第 24 冊，第 93 頁。

〔註319〕高嵣：《論文集鈔》，《華東師範大學圖書館藏稀見叢書彙刊》第 24 冊，第 93 頁。

〔註320〕高嵣：《論文集鈔》，《華東師範大學圖書館藏稀見叢書彙刊》第 24 冊，第 97 頁。

　　《論文集鈔》上卷《論文雜條》首條即謂「古文氣息，時文法脈，二語乃不易之論也」〔註321〕。作為一種文章體裁，時文自有其自身規範，而作為文章之一種，時文與古文氣息相類，精神旨趣也是相通相接的。因此，高嶕並不認同「以古文為時文」之說，認為時文相較古文，法度更嚴，並引錄清初黃際飛之語曰：「古文有古文之法，時文有時文之法。世每好言以古文為時文，而託之於震川先生，夫先生豈不爾哉？顧其制義，氣則古文之氣，法猶時文之法，較之守溪、荊川，源流一變，而於其法曾不異也。且守溪、荊川於古文何如哉？今觀其古文，縱橫奧衍，不受羈勒，及為制義，則屏息怵志於法度，不敢稍有逾越。彼非奇於古文而不奇於今文也。顧以為時文有語氣、有方幅，如為人寫照，一筆不肖，則全體無當。震川之於時文也亦然。」〔註322〕黃際飛認為明王鏊（守溪）、唐順之（荊川）乃至歸有光（震川），其制義風格各不相同，皆與其古文之氣相類，但其法相同，他們作古文不受羈勒，而作時文則「屏息怵志於法度，不敢稍有逾越」，這都說明時文規矩森嚴，不可以不受羈勒之古文作規矩繩墨之時文，所以謂「時文有語氣、有方幅，如為人寫照，一筆不肖，則全體無當」，這也是制義作為一種考試體裁限制太死而難以真正發揮性情而為人詬病的原因所在。

　　高嶕認為不可以古文為時文，乃是針對時文法度森嚴而言，但並非不可從古文中學習作時文之法。就比偶而言，「夫古文單行，時文比偶，豈可強同哉。而無不可同者，古文非盡無比偶，而單行處多；時文非盡不可單行，而比偶處多。今人於古文單行處學其單行，於其比偶處學其比偶，於其比偶而亦單行處學其比偶而實單行。」所謂「學其比偶而實單行」是從形式上看有比偶但文章是單行之意，「有明三百年，時文首推震川，以其法比偶而實單行也。單行則時文即是古文，非必率意支離、務去比偶，而始稱為單行也」〔註323〕，意謂單行之文並非沒有比偶，歸有光的時文乃是單行，勝在有古文氣息，其時文即是古文。

〔註321〕高嶕：《論文集鈔》，《華東師範大學圖書館藏稀見叢書彙刊》第 24 冊，第 113頁。

〔註322〕高嶕：《論文集鈔》，《華東師範大學圖書館藏稀見叢書彙刊》第 24 冊，第 113頁。

〔註323〕高嶕：《論文集鈔》，《華東師範大學圖書館藏稀見叢書彙刊》第 24 冊，第 133頁。

二、論讀書與作文之關係

　　《論文集鈔》上卷末《勸學諸條》意在勸導初學者要勤於精於讀書學習，多讀經史古文，以博其識，以養胸襟。《勸學諸條》錄有《迪幼錄》《警枕書》《馬氏雜錄》及郭開符、諸匡鼎、徐白谷、丁菡生、董元宰等關於勸學、讀書、作文之語，並論及讀書與作文之關係。雖然這些言論皆為他人之所言，但也多少說明高嶙在這一問題上的認同態度。

　　如何讀書？他引其師語云：「當擇古文一冊，時藝一冊，經書二冊，偷閒便讀一過。若期擬閉戶，一月二月，一意讀書，如何得？恐期擬二字，瞬息又了一年也。」強調讀書如身隨形，隨時可以進行，不要做長遠規劃，抽出專門時間去讀書，這樣的打算通常只會化為泡影。又錄《馬氏雜錄》曰：「多讀書則胸次自高，出語皆與古人相應，一也。博識多知，文章有根據，二也。所見既多，自知得失，下筆如取捨，三也。」〔註324〕這裡特別強調讀書對於作文的重要性，讀書越多，眼界、胸次自然越高，說話為文亦皆合於聖賢之道。蓋文章根柢在經史古文，讀書多自然根柢深厚，自然見多識廣，明於得失之道，一旦下筆為文，道理取捨了然在心。「古書，文字之根源也。多讀書，則一題到手，或原或反，或正或推。發一巧思，即有一絕巧之理以副之；措一妙筆，即有一絕妙之理以副之。不然，則腹笥寒儉，縱有巧思妙筆，說來皆成杜撰矣。」〔註325〕也就是說作者文筆的靈妙得自於其深厚的學養與根柢。

　　當然，作者的學養只能得之於讀書，但如何讀好書也有其特殊要求。他先引董其昌語云：「讀書要養精神。人一身只靠精神幹事，精神不旺，昏沉到老，只是這個人。故要養精神……人若調養得定神完固，不怕文字無解悟，無神氣，自是矢口動人，此是舉業最上乘。」〔註326〕在讀書之初當精力充沛，這樣才能體悟到書中之精華。接著，他提出了一個讀書之博與約的關係問題：「讀文不可不約，閱文不可不博，約則能熟悉其竅妙，博則能增拓其識見。前人云：有當讀之書，有當熟讀之書，有當看之書，有當常看之書，又有當備

〔註324〕高嶙：《論文集鈔》，《華東師範大學圖書館藏稀見叢書彙刊》第 24 冊，第 147 頁。

〔註325〕高嶙：《論文集鈔》，《華東師範大學圖書館藏稀見叢書彙刊》第 24 冊，第 147～148 頁。

〔註326〕高嶙：《論文集鈔》，《華東師範大學圖書館藏稀見叢書彙刊》第 24 冊，第 149 頁。

以資查考之書，文亦然。」〔註327〕這裡將看書與讀書區分對待，看書亦即閱書，應該廣博，以長見識。而讀書則是反覆讀，應該擇其簡，故不可不約，以能熟讀參透。讀書有讀文與閱文之分，而文則古文、時文之分，這兩種文體對於讀者的意義也是不一樣的。讀古文是為了求氣息，讀時文則是為了求法脈。「不讀時文，固患舌本強；不讀古文，又患腕底弱。」〔註328〕讀時文以知其法，不讀難以作文；讀古文乃充實其文氣，否則筆姿纖弱，氣不足則義理不出，說理不充分。一般說來，理來自經，氣則出於文，故高嵣謂：「人不可一日不讀時文，不可一日不讀經書。」〔註329〕

　　如何讀時文？高嵣強調，讀時文要有選擇，不可輕讀輕棄。「必先正大家中擇其理法醇備，可為法程、可垂永久者，熟讀深思，與為渾化，終身得力不盡。」〔註330〕讀時文的目的是為了學習，既學其義理精深，亦學其文法規矩，故應該讀熟深思，才能學習其奧妙，與為渾化。但不是凡文皆讀，「只期精熟，方為得力」〔註331〕，故須有選擇的讀。「擇目不必太多，約三百篇已足，不必貪多，若以不必讀之文，隨意讀之，後輒厭而棄焉，忽作忽輟，枉費心力，終不能有成。」〔註332〕文章隨意讀之，未能細心體認，等於浪費心力。高嵣又謂：「讀文須讀到不忍釋手，方見其妙，若泛泛悠悠，文之神氣筆意，不為我有，雖讀多何益。」〔註333〕這是強調讀書要專心，仔細體悟文章神氣筆意之妙，走馬觀花似的讀書，不能有所得，讀得再多，也是沒有成效的。讀時文不但不可貪多，而且不可讀重複之文。「宜分義類，每類各讀數篇，則識見充廣，有所取資。重疊之文，可以不

〔註327〕高嵣：《論文集鈔》，《華東師範大學圖書館藏稀見叢書彙刊》第 24 冊，第 119 頁。

〔註328〕高嵣：《論文集鈔》，《華東師範大學圖書館藏稀見叢書彙刊》第 24 冊，第 143 頁。

〔註329〕高嵣：《論文集鈔》，《華東師範大學圖書館藏稀見叢書彙刊》第 24 冊，第 143 頁。

〔註330〕高嵣：《論文集鈔》，《華東師範大學圖書館藏稀見叢書彙刊》第 24 冊，第 118 頁。

〔註331〕高嵣：《論文集鈔》，《華東師範大學圖書館藏稀見叢書彙刊》第 24 冊，第 143 頁。

〔註332〕高嵣：《論文集鈔》，《華東師範大學圖書館藏稀見叢書彙刊》第 24 冊，第 118 ～119 頁。

〔註333〕高嵣：《論文集鈔》，《華東師範大學圖書館藏稀見叢書彙刊》第 24 冊，第 119 頁。

必多讀。」〔註334〕人的精力有限，讀重疊之文，等於浪費時間。一般說來，經書與古文是時文之根柢，讀書的主要精力應該放在經史古文上。「蓋人雖學業充贍，不專向時文摭拾詞句，然前人名作，於各種義理如何闡發、於各種典故如何運化，亦必讀之而後悉其鎔鑄之妙，擇其精者各讀數首，已足取裁，留其力以讀經書古文之用可耳。」〔註335〕即使是讀時文為學文法，也須擇其有學識者讀之。「如專讀有姿性之文，雖亦輕利動人，然終不能到古大家田地」〔註336〕。時文終究是以義理取勝，真正的大家根柢在義理，文風、詞采固然重要，但有學識有義理才稱大家，故讀時文應該擇有學識的讀，而不能專挑文辭流麗、文風華美的學，那樣是徒學其貌，難成大家。

如何通過讀書體察聖賢之道？高嵣主張以吾心之理、目前之事，證於聖賢之理、往日之事，設身處地，將聖賢之心作己之心，往日之事作今之事。「如此切己理會，章章句句，皆是吾心故物，較之涉獵記誦者，見解自是不同。」〔註337〕也即讀書不在簡單的記誦，而在體會聖賢道理、往日情事。看書要廣，讀書要熟。所謂「讀書最要熟，熟則精神與之浹合，義理自然淹貫。久之，溢發出來，有不知我之為書，而書之為我者」〔註338〕。所謂書讀百遍，其義自見，書讀熟讀透了，則精神氣脈與書相融，其義理了然於心。文章重在義理，讀書亦為義理。「故看此章書，不獨理會實字，更當玩索虛字；不獨悉言中之旨，並當領言外之神。章旨何在？節旨何在？了了於心。搦管為文，自能矢無虛發，往輒破的。故看書之功，不可已也」〔註339〕。看書讀文，應該在洞悉文旨上下工夫，而文章之旨，有在言內，有在言外，有章旨、節旨，都要用心領會，這樣下筆作文時，才能論理清晰，說理透徹。

任何一篇文章都是由理與法構成的，高嵣認為文章之根在理，無理則法

<hr>

〔註334〕 高嵣：《論文集鈔》，《華東師範大學圖書館藏稀見叢書彙刊》第 24 冊，第 119 頁。

〔註335〕 高嵣：《論文集鈔》，《華東師範大學圖書館藏稀見叢書彙刊》第 24 冊，第 120 頁。

〔註336〕 高嵣：《論文集鈔》，《華東師範大學圖書館藏稀見叢書彙刊》第 24 冊，第 149 頁。

〔註337〕 高嵣：《論文集鈔》，《華東師範大學圖書館藏稀見叢書彙刊》第 24 冊，第 36 頁。

〔註338〕 高嵣：《論文集鈔》，《華東師範大學圖書館藏稀見叢書彙刊》第 24 冊，第 36 頁。

〔註339〕 高嵣：《論文集鈔》，《華東師範大學圖書館藏稀見叢書彙刊》第 24 冊，第 150 頁。

無以安置。「作文固在法熟，倘規矩、無度律以範我馳驅，何以言文。然以淺陋空疏之胸斤斤言法，亦從何處安置也。」〔註340〕他引韓愈之言為證云：「根之固者實必茂，膏之沃者其光華。」〔註341〕文章之旨要有二，一曰理熟，一曰經熟。理熟得自讀書多，制義代聖賢立言，需要將四子之書讀得通貫透徹，這樣心中道理自明，胸中有主見，下筆方見出義理。經熟自然在讀經多，六經與四書，淵源一貫，故曰約六經之旨而成文也。「鎔經取義，則議論皆有根源；據典鑄詞，則字句皆有來歷。醞釀既厚，光焰自長，豈徒摭拾剽竊，為取材之地哉。」〔註342〕只有熟讀經書，議論才有根據，字字句句皆有來歷，文章才顯得深厚有學養。這不是摭拾剽竊現成時文以取材作文能達到的，不熟讀經書則胸無卷軸，「只憑時文爛語，為敷衍之計，義理必不精實，詞色必至譾陋」〔註343〕。巧婦難為無米之炊，多讀書，作文的理與法自入心中，典故史實亦信手拈來。他還從文章的大頭腦到段落節次字句虛實的角度，告訴讀者當由外在文章去揣摩內在文法：「看書如過遇長章，要得大頭腦。大頭腦既得，方分出段落節次來看；段落節次既分，方好逐句細看。逐句細看時，不可徒看他實字，須要理會他虛字。如此看得分曉時，然後通融前後一氣看之，看他重在何處，輕在何處，脈絡貫串在何處，口氣呼應在何處。如此看得久慣，不但書理明白，即行文之法亦了然矣。」〔註344〕這裡實際上是涉及到讀書之用意所在的問題。

高嵣認為讀書是要從中學習如何作文之法，並引明顧涇陽之語云：「文章品格不同，有奇古，有雄傑，有豐潤，有雅逸，有清爽，所謂習馬而各得其性之所近也，然莫不有極至之地。士子造意，必須隨其質之所優為者，而各造其極。不必捨己之所長而強學他人之所長也。」〔註345〕意謂作文應該隨性之所

〔註340〕高嵣：《論文集鈔》，《華東師範大學圖書館藏稀見叢書彙刊》第24冊，第149頁。

〔註341〕高嵣：《論文集鈔》，《華東師範大學圖書館藏稀見叢書彙刊》第24冊，第149頁。

〔註342〕高嵣：《論文集鈔》，《華東師範大學圖書館藏稀見叢書彙刊》第24冊，第150頁。

〔註343〕高嵣：《論文集鈔》，《華東師範大學圖書館藏稀見叢書彙刊》第24冊，第150頁。

〔註344〕高嵣：《論文集鈔》，《華東師範大學圖書館藏稀見叢書彙刊》第24冊，第150頁。

〔註345〕高嵣：《論文集鈔》，《華東師範大學圖書館藏稀見叢書彙刊》第24冊，第114頁。

近，發揮己長，形成自己的文章品格，不必強學他人之長。雖然作文要形成自己的風格，但讀書不可專揀與己相近者。「平奇濃淡，學焉而得其性之所近，固不必強學人之所長，亦不可悉己之所短。如讀本當讀其與己相近者，近則易入，順而成之，所以全己之所長。尤須讀其與己相反者，反則對症，逆而治之，所以藥己之所短。」〔註346〕高嵣強調讀書宜擇與己相近者、學而得性之所近，全己之長固然重要，但有意識地讀其與己相反者尤其重要，能夠藥己之所短，譬如風格清綺者應多讀氣骨朗峻之文以避纖弱，諸種不一。接著，他提出作文要從己意出，抒寫自家性靈，並引瞿景淳語云：「作文須要從心苗中流出。初時覺難，久之自易，蓋熟極自能生巧也。」〔註347〕強調作文應該從自己心意中流出，而非專門模仿剿襲他人。摭拾舊文、專事剿襲者，以為這樣作文來得輕鬆。「不知將自家本來性靈反封閉，使不得出。即能成文，亦平庸膚淺，不足觀矣。」〔註348〕高嵣批評此種「捨經書而只向時文摭拾者」〔註349〕不專心讀經史古文，反覆強調「作文者宜從性靈中出，不靠剿襲；作生活宜從經籍中來，不靠時文作塗抹」〔註350〕，真正的好文章是飽讀經史古文後從性靈中流出之文，這樣作出的文章才與自己心性相近。如「少年時作文，正宜條達其筆姿，開拓其心胸，得春夏之氣居多，方可造就有成，若遽為秋冬蕭索之象，大非所宜」〔註351〕，他告誡少年作文要從自己年輕人的心性中出，而不可刻意作秋冬之象，並引《東坡與侄簡》書云：「凡文字，少小時須令氣象崢嶸、彩色絢爛。」〔註352〕簡言之，少年文字，應該有少年的絢爛與方剛。

　　文章既從心性流出，自然文章風格亦隨自家性情。以此言之，高嵣認為

〔註346〕高嵣：《論文集鈔》，《華東師範大學圖書館藏稀見叢書彙刊》第 24 冊，第 114 頁。

〔註347〕高嵣：《論文集鈔》，《華東師範大學圖書館藏稀見叢書彙刊》第 24 冊，第 114 頁。

〔註348〕高嵣：《論文集鈔》，《華東師範大學圖書館藏稀見叢書彙刊》第 24 冊，第 115 頁。

〔註349〕高嵣：《論文集鈔》，《華東師範大學圖書館藏稀見叢書彙刊》第 24 冊，第 116 頁。

〔註350〕高嵣：《論文集鈔》，《華東師範大學圖書館藏稀見叢書彙刊》第 24 冊，第 116 頁。

〔註351〕高嵣：《論文集鈔》，《華東師範大學圖書館藏稀見叢書彙刊》第 24 冊，第 118 頁。

〔註352〕高嵣：《論文集鈔》，《華東師範大學圖書館藏稀見叢書彙刊》第 24 冊，第 118 頁。

作文要根據自己的性情慢慢練習以期形成家數，作文的最高境界是文章通體純正，完其天趣。「文字最要成家數。梅之清瘦、桃之綽約、牡丹之富麗，各自完其天趣而已。作文或清或暢，或雄或逸，要須各自成家；正大中著一浮語，便傷格；流動中插一滯語，便傷調。一語相雜，則通篇不純，是天趣不完也。通篇純粹，而命意處不透根，寫境處不逼真，即如剪採為花，非不英英可愛，終非本色也，天趣不完矣。命題寫境各到，而通篇神氣不流動，譬猶枯槁之物，生意索然，天趣亦不完矣。」〔註353〕一篇文章有如一個鮮活的生命體，要完其天趣，故通篇要純粹、意蘊要透徹、寫境要逼真、神氣要流動，這樣才是生意盎然、引人入勝的好文章。

對於如何作好時文，高嵋認為要勤加練習，「常做則機關自熟」〔註354〕，對於作文的技法掌握嫻熟、作文思路順暢，義理自出。作文多練習則熟能生巧，又何必剿襲他人？高嵋引唐翼修語曰：「作文原不必剿襲，自己做得熟時，詞調自然輻輳，筆底滔滔不知從何處來，是何以故？蓋文者，性之華也。性之精華，取不盡而用不竭，第無以引之，則亦無由發現，惟多做而熟者，能通其路而引出之，如草本之性，無不含花，氣未至則蓄而不發，時至氣感，不期然而花開爛漫矣。」〔註355〕文章多做自能打通性靈，筆底滔滔而出。相反，「文章硬澀，由於不熟，不熟，由於不多做。」〔註356〕文章多做才熟，熟而文章意脈貫通、語氣流暢。朱子曰：「傳安道常言文章有筆力、有筆路，筆力到二十歲便定，後來雖進，亦相去不遠；筆路常做便開拓，不做便荒廢，詩亦然。」〔註357〕強調勤於練筆文章多做筆路才開拓。文章做多了就能發現自己毛病，「文章多做，則疵病不待他人指謫，自能知之」〔註358〕。文章多做也要多改，「然當甫做時，亦不能自見，惟過數月後，取出一觀，妍妍了然於心，

〔註353〕 高嵋：《論文集鈔》，《華東師範大學圖書館藏稀見叢書彙刊》第 24 冊，第 132 頁。

〔註354〕 高嵋：《論文集鈔》，《華東師範大學圖書館藏稀見叢書彙刊》第 24 冊，第 120 頁。

〔註355〕 高嵋：《論文集鈔》，《華東師範大學圖書館藏稀見叢書彙刊》第 24 冊，第 116 頁。

〔註356〕 高嵋：《論文集鈔》，《華東師範大學圖書館藏稀見叢書彙刊》第 24 冊，第 120 ～121 頁。

〔註357〕 高嵋：《論文集鈔》，《華東師範大學圖書館藏稀見叢書彙刊》第 24 冊，第 121 頁。

〔註358〕 高嵋：《論文集鈔》，《華東師範大學圖書館藏稀見叢書彙刊》第 24 冊，第 121 頁。

改之自易。亦惟斯時，改之始確耳」〔註359〕，文章剛做完，作文章之情緒還未平復，不能冷靜觀之，故要過數月後取出一觀，然後才能發現毛病而改正，文章多做才能練出筆意，而文章多改才能進步，「人所作之文，雖自覺不佳，不可即生退怠心，亦不可將所作稿輒焚棄，過數月取出閱之，另作一篇。有前篇未佳之文，反觸其機，即有一佳文出焉。此中妙境，惟親歷者能知之」〔註360〕，強調在改的基礎成其佳篇。綜而言之，作文要持之以恆。「舉業一道，全要無間荒廢，又要用功有序。」〔註361〕所謂有功，就是反覆地練習；所謂有序，就是循序漸進地展開。如果稍有間斷則工夫作輟，用筆自然達不到純熟的境界，「荒則外務叢雜，心不專一」；〔註362〕同樣，循序漸進也是非常重要的，只有遵循正確的方法，才能得其門道。「而用功無序，則進銳退速」〔註363〕。用功有序，學作制義要從小題文文入手，由易到難，逐步推進。「初學入門，必先養正」〔註364〕，先學小題文以入手以正學。學小題文又從前明之文入手，「初學讀本，首則式以文法，次則導其性靈，然必基始於前明之文，豢以養正，不獨鼓篋祭菜之義也」〔註365〕。

高嵣強調作文時要收心養氣，凝神歸一，並舉瞿景淳、袁坤儀、杜牧之等人語以暢其論。如瞿昆湖曰：「舉業文字，患心粗氣揚，不能雍容大雅，遊心於冠裳佩玉之度，非利器也。」〔註366〕作文應該先收心思屏息靜氣，「執筆為文，必鎮靜舒徐、不動聲色、不騁才氣，而惟言乎所不得不言，止乎其所不得不止，雖不能必工，而春容雅淡，綽有廟堂風度，所以試而輒利

〔註359〕高嵣：《論文集鈔》，《華東師範大學圖書館藏稀見叢書彙刊》第 24 冊，第 121 頁。

〔註360〕高嵣：《論文集鈔》，《華東師範大學圖書館藏稀見叢書彙刊》第 24 冊，第 121 頁。

〔註361〕高嵣：《論文集鈔》，《華東師範大學圖書館藏稀見叢書彙刊》第 24 冊，第 142 頁。

〔註362〕高嵣：《論文集鈔》，《華東師範大學圖書館藏稀見叢書彙刊》第 24 冊，第 142 ～143 頁。

〔註363〕高嵣：《論文集鈔》，《華東師範大學圖書館藏稀見叢書彙刊》第 24 冊，第 143 頁。

〔註364〕高嵣：《明文鈔初編・小題文》，《華東師範大學圖書館藏稀見叢書彙刊》第 26 冊，第 430 頁。

〔註365〕高嵣：《明文鈔初編・小題文》，《華東師範大學圖書館藏稀見叢書彙刊》第 26 冊，第 441～442 頁。

〔註366〕高嵣：《論文集鈔》，《華東師範大學圖書館藏稀見叢書彙刊》第 24 冊，第 123 頁。

者以此」〔註367〕，這樣做出來的文章才有廟堂風度，利於中式。袁坤儀亦強調做文章應聚精會神：「文章，小技也。然精神不聚則不工，識見不高則不工，理路不熟則不工，涵養不到則不工，有一毫俗事入其肺腑則不工，故習之者必遠塵冗、屏嗜欲，綿綿焉束心一路，精神全注於文而不復知其他，既而束心漸熟，妄念漸消，並文字之得失，亦不復置之胸中。天君湛然，以此習文章，即以此養性命，二者合而為一。」〔註368〕將習文章與養性命相提並論，強調作文時應該心息雜念，肺腑皆淨，消妄念，一物不擾、一念不生，則氣自然寧定，工夫涵養，然後得文章真諦。「文者，心之精也，而神所為也」〔註369〕，故作文先要凝神歸一，「收攝此心，綿綿密密，無絲毫間斷，而神始得凝焉，豈營營者安妄希哉」〔註370〕，心專神凝，則文綿密無間斷，這遠非營營於功名者所能希冀，由心神而及為文，亦見古人論文人、文不分的特點，作文始終先強調人正而後文正，亦可見作文的最終目的乃是明聖賢道理，提升品格涵養。

　　此外，高嵣強調作文既要小心，又要放膽，「作文之法，只有小心放膽二端，小心非矜持把捉之謂也，若必為矜持把捉，則便與鳶飛魚躍意思相妨矣；放膽非任情恣肆之謂也，若以為任情恣肆，則逾閑蕩檢無所不至矣」〔註371〕，小心不是矜持把捉，放膽不是任情恣肆，小心與放膽相輔相成，「蓋人之心體，愈收束則愈脫灑，何也？事事無失而後脫然無礙也。愈舒展則愈精明，何也？所見能大而後所入能細也。小心只從放膽處收拾，放膽只從小心處擴充，非有二事，亦非有二時也」〔註372〕，小心在細處，放膽在大處，「故前輩文字，縱觀之則包羅宇宙，細檢之則字字對針，統閱之則貫串古今，析觀之則絲絲入扣」〔註373〕。

〔註367〕高嵣：《論文集鈔》，《華東師範大學圖書館藏稀見叢書彙刊》第 24 冊，第 124 頁。

〔註368〕高嵣：《論文集鈔》，《華東師範大學圖書館藏稀見叢書彙刊》第 24 冊，第 124 頁。

〔註369〕高嵣：《論文集鈔》，《華東師範大學圖書館藏稀見叢書彙刊》第 24 冊，第 38 頁。

〔註370〕高嵣：《論文集鈔》，《華東師範大學圖書館藏稀見叢書彙刊》第 24 冊，第 38 頁。

〔註371〕高嵣：《論文集鈔》，《華東師範大學圖書館藏稀見叢書彙刊》第 24 冊，第 131 頁。

〔註372〕高嵣：《論文集鈔》，《華東師範大學圖書館藏稀見叢書彙刊》第 24 冊，第 131 頁。

〔註373〕高嵣：《論文集鈔》，《華東師範大學圖書館藏稀見叢書彙刊》第 24 冊，第 132 頁。

三、借《論文集鈔》，論作文之法

《論文集鈔》鐫於乾隆五十一年，分上下卷，上卷是各家論文，有《茅鹿門論文四則》《郭青螺論文》《王緱山論文》《吳因之論文》《武叔卿論文》《董華亭九字訣》《徐儆弦論文》《陸隴其先生論文》《張有堂論文約旨》共九家，另有《論文雜條》乃收錄歷代論文之說，不限於制義而有用於制義，兼《附勸學諸條》附於後。下卷不具作者姓名，分門別類，有《題體類說》《文法集說》《文品雜說》共三類。

高嵣指出：「制義謂之帖括，帖者，緊帖題分；括者，渾括題義，所以代聖賢立言，有章旨，有節旨，有本句之意，有言外之神，或有上文，或有下文，或本句語氣未完而題之單截長短移步換形，種種不一，與古之論傳記、敘諸體可以自運機杼、自抒議論者，不特體裁各別，難易亦較然也。」〔註374〕制義是命題作文，它與題目自由發揮情思、意緒與思想的古文不同，因為需要緊貼題分，不能離題；又需要渾括題義，而題義又有章旨、節旨乃至本句之意、言外之神的區別，乃至根據上下文和語氣來揣度題義，既要緊扣題旨，又要作得精彩，有自己的學問見解和精神氣在裏面，需要很高的才情和技法，故難度更高。所以，作為一種較高難度的體裁形式，制義需要經過學習訓練才能得其法，這是《論文集鈔》編纂宗旨之所在。

高嵣編《論文集鈔》即在與人金針，明制義之法，所謂「天下百工技藝莫不有法……惟文亦然。」〔註375〕他自述幼時為文，於此道茫無所得，然素心所在，終有耿耿難忘者，因此，在公事之餘，翻閱舊篋，鈔得明文六編、國朝文五編，並得前人程式所遺、諸論所及，「論文、作文之法，淵源具在，取而繹之，皆文家之薪傳也」。因此，「分門別類，至詳切備，泄其秘、發其藏度，盡金針與人者也。雖化裁由心，不可執法以求，而欲捨法言巧不可得已。上智學成之後，固不屑於此，而於中下之材，入門之始，亦未必無小補」〔註376〕。文章雖化裁由心，但不可捨法言巧，學習瞭解前人所論作文技巧，能夠入其門而得其法，對中下之材亦助一臂之力。「使讀文者得以印證，作文者得所發程。」〔註377〕

〔註374〕高嵣：《論文集鈔》，《華東師範大學圖書館藏稀見叢書彙刊》第24冊，第3頁。
〔註375〕高嵣：《論文集鈔》，《華東師範大學圖書館藏稀見叢書彙刊》第24冊，第3頁。
〔註376〕高嵣：《論文集鈔》，《華東師範大學圖書館藏稀見叢書彙刊》第24冊，第5頁。
〔註377〕高嵣：《論文集鈔》，《華東師範大學圖書館藏稀見叢書彙刊》第24冊，第4頁。

《論文集鈔》上卷多鈔撮前人論文法之精義，如茅鹿門論文四則、沈虹臺論文十條、郭青螺論題式九條、董其昌論文九字、張泰開《論文約旨》；以及無名氏論文三字訣：「典、顯、淺」、汪鈍翁論文三字訣：「緊、警、醒」、何義門論文三字訣：「輕、新、靈」、顧憲成論時文禁忌二十七條，還有殷價人《勸學詩》四首、省齋墨律詞、不具姓名前人詞等。

《論文集鈔》下卷分為題體類說、文法集說、文品雜說三類。題體類說總結單句題、虛冒題、截上題、截下題、截上下題、結上題、過脈題、復述題、關動題、口氣題、記言題、記事題、敘事題、援引題、比興題、攻辨題、問答題、虛揭題、疊句題、人名題、詠物題、枯窘題、俚俗題、遊戲題、截搭題、上偏下全題、上全下偏題、上偏下偏中全題、長搭隔章搭題、連章題、二句滾作題、二句兩截題、相因題、反揭題、長滾作題、長兩截題、長割截題、兩扇題、兩扇分輕重題、三扇題、段落題、順綱題、倒綱題、橫擔題、立綱發明題、淺深相應題、長章題、三折題。這幾乎囊括了所有的題型，關於每一種題型如何安排結構、如何行文、如何點題等，都舉有實例，並佐以前人之說，其目的在於幫助學子作文。

《文法集說》還按類目集中了前人論文法的諸種批評理論，茲按先後順序分述如下：

第一論四法。「四法者，篇法、股法、句法、字法也。」〔註378〕所謂「篇之彪炳，章無疵也；章旨明靡，句無玷也；句之菁英，字不妄也。積字成句，積句成章，積章成篇，篇章字句，莫不有法，故四者，篇法最重，股法次之，句法、字法又次之，然字有齟齬，則句先杌隉，復安能跗萼相銜、首尾一體」〔註379〕，字法、句法、股法、篇法，由小到大，彼此緊密相聯。

第二論六位。「前輩制藝之法，蓋盡於六位。六位者，曰頂，曰面，曰心，曰背，曰足，曰影也。」〔註380〕何謂頂位？「頂位者，題前也，題前有一層者，有二層者，有在上文者，有在本題者。」〔註381〕制義題目出自《四書》，

〔註378〕高嵣：《論文集鈔》，《華東師範大學圖書館藏稀見叢書彙刊》第24冊，第273頁。

〔註379〕高嵣：《論文集鈔》，《華東師範大學圖書館藏稀見叢書彙刊》第24冊，第273頁。

〔註380〕高嵣：《論文集鈔》，《華東師範大學圖書館藏稀見叢書彙刊》第24冊，第282頁。

〔註381〕高嵣：《論文集鈔》，《華東師範大學圖書館藏稀見叢書彙刊》第24冊，第282頁。

每題之前還有言語，頂位意即本題之題前意，本題目接續何意而來，意思有幾層，「知題有頂位，則文有來歷，前半不患無生發矣」〔註382〕。面位、心位、背位、足位、影位較好理解，「面位者，題之正面也。知題有正面，故宜還其正面。心位者，題之所以然也。知題有所以然，則當求其所在而搜剔之。斯理境深入，不落膚淺。背位者，題之反面也。從反面挑剔，逆取其勢，則正面愈醒。足位者，題之後一層也，知題有後一層，必宜於後幅補之，以完題意。影位者，題之對面與旁面也。影在對面，描寫其對面；影在旁面，描寫其旁面。知題有影位，則題不患無生發，且有離奇境界矣」〔註383〕。而每一篇文章不必六位皆全，「而四五位則所必有。能於四五位闡發盡神，即有佳境足觀矣」〔註384〕，意即寫題前意、寫題正面、深入心位寫題旨、寫題反面、寫題後一層意、寫題之對面與旁面意，不必面面俱到，但從四或五個方面以闡發題意，就能達到文章佳境了。

　　第三論通篇。高嵣集前人之說論通篇文法，具體論作起講、入題、起股、中股、後股、束股、小結怎麼作，有哪些方法、哪些講究，對文旨、文意、文氣有哪些影響。

　　第四論散體。散體本非時文正體，以散體行文，實是以古文之氣脈行文。「苟能抒以議論，自出機杼，亦無不可，總要使題中實義虛神，頓挫跌宕得出，而其法亦不外起承轉收、反正開合、提伏照應而已」〔註385〕。

　　從第五條到第十四條，高嵣薈萃前人諸說，間裁己意，從篇法的角度論為文之技法。第五論提挈頓束。「提挈者，文中之峰鎮；頓束者，文中之關鎖也。」〔註386〕有提挈，才有文勢起伏；有頓束，文章氣局才不至於渙散。第六論整散疏密。「有整有散者，所以活其局也；有密有疏者，所以疏其氣也。」〔註387〕

〔註382〕高嵣：《論文集鈔》，《華東師範大學圖書館藏稀見叢書彙刊》第24冊，第282頁。

〔註383〕高嵣：《論文集鈔》，《華東師範大學圖書館藏稀見叢書彙刊》第24冊，第282～283頁。

〔註384〕高嵣：《論文集鈔》，《華東師範大學圖書館藏稀見叢書彙刊》第24冊，第283頁。

〔註385〕高嵣：《論文集鈔》，《華東師範大學圖書館藏稀見叢書彙刊》第24冊，第300～301頁。

〔註386〕高嵣：《論文集鈔》，《華東師範大學圖書館藏稀見叢書彙刊》第24冊，第301頁。

〔註387〕高嵣：《論文集鈔》，《華東師範大學圖書館藏稀見叢書彙刊》第24冊，第302頁。

整散相結合，才不板滯，才顯靈活；疏密相間，文氣才通，太密神氣拘迫，太疏則過散，容易氣散。第七論前後反正。「前後者，文中之大局段；反正者，文中之大機關也」〔註388〕。沒有文章前後次序的安排，則沒有章法；沒有從反正兩方面入手作文，文義難以顯豁。第八論開合賓主。開合賓主之法乃是行文要訣，「欲抑先揚、欲揚先抑，正題先反、反題先正，皆開合之法也」〔註389〕，開合迭用文章才錯綜變化，引人入勝。何謂賓主，「正面為主，反面、對面、旁面，皆賓也；本題為主，引古證今皆賓也；此事此物為主，則彼事彼物皆賓也」〔註390〕，文章有賓主，才不平板。第九論虛實淺深。「文家有虛實淺深法，以題義之次第，為行文之次第也。」〔註391〕文章實處可以闡發義理，虛處可以搖曳生情，虛實相濟，文情才會生動。第十論順逆相略。「順逆者，審題位之先後為之；詳略者，審題理之輕重為之。」〔註392〕順逆根據題位來，題宜先用順則不可逆，宜先用逆則不可順，而行文則前既順講，則後用逆疏；前已逆講，後須用順。而詳略則根據題義定，題義所重不可略，題義所不重不必詳，行文中前面已經發揮詳細的字句後文則當略寫，前文從略的字句後文則當詳寫。如此順逆相生、詳略得宜之股法變換，全篇才不致重疊。第十一論抑揚進退。它分為用意和用筆兩種，從用意言，「或欲抑而先揚，或欲揚而先抑，則文勢跌得醒；或用進一步法，或用退一步法，則題義帶得緊」。從用筆言，引唐彪之語云：「凡文欲發揚，先以數語束抑，令其氣收斂，筆情屈曲，故謂之抑。抑後隨以數語振發，乃謂之揚，使文章有氣有勢，光焰逼人。」第十二論縱擒寬緊。「以縱為擒，以寬為緊，此以緩一步得緊一步之法也。」第十三論即離斷續。「忽即忽離，一斷一續，皆古文妙境。」第十四論起伏照應。「起伏在前，照應在後，乃通體之部位，亦文章之血脈也。」

　　第十五條論起接轉收。此條皆就一股而言，也適用於通篇之起承轉合之意。

〔註388〕高嵣：《論文集鈔》，《華東師範大學圖書館藏稀見叢書彙刊》第 24 冊，第 304頁。

〔註389〕高嵣：《論文集鈔》，《華東師範大學圖書館藏稀見叢書彙刊》第 24 冊，第 306頁。

〔註390〕高嵣：《論文集鈔》，《華東師範大學圖書館藏稀見叢書彙刊》第 24 冊，第 307頁。

〔註391〕高嵣：《論文集鈔》，《華東師範大學圖書館藏稀見叢書彙刊》第 24 冊，第 309頁。

〔註392〕高嵣：《論文集鈔》，《華東師範大學圖書館藏稀見叢書彙刊》第 24 冊，第 310頁。

　　從第十六條到第二十一條，是就全篇而論的。第十六論審題。「審題為行文第一要緊。」〔註393〕凡題必有主腦所在，須擒得主腦，後面無論如何行文之法，才能緊扣題旨。審題有幾點：「於實字審義理，於虛字審精神，有字處審口吻，無字處審原由。」〔註394〕此等皆是精於審題。題目審請，則「題前之來蹤、題後之去路、題中之肯綮、題外之神情，無不了然於心，然後可以命意布局也」〔註395〕，可謂審題是關鍵，題目未抓得主腦，命意、布局乃至修詞皆失去意義。第十七論命意。文章道理由題目來，而文意則是由文中生發而出。「故文以理為體，以意為用」〔註396〕。所謂「意者，文之造端處也，文中應用某意說起，應用某意作轉，應用某意歸結；或從某意作開，用某意作合；或某意佈設在前，某意安置在後；或用某意高一步說入，或用某意低一步說起」〔註397〕，此皆是論文章如何命意，用意應該深入題旨，使其精神迸露，才能力開生面。第十八論布局。文章布局乃是「輔意而行，使意之前後位置、次第有條，又能使意之呼吸伏應，旋轉一氣者也」〔註398〕，佈勢亦是布局之謂，布局好了才能行文，結構井然。第十九論運筆。所謂「文章勝人，全在筆姿」〔註399〕，文章的風采在筆姿上，筆姿不生動，說理難以透徹，用意難以顯豁，讀者閱之沒有神采，而有筆之人，「爾蓬勃之勢、生動之致，自見於跌宕頓挫間」〔註400〕。所謂於筆墨間見高低，高手作文，「或為流利，或為端莊，或為秀逸，或為雄壯，而總歸於活脫」〔註401〕。筆姿實在更多地歸於

〔註393〕高嵣：《論文集鈔》，《華東師範大學圖書館藏稀見叢書彙刊》第 24 冊，第 318 頁。
〔註394〕高嵣：《論文集鈔》，《華東師範大學圖書館藏稀見叢書彙刊》第 24 冊，第 319 頁。
〔註395〕高嵣：《論文集鈔》，《華東師範大學圖書館藏稀見叢書彙刊》第 24 冊，第 319 頁。
〔註396〕高嵣：《論文集鈔》，《華東師範大學圖書館藏稀見叢書彙刊》第 24 冊，第 319 頁。
〔註397〕高嵣：《論文集鈔》，《華東師範大學圖書館藏稀見叢書彙刊》第 24 冊，第 320 頁。
〔註398〕高嵣：《論文集鈔》，《華東師範大學圖書館藏稀見叢書彙刊》第 24 冊，第 321 頁。
〔註399〕高嵣：《論文集鈔》，《華東師範大學圖書館藏稀見叢書彙刊》第 24 冊，第 322 頁。
〔註400〕高嵣：《論文集鈔》，《華東師範大學圖書館藏稀見叢書彙刊》第 24 冊，第 322 頁。
〔註401〕高嵣：《論文集鈔》，《華東師範大學圖書館藏稀見叢書彙刊》第 24 冊，第 322

天資，前人有言：「學者一切可強而至，惟筆不可強。取成於心，而寄妍於手，天分居其七八焉。」〔註402〕但筆姿也不是不可學習，「果悉心學之，不患無悟入處，故平日所讀之文，不專在於理勝，說理雖精，而或出筆少平，或用筆不活，皆不必讀」〔註403〕。筆鈍的人，多讀有筆姿之文，沉潛其間，多加領會，涵濡既久，自然筆底也有靈活姿態，所謂勤能補拙是也。第二十論養氣。古人以氣論天地、人身，文章亦如是，所謂「天地一氣所摩蕩也，人身一氣所充周也，文章一氣所鼓鑄也」〔註404〕，「文章之理非氣不舉，意非氣不達，局與筆非氣不貫」〔註405〕，氣充於文間，才能見理達意，才能文局通貫，筆姿生動。而文氣有多種，大多與秉性有關，「有逸氣、有雄氣、有英氣、有靜氣，逸氣、雄氣、英氣，大抵得之天分，靜氣必得之涵養」〔註406〕，不管是哪一種氣，「總不離乎生氣、真氣」〔註407〕，文章沒有生氣、真氣，猶如土木形骸，也即沒有生命。養氣從何處養？文章之氣必從古文來，「《史》之逸也，《漢》之厚也，韓之醇而肆也，歐之宕跌猶夷也，蘇之踔厲風發也，皆氣之源也」〔註408〕，《史記》的俊逸之氣、《漢書》的凝厚之氣、韓愈的醇肆之氣、歐陽修的跌宕之氣、蘇軾的踔厲風發之氣，都是不同類型的文氣，讀書養氣，則自己文章也能真氣、生氣充沛，勃勃有生機。第二十一論修詞。「文以載道，詞取達意」〔註409〕，然言之無文，行而不遠。「詞貴練，然不得雕琢傷氣；詞貴腴，然不得刻畫傷骨；貴曲，尤期食古能化；貴麗，尤必生趣盎然。色澤宜

〔註402〕高嵣：《論文集鈔》，《華東師範大學圖書館藏稀見叢書彙刊》第 24 冊，第 322 ～323 頁。

〔註403〕高嵣：《論文集鈔》，《華東師範大學圖書館藏稀見叢書彙刊》第 24 冊，第 323 頁。

〔註404〕高嵣：《論文集鈔》，《華東師範大學圖書館藏稀見叢書彙刊》第 24 冊，第 323 頁。

〔註405〕高嵣：《論文集鈔》，《華東師範大學圖書館藏稀見叢書彙刊》第 24 冊，第 323 頁。

〔註406〕高嵣：《論文集鈔》，《華東師範大學圖書館藏稀見叢書彙刊》第 24 冊，第 323 ～324 頁。

〔註407〕高嵣：《論文集鈔》，《華東師範大學圖書館藏稀見叢書彙刊》第 24 冊，第 324 頁。

〔註408〕高嵣：《論文集鈔》，《華東師範大學圖書館藏稀見叢書彙刊》第 24 冊，第 324 頁。

〔註409〕高嵣：《論文集鈔》，《華東師範大學圖書館藏稀見叢書彙刊》第 24 冊，第 325 頁。

潤，光焰宜長，音節宜響。短句欲該，須一語抵人千百長句；欲逸，須字裏自具低昂。至排偶之句，不可冗長，冗長則少力；不宜直率，直率則無致。」〔註410〕制義原本經籍，乃是代聖賢立言，故對用詞有要求，制義之詞「貴純潔無疵，除六經外，秦漢八家，語之精粹者可用，稍涉粗毫，不可攔入，況老莊諸子乎」〔註411〕，這就反映了作為制度文體的侷限性，老莊諸子之語不能入，限制太死，文境難以開闊，文意太過逼仄。制義修詞，高在「取鎔經義，自鑄偉詞」〔註412〕，此為要務。從審題到修詞，此六條「已盡行文大綱，其先後次第，亦確不可易，學者深悉心於此，而復將前後所列諸法講究之，雖鈍根人亦不患無悟入處也」〔註413〕，可見作者論文之心在於教給士子學習之根，讓鈍根之人也能夠通過後天踏實的學習，而領會為文之道，作出好文章。

在上述六條之後，還有「文要得勢、拆題分疏法、襯法、本地風光、跌宕、頓挫、推原、推廣、詠歎、虛衍、牽上搭下法類敘法」〔註414〕十一條，皆是論行文之法。

《論文集鈔》最後一卷是總結不同風格之文章品格，又稱「文品」論，他列述了四十種文品：「清、真、雅、正、精、渾、高、大、深、厚、雄、暢、融、豁、醇、熟、靈、新、輕、爽、古、秀、典、煉、莊、細、老、辣、英、健、骨、韻、色、味、音、節、姿、度、機、神」〔註415〕。這也與當時袁枚論詩品、郭麐論詞品有異曲同工之妙，而且從文法到文品，也是對時文理論的一種提升。高嵣還談到它們內在的關係，認為後「十品」乃從前三十字推類引申之，「皆文家所貴者」〔註416〕，熟悉每一種文風，可以挑選適合自己秉性的多加練習。

〔註410〕 高嵣：《論文集鈔》，《華東師範大學圖書館藏稀見叢書彙刊》第 24 冊，第 325 頁。

〔註411〕 高嵣：《論文集鈔》，《華東師範大學圖書館藏稀見叢書彙刊》第 24 冊，第 326 頁。

〔註412〕 高嵣：《論文集鈔》，《華東師範大學圖書館藏稀見叢書彙刊》第 24 冊，第 326 頁。

〔註413〕 高嵣：《論文集鈔》，《華東師範大學圖書館藏稀見叢書彙刊》第 24 冊，第 326 頁。

〔註414〕 高嵣：《論文集鈔》，《華東師範大學圖書館藏稀見叢書彙刊》第 24 冊，第 327 ～334 頁。

〔註415〕 高嵣：《論文集鈔》，《華東師範大學圖書館藏稀見叢書彙刊》第 24 冊，第 337 ～363 頁。

〔註416〕 高嵣：《論文集鈔》，《華東師範大學圖書館藏稀見叢書彙刊》第 24 冊，第 363 頁。

四、編選明清文鈔，品評明清制義

　　八股文作為一種考試文本，具有很強的應試功能和技巧性，故讀八股文選本是最好的入門方式；由於選題不出《四書》，研讀、揣摩名家選本乃至考場借鑒、化用，是提高八股應試能力的捷徑；相比於其他文本，八股文與時代風尚最為緊密，只有把握八股文風尚變化才能一舉中，讀時文選本就很有必要了。高嵣所編八股文選本，分小題文和大題文。大題文多據四書中幾章、幾節、幾句以出題，題意較明確；小題文則多割裂、截取文字，題意多靠發揮。「場屋命題之所不及，而郡縣有司及督學使者之所以試童子者也。」〔註417〕因而小題文的技巧性更強，需要經過專門訓練，小題文選本的意義也正在於此，以備模擬訓練之用。小題文作好了，則已經具備了八股文寫作的技巧章法，作大題文就是下一步的事情了。由小題文到大題文，由易入難，由入門到精通，士子可以據此學習，因而高嵣所編文鈔大受歡迎。

　　相比於先天秉賦，高嵣更重視後天的學習。「夫姿有敏鈍，造有淺深，學者既不可以強同，而循循善誘、迎機而導，則教者之事也。」〔註418〕高嵣編選此類文鈔的目的，就在於以教者自任，對學子循循善誘，由淺入深，由入門到精通，引導學子在作制義上有所成。

　　高嵣共編有明清制義文鈔十一編，其中《明文鈔》六編，《國朝文鈔》五編，前皆有總序，每編之首各自有序。《明文鈔》初編和二編皆是小題文，選正統、成化、宏治、正德、嘉靖、隆慶、萬曆、天啟、崇正共九朝文。在《明文鈔初編・小題文》序中高嵣總結明代制義特點及其鈔選的標準：

> 　　有前明三百年間，文質迭更，純駁互見，大抵化治之法正，茲
> 鈔其體質高卓及光彩發越者，而枯寂平板者不與焉。正嘉之理醇，
> 茲鈔其氣息渾古及義理精實者，而膚殼寬衍者不與焉。隆萬之機巧、
> 天崇之才大，茲取其間架老成、巧不傷雅者，而凌駕輕剽者則不鈔，
> 取其思力奇傑、才不詭正者，而破律析度者則不鈔。〔註419〕

　　化治、正嘉、隆萬、天崇文各有其長，高嵣在選文時特別注意選其所長，也能兼顧不同時期文章所蘊含的其他要素。成化、宏治兩朝文以文法正統見

〔註417〕戴名世：《戴名世集》，中華書局，1986，第110頁。

〔註418〕高嵣：《明文鈔二編・小題文》，《華東師範大學圖書館藏稀見叢書彙刊》第27冊，第403頁。

〔註419〕高嵣：《明文鈔初編・小題文》，《華東師範大學圖書館藏稀見叢書彙刊》第26冊，第429～430頁。

長，但選文時還要考慮到文品、修詞等方面因素，取其「體質高卓及光彩發越者」，枯寂平板之文雖法正而不選；正德、嘉靖兩朝文以義理醇正勝，故選文選其氣息渾古及義理精實者，而說理只在淺顯處或過於散漫文脈不緊的則不取；而隆慶、萬曆兩朝文以機巧勝，天崇以才大勝，故選此四朝文，不能選過巧、才詭者，而要注意選取布局老道，雖巧而不傷雅的文章，那些凌駕輕剽的文章太過輕佻，雖有機巧而不能取，要選思路新穎骨力奇傑的文章，那些過於求奇巧而不合聲律法則的文章則不鈔。總之，制義文章宗旨在說聖賢道理，文章始終要正統，要合於規矩繩墨。

「初學入門，必先養正」〔註 420〕，高嵣強調先學小題文，以入手以正學，「於小題中擇其脈理清真、層次井井，兼可濬發性靈者則鈔之」〔註 421〕。脈清理真，層次井然，才便於初學者學習，而好的有價值的文章還在於能夠啟發讀者性靈，使其有所感有所悟有所得。高嵣所錄各篇皆附有批辭，「或冠於頂，或注於旁，或列於後」〔註 422〕，便於學者認清一篇文章義理、文法高妙之處在於何處，把握住一篇文章可學習的地方。高嵣直言：「於坊本中鈔其於書理、文法實有發明，令讀者一覽了然」〔註 423〕，小題文文鈔的目的正是為了方便學子學習，否則，概加節除。

學小題文又從前明之文入手，「初學讀本，首則式以文法，次則導其性靈，然必基始於前明之文，豢以養正，不獨鼓篋祭菜之義也」〔註 424〕，制義作為一種文體，初始之時文體更為純正，故學者都強調由前明之文入手以養正，此乃入正道。高嵣認為「先正之文，體正源清，詞簡意該，其間前後層次、反正、開合以及挑剔轉換，皆井井有條，而其機圓情暢，生發滾滾，全從一片心靈中導引而出」〔註 425〕，前輩大家的文章，無論是文體，還是命意、布局、

〔註 420〕高嵣：《明文鈔初編·小題文》，《華東師範大學圖書館藏稀見叢書彙刊》第 26 冊，第 430 頁。

〔註 421〕高嵣：《明文鈔初編·小題文》，《華東師範大學圖書館藏稀見叢書彙刊》第 26 冊，第 430 頁。

〔註 422〕高嵣：《明文鈔初編·小題文》，《華東師範大學圖書館藏稀見叢書彙刊》第 26 冊，第 430 頁。

〔註 423〕高嵣：《明文鈔初編·小題文》，《華東師範大學圖書館藏稀見叢書彙刊》第 26 冊，第 430 頁。

〔註 424〕高嵣：《明文鈔初編·小題文》，《華東師範大學圖書館藏稀見叢書彙刊》第 26 冊，第 441~442 頁。

〔註 425〕高嵣：《明文鈔初編·小題文》，《華東師範大學圖書館藏稀見叢書彙刊》第 26 冊，第 442 頁。

修詞都更為正統，更多地是從性靈中生發而出，故「機圓情暢，生發滾滾」，從性靈中流出的文章更自然而少機巧，也就更能引導學子學習如何從性靈出發以作文。

學作制義從年幼始，由正道入，「塾師從此口講指畫，以為入門第一著，則升堂入室恒必由之」〔註426〕，要登堂入室，必得從學習前明小題文入手。「倘捨此別騖，勢必至凌躐倒亂、疊床架屋，百病叢生，不可救藥。」〔註427〕他認為，不下苦工夫，不由正道入，則難以得其法，作文自然百病叢生，這樣如何能寫出由性靈中流出的文章？又或者整日讀庸爛時文，汩沒於庸俗陳膚中，坐使心源若廢井，「如是而欲乞用有成，其與斷港絕潢以求至於海也奚異哉」〔註428〕？這是因為只學庸爛時文，遮蔽了自家性靈，還想要投機取巧有所成，無異於緣木求魚，斷港絕潢以求至於海，這是斷了自家路子，又如何能有所成？此批評所指，乃是時風之下，不少學子不讀四書五經，不閱古文，只看時文而求速成。有鑑於此，高嵣強調學要由正道入，由源頭始。

《明文鈔一編·小題文》選文廣泛，不拘於某幾家，共九十二家一百四十篇文，大部分入選者皆只選一篇，多者如唐順之六篇，王鏊五篇。《明文鈔二編·小題文》未選嘉靖以前文，選文亦廣泛，共八十九家一百四十七篇文，其中多者如金正希十九篇、黃淳耀七篇、章世純五篇，餘皆一、二篇。初編所選皆是有軌跡可尋的較容易學的文章，「原為髫年發軔，專取先正之簡明顯易者示以為文之法則，牖其自具之靈明」〔註429〕，而不在於義理精深，「與髫年所關，非細竊寓別裁微旨焉」〔註430〕，「先輩大家中精深雄博以及高古變化之作」〔註431〕，沒有法則可尋，與初學者不相宜，難以學習，故不選入。從簡明顯易者開始學習，過此以往，「則文心當研之使入，文勢當充之使拓，庶可漸歷

〔註426〕高嵣：《明文鈔初編·小題文》，《華東師範大學圖書館藏稀見叢書彙刊》第26冊，第442頁。

〔註427〕高嵣：《明文鈔初編·小題文》，《華東師範大學圖書館藏稀見叢書彙刊》第26冊，第443頁。

〔註428〕高嵣：《明文鈔初編·小題文》，《華東師範大學圖書館藏稀見叢書彙刊》第26冊，第443頁。

〔註429〕高嵣：《明文鈔二編·小題文》，《華東師範大學圖書館藏稀見叢書彙刊》第27冊，第402頁。

〔註430〕高嵣：《明文鈔初編·小題文》，《華東師範大學圖書館藏稀見叢書彙刊》第26冊，第442頁。

〔註431〕高嵣：《明文鈔二編·小題文》，《華東師範大學圖書館藏稀見叢書彙刊》第27冊，第402頁。

有成」〔註432〕，漸漸研讀入文心，懂得如何擴充文勢，能夠循序漸進有所成。由易到難，《明文鈔二編‧小題文》則「復擇其思力微深、氣局稍大而仍有規跡可尋者」〔註433〕。初編與二編側重點各不同，「前則牖其靈明，此則益其神智也；前則示以法則，此則增其魄力也」〔註434〕，初編是為了使初學者打開性靈，熟悉作文法則，二編則更高一層，培養其神智，增長其魄力。由一編到二編，學會作小題文了，大題文也就不難了，高嵣謂「求工於文，必先自單題、小題始，誠能於此得心應手，而大題能事亦豈外是哉」〔註435〕！

《明文鈔》從第三編到第六編，則是依時代順序敘述大題文風之變遷，同時對於不同時期的名家名作予點評，這三部《明文鈔》把選、評、論三者較好地結合起來了。

《明文鈔三編‧化治文》，前鈔永樂、正統、景泰、天順文，共二十三家四十一篇文，多為一二篇，其中王鏊八篇，錢福五篇。於此編序中高嵣論「制義起於宋而興於明」〔註436〕，此是從文體上論其興起，作為一種文體的制義，在明代隨著科考制度的規定而得以確立。明初，制義還未刻意求工，還未講究文法之嚴、義理精深。他說：

　　自洪武迄天順百年間，如于忠肅、薛文清、商文毅、岳文正、
　邱文莊以及王宗貫、李西涯諸公，其文渾渾噩噩，無意求工而古質
　莊嚴，不尊之為夏鼎商彝，不可得也。〔註437〕

這一階段的制義，還沒有諸多文法的束縛，類於古文，古質莊嚴，往後法漸密而理漸精，這也是制義文體發展成熟的必然，由不求工而自工到刻意求工，由自然落筆成文到通過系統的學習文法以作文。只是到了成化以後，特別是王鏊出來後「法義漸精，隱創時局」，被後人推為制義之開山。「嗣是

〔註432〕高嵣：《明文鈔二編‧小題文》，《華東師範大學圖書館藏稀見叢書彙刊》第27冊，第402頁。

〔註433〕高嵣：《明文鈔二編‧小題文》，《華東師範大學圖書館藏稀見叢書彙刊》第27冊，第402頁。

〔註434〕高嵣：《明文鈔二編‧小題文》，《華東師範大學圖書館藏稀見叢書彙刊》第27冊，第402頁。

〔註435〕高嵣：《明文鈔二編‧小題文》，《華東師範大學圖書館藏稀見叢書彙刊》第27冊，第402～403頁。

〔註436〕高嵣：《明文鈔三編‧化治文》，《華東師範大學圖書館藏稀見叢書彙刊》第28冊，第414頁。

〔註437〕高嵣：《明文鈔三編‧化治文》，《華東師範大學圖書館藏稀見叢書彙刊》第28冊，第414頁。

鶴灘繼之，王、錢並稱，信非誣矣！」〔註438〕王鏊、錢福是成化年間制義大家，他們的文風體現了制義軌範的確立與發展，開始注重文章題旨的闡發、文章布局與技法的運用，故顧炎武《日知錄》卷十六《試文格式》謂制義之文「始於成化以後」。

高嵣以通變的眼光看制義由質到文的發展，將其視為自然之勢，是一個踵事增華的過程。他說：「夫物有開，必先事相踵而漸增。自正嘉以後視化治，化治為已簡而樸矣，自化治以溯洪永，則天順以前，尤較簡切樸焉，此亦質文遞運，自然之勢也。」〔註439〕化治之文相較以前之文，已是繁複，而較正嘉以後文，又是簡樸，不可以絕對不變的眼光認識這一文體。「錢吉士謂明文以天順前為極盛，至化治而衰。朱太復、陳素庵謂制義之壞始於守溪，此亦有激之言，豈篤論與」〔註440〕？他並不認同錢吉士、朱太復、陳素庵等人的保守之論，認為過於偏激。文體定型之後，「相推相激，愈趨愈變，亦自然之勢也，又曷怪焉」〔註441〕？只有以通變的眼光論文，則每一種風格都能看出其價值所在，不可偏廢。既不能認為悲觀地認為後不如前，也不能認為就前不如後。「雖然學人牽於所見，以枯寂為詬病，束之高閣者眾矣，而有志復古，又復形求惟肖，優孟衣冠而已，二者均失。」〔註442〕既然是學習，就不能走極端學習某一種風格，而實際上某一種風格與另一種風格並非不相容，往往前一時期之作已孕育有後一時期所尚之文風。正如高嵣所言：「試觀鈔中，其筆力超踔、精光騰躍，已為正嘉、隆萬、天崇人導夫先路。」〔註443〕雖然化治文相較於之後為簡樸，但已經有後來文的筆力與風姿。

《明文鈔四編‧正嘉文》共錄三十家九十八篇文，其中多者如歸有光二十五篇、唐順之二十二篇，此二者皆為正嘉制義大家。制義發展到正嘉時

〔註438〕高嵣：《明文鈔三編‧化治文》，《華東師範大學圖書館藏稀見叢書彙刊》第28冊，第414頁。

〔註439〕高嵣：《明文鈔三編‧化治文》，《華東師範大學圖書館藏稀見叢書彙刊》第28冊，第414～415頁。

〔註440〕高嵣：《明文鈔三編‧化治文》，《華東師範大學圖書館藏稀見叢書彙刊》第28冊，第415頁。

〔註441〕高嵣：《明文鈔三編‧化治文》，《華東師範大學圖書館藏稀見叢書彙刊》第28冊，第415頁。

〔註442〕高嵣：《明文鈔三編‧化治文》，《華東師範大學圖書館藏稀見叢書彙刊》第28冊，第415頁。

〔註443〕高嵣：《明文鈔三編‧化治文》，《華東師範大學圖書館藏稀見叢書彙刊》第28冊，第415頁。

期，既已文法完備、文氣充沛，又還未過於雕琢，尚有渾樸之氣。高嵣以發展的眼光看明代制義，指出：「明文以正嘉為極盛，蓋前則沴穆初開，後則雕琢日盛，此於發越充滿之中存渾樸敦龐之氣。」〔註444〕正嘉時期的大家無疑推唐順之、歸有光二人，他們是唐宋派古文名家，以唐宋八大家為學習對象，開以古文為時文之法。「正德間，作者落落，嘉之世，荊川崛起於初年，震川踵興於末造，二公皆以古文為時文，應推制義大宗，不獨冠冕兩朝。」〔註445〕高嵣認為二人制義之高，先後輝映、頡頏上下，「蓋均足籠蓋百家，奉為不祧之祖」〔註446〕。對有的論者認為唐不如歸，「唐雖沖淡純粹，而骨稍松、氣稍薄，歸則精理灝氣、古厚雄博，高不可攀」。〔註447〕在高嵣看來，此說雖然有道理，但唐順之文章也其便於學習之點，所謂「唐文兼利初學，歸則專資成材」〔註448〕。自歸、唐開古文為時文之風後，諸理齋、胡二溪、王方麓、許敬庵皆其支流也。尚媲美二人者，茅坤「筆情宕逸而骨力頗少堅凝」〔註449〕，瞿景淳「氣度容與而機局漸趨圓熟」〔註450〕，但把他們與唐、歸二人相較，還是遠不逮也，亦即在歷史貢獻上還是稍勝一籌。對於選文者未有專刻正嘉文，高嵣表示了不滿之意。「余竊怪歷來名選於隆萬天崇四朝文皆有專刻，而正嘉獨闕如，如夫所託宜尊而取法思上，是猶治古文者置史漢不讀而惟競力於晉魏唐宋間也。」〔註451〕高嵣視正嘉文為制義文體發展的初始而關鍵的階段，故將其專刻與隆萬、天崇四朝文並列。

《明文鈔五編‧隆萬文》共錄五十九家一百一十四篇文，其中多者如陶

〔註444〕高嵣：《明文鈔四編‧正嘉文》，《華東師範大學圖書館藏稀見叢書彙刊》第29冊，第9頁。

〔註445〕高嵣：《明文鈔四編‧正嘉文》，《華東師範大學圖書館藏稀見叢書彙刊》第29冊，第9～10頁。

〔註446〕高嵣：《明文鈔四編‧正嘉文》，《華東師範大學圖書館藏稀見叢書彙刊》第29冊，第10頁。

〔註447〕高嵣：《明文鈔四編‧正嘉文》，《華東師範大學圖書館藏稀見叢書彙刊》第29冊，第10頁。

〔註448〕高嵣：《明文鈔四編‧正嘉文》，《華東師範大學圖書館藏稀見叢書彙刊》第29冊，第10頁。

〔註449〕高嵣：《明文鈔四編‧正嘉文》，《華東師範大學圖書館藏稀見叢書彙刊》第29冊，第10頁。

〔註450〕高嵣：《明文鈔四編‧正嘉文》，《華東師範大學圖書館藏稀見叢書彙刊》第29冊，第10頁。

〔註451〕高嵣：《明文鈔四編‧正嘉文》，《華東師範大學圖書館藏稀見叢書彙刊》第29冊，第10～11頁。

望齡八篇、胡友信七篇、湯顯祖七篇、方應祥六篇，黃洪憲、黃汝亨皆五篇。
高嵣說：

> 文至隆萬，變化治之老法而行之以機變、正嘉之樸實而運之以
> 巧，競尚圓熟，日趨凌駕，雖提挈起伏，向背往來之勢，靈密有加，
> 而氣體頹靡，以是為文之衰也。〔註452〕

　　制義到了隆萬年間開始有了大變化，趨於機巧圓熟，但文章過於追求機
巧與圓熟，也就趨於頹靡衰落了，在形式技巧上過於下工夫容易傷到文章真
氣，缺少骨力。以隆萬名家而論，鄧以讚（定宇）、馮夢貞（具區）雖然骨
力不及前人，田一儁、李廷機雖然文章不如前人精實，但文章局格尚能落落
大方，而此四人之外之庸爛者，機圓濫觴，局格狹窄，骨力羸弱，以致愈趨
愈下。「萬曆自壬辰而降，宣城以穿插纖佻為巧，同安以排疊凌促為工，一
時靡然從風，真氣銷亡。」〔註453〕文章過於追求技法，求巧求工，這導致
了真氣的銷亡，隆萬文走向了衰落。故高嵣選隆萬尤其注意避時弊，多選有
骨力、真氣之文：「專取氣體莊重、風力遒勁以及巧不傷雅、雋不入排者乃
編入」〔註454〕。高嵣對隆萬兩朝大家之評價是：「首曰胡思泉，銅牆鐵壁之
稱，前人以之追配太僕也；次曰趙高邑，讀其文如對執法御史，鐵面冰心；次
曰湯臨川，讀其文如遇絕世佳人，蕙姿蘭質。前人品題二公，謂兩朝之翹楚
也。吳有兩顧，浙有二黃，癸未之鄒、萬，己丑之陶、董，皆克自樹立，不囿
風會者。至方孟旋、徐子卿削峭奧異，自成西安一派，則又開豫章諸公之先
矣。」〔註455〕在他看來，胡友信文雄渾典雅，有古文疏宕之氣，「理真法老，
神旺氣充，布局亦宏敞」〔註456〕，所以謂之「銅牆鐵壁」。趙南星是萬曆中期
東林派的代表，為人剛正不阿，嫉惡如仇，文如其人，個性鮮明，氣勢充沛，
說理精深，故「讀其文如對執法御史，鐵面冰心」。湯顯祖是典型的才子，注

〔註452〕高嵣：《明文鈔五編・隆萬文》，《華東師範大學圖書館藏稀見叢書彙刊》第
　　　　29 冊，第 408 頁。
〔註453〕高嵣：《明文鈔五編・隆萬文》，《華東師範大學圖書館藏稀見叢書彙刊》第
　　　　29 冊，第 409 頁。
〔註454〕高嵣：《明文鈔五編・隆萬文》，《華東師範大學圖書館藏稀見叢書彙刊》第
　　　　29 冊，第 409 頁。
〔註455〕高嵣：《明文鈔五編・隆萬文》，《華東師範大學圖書館藏稀見叢書彙刊》第
　　　　29 冊，第 409～410 頁。
〔註456〕楊懋建：《四書文源流考》，咸豐三年三月，啟秀山房藏板，武漢大學圖書館
　　　　藏。

重文詞，文風清麗，故「讀其文如遇絕世佳人，蕙姿蘭質」。這裡提到的「兩顧」即顧憲成、顧允成，「二黃」即黃洪憲、黃汝亨，「鄒萬」即鄒德溥、萬燝，「陶董」即陶望齡、董其昌，他們皆是一時制義之大家，各有其長，比如陶望齡以奇矯見長，董其昌以機法見長。特別是方應祥、徐日久二人，為文削峭奧異，與隆萬文圓熟機法已有不同，開了豫章派即江西派的風氣之先。

《明文鈔六編·天崇文》共五十七家二百零二篇，天崇兩朝頗多名家，鈔文較多者如陳際泰三十六篇、黃淳耀二十四篇、金聲二十三篇、章世純十二篇。高嶋認為這一時期的文風總體特徵是以才勝，因為才高，則無所不可，文法才不顯板滯，義理才能條暢才，言辭才不落於纖佻。他說：

　　　　法不得才拘，板而已矣；理不得才陳，腐而已矣；巧不得才，

纖佻而已矣。〔註457〕

從以才勝角度言，高嶋認為天崇文可謂極盡文章能事，「故不讀天崇不足開拓心胸、增長筆力，以盡文章之能事」〔註458〕。但是，在以才勝的總體風貌下，天崇文也依然保留有自正嘉以來的傳統，所謂「天崇之文未嘗不衷於法、精於理、妙於巧」〔註459〕。高嶋認為這一時期當以金、陳、章、黃四家為宗，此四家思力所造、途徑所開，實能發前人所未到。「而質性光明、真氣蟠鬱，可與歸、唐先後輝映，不獨天崇諸家之冠也」〔註460〕，將四家與歸、唐相媲美。

高嶋認為八股文的法、理、巧、才四者，塗轍各殊，旨歸自一，「合之則美，離之則傷，世人偏持一說，株守一編，此夏蟲之間，烏足以極大觀而集大成哉」〔註461〕！他始終強調論文不可偏執一說，雖說化治、正嘉、隆萬、天崇文各有特點，但無論是怎樣的文章，其宗旨終究在闡發聖賢義理，為文應該法、理、巧、才兼具，而不可偏好某一方面，這樣讀書作文才能集

〔註457〕高嶋：《明文鈔六編·天崇文》，《華東師範大學圖書館藏稀見叢書彙刊》第
　　　　30冊，第211頁。
〔註458〕高嶋：《明文鈔六編·天崇文》，《華東師範大學圖書館藏稀見叢書彙刊》第
　　　　30冊，第211頁。
〔註459〕高嶋：《明文鈔六編·天崇文》，《華東師範大學圖書館藏稀見叢書彙刊》第
　　　　30冊，第211頁。
〔註460〕高嶋：《明文鈔六編·天崇文》，《華東師範大學圖書館藏稀見叢書彙刊》第
　　　　30冊，第211～212頁。
〔註461〕高嶋：《明文鈔六編·天崇文》，《華東師範大學圖書館藏稀見叢書彙刊》第
　　　　30冊，第212頁。

大成。這也是高嶹在對明文進行梳理之後的總結，反映了其系統、通變的文論觀。

《國朝文鈔》主要從順治到乾隆十九年的制義，編排方式「按作者時之先後、題之大小分為五編」〔註 462〕。在《國朝文鈔》序中高嶹提出了「文章義理欲研愈有」的觀點。制義題出《四書》，《四書》內容有限，自明至清，作文無數，似乎已無再可發揮的空間。但高嶹認為聖賢之理是愈求而愈有的，並不會因為前人說了導致後人沒有話說。

> 制義以代聖人言也，夫聖賢之義旨，求而愈有，文人之心思，日出不窮，以不窮之心思研愈有之義旨，渺前人所已道，抽先輩之未盡，後來居上，勢固然也。〔註 463〕

文人心思是無窮的，義理也是窮究不盡的，今人道前人所未盡而後來居上是完全可能的。從此邏輯出發，高嶹認為時文在義理的闡釋上也言說不盡的，不會陳陳相因，清代制義風格迥異於前明，這是其重興的另一原因。他盛讚清初以來制義的成就：「我朝崇古右文，重熙累洽，人文蔚起，取制義之佳者如玉之崑崙、珠之浦淵，蓋美不勝收矣。」〔註 464〕雖說這是客套話語，但亦多少乃是實情，制義到了清代，風尚之變，又重新煥發生機。高嶹認為國朝文「本化治之局法，而特加變化；有正嘉之精實，而倍覺練腴；且靈巧已兼隆萬之勝，而氣體較為莊寧；才思直擅天崇之長，而義理一歸醇正。」〔註 465〕在明文的基礎上，清文可謂集大成，有化治的局法而更多變化，有正嘉的義理精實而更洗練豐腴，有隆萬的靈巧而更為莊寧，有天崇的才思而義理更為醇正，兼言之，有明文之長而克其弊，法、理、才、巧兼具。

《國朝文鈔初編·小題文》共收順治、康熙、雍正、乾隆四朝一百七十三家二百三十九篇，各家多為一篇，多者如韓葵十三篇、王汝驤十三篇、張江六篇、儲在文五篇。高嶹認為清之小題文較前明更為精妙，前明文鈔初編乃是為幼學導夫先路，理、法從前明而來，「學人束髮受書講求制義，未有不

〔註 462〕高嶹：《國朝文鈔初編·小題文》，《華東師範大學圖書館藏稀見叢書彙刊》第 31 冊，第 372 頁。

〔註 463〕高嶹：《國朝文鈔初編·小題文》，《華東師範大學圖書館藏稀見叢書彙刊》第 31 冊，第 371 頁。

〔註 464〕高嶹：《國朝文鈔初編·小題文》，《華東師範大學圖書館藏稀見叢書彙刊》第 31 冊，第 372 頁。

〔註 465〕高嶹：《國朝文鈔初編·小題文》，《華東師範大學圖書館藏稀見叢書彙刊》第 31 冊，第 372 頁。

秉程先正者」〔註466〕，但「時代遞更，文質屢易，以今文準之明文，理法不變，而體制自殊」〔註467〕，「課虛叩寂，勾魂攝魄，神妙直到秋毫巔，視隆萬之一挑半剔、描頭畫角，抑又遠矣」〔註468〕。在學習前明文鈔後，還要學習本朝文，在這樣一個學習過程中，「英妙心境漸開之後，引而伸之，觸類而長之」〔註469〕。「既按步以就班，亦標新而領異」〔註470〕，有其不變之理法，又有其新異之特色。在清代，小題文亦是名家輩出，如韓菼與王汝驤二人即具有代表性：「韓慕廬丰姿韶秀，思發韻流，每極妍以盡態；王耘渠法脈清真，句搜字討，必切理而厭心，皆屬小品上乘，最宜初學拾誦。」〔註471〕韓菼制義始有清代衡文標準清真雅正之風，語言清麗，認理細密，文韻流動而有風姿；王汝驤是金壇派的代表，為文法脈清真，亦是清代制義文風典範，於字句上下工夫，務求發揮題理，故高嵣認為二者最宜初學者在筆姿與準繩兩方面學習。「一以活其筆姿，一以納之準繩也」〔註472〕。國朝小題文初編的目的依然備初學者可資取法，示人以規矩，「皆取其法度井井、轍規可尋者」〔註473〕。此二人之外，「熊鍾陵、張京江小題傳作可資成學，兼利髫年，高下咸宜，洵不可缺」〔註474〕。熊伯龍、張玉書二人的小題文可備有一定基礎的人學習，兼利初學者，故初編亦選入，而「力大思深及才情橫軼之作，概置後鈔」〔註475〕。「誠於此編玩索而有得焉，則規矩在心，而方圓惟我，他日運斤

〔註466〕高嵣：《國朝文鈔初編·小題文》，《華東師範大學圖書館藏稀見叢書彙刊》第 31 冊，第 389 頁。
〔註467〕高嵣：《國朝文鈔初編·小題文》，《華東師範大學圖書館藏稀見叢書彙刊》第 31 冊，第 389 頁。
〔註468〕高嵣：《國朝文鈔初編·小題文》，《華東師範大學圖書館藏稀見叢書彙刊》第 31 冊，第 373 頁。
〔註469〕高嵣：《國朝文鈔初編·小題文》，《華東師範大學圖書館藏稀見叢書彙刊》第 31 冊，第 389 頁。
〔註470〕高嵣：《國朝文鈔初編·小題文》，《華東師範大學圖書館藏稀見叢書彙刊》第 31 冊，第 389 頁。
〔註471〕高嵣：《國朝文鈔初編·小題文》，《華東師範大學圖書館藏稀見叢書彙刊》第 31 冊，第 389～390 頁。
〔註472〕高嵣：《國朝文鈔初編·小題文》，《華東師範大學圖書館藏稀見叢書彙刊》第 31 冊，第 390 頁。
〔註473〕高嵣：《國朝文鈔初編·小題文》，《華東師範大學圖書館藏稀見叢書彙刊》第 31 冊，第 390 頁。
〔註474〕高嵣：《國朝文鈔初編·小題文》，《華東師範大學圖書館藏稀見叢書彙刊》第 31 冊，第 390 頁。
〔註475〕高嵣：《國朝文鈔初編·小題文》，《華東師範大學圖書館藏稀見叢書彙刊》

成風之妙，已肇端於此」〔註476〕，初編學習揣摩透了，則能在規矩之內隨心作文，所謂巧不離法，先明文法而後能運斤成風，造化萬端，作文正在於從小題文打基礎，明規矩。

《國朝文鈔二編・小題文》，共收四朝一百四十八家二百六十九篇文。二編相比於一編，更進一層，在難度上有所提高。於二編序中高嵣再次強調學習要入門須正，指出，學習之道，好比行路，行路者懼其入於歧途也，南轅而北轍，猶卻行而求前。「此其說固然，若既不迷於所往，則必秣而馬、駕而車，長驅直進，而輔乎其途，然後可以由近及遠，直窮章亥之步。」〔註477〕也就是，由近及遠，由易入難，「初編粗以示之文法，二編漸以拓其心徑」〔註478〕，這樣循序漸進地學習，才能登堂入室，後有所成。以清朝文而言，「初編亦只取清真切近、軌轍易循者，而筆勢開張、思力沉迷者概未之及，是不可不引而進之，以致其精也」〔註479〕。要致文之精，就須進一步學習二編小題文，於學者乃入門後竿頭更步於前編，「義旨雖同，境地自別」〔註480〕，需潛心深造，「於實字發其義理，於虛字追精神或吸髓擢筋」〔註481〕。如果不遵循學習之道，「託始不入此，奧窔而讞讞拘拘，言法則死，言理則膚，終不可以有成，此亦猶行路者發軔之後，馬去其銜，車脫其輻，終亦匍匐而歸耳。其與迷誤不知方向者相去幾何哉」〔註482〕。

在小題文編之後，高嵣將清朝大題文也按朝代分列，順治作為一編、康熙、雍正作為一編、乾隆近科作為一編，展現了清朝自開國迄止乾隆十九年

第 31 冊，第 390 頁。
〔註476〕高嵣：《國朝文鈔初編・小題文》，《華東師範大學圖書館藏稀見叢書彙刊》第 31 冊，第 390 頁。
〔註477〕高嵣：《國朝文鈔二編・小題文》，《華東師範大學圖書館藏稀見叢書彙刊》第 33 冊，第 19 頁。
〔註478〕高嵣：《國朝文鈔二編・小題文》，《華東師範大學圖書館藏稀見叢書彙刊》第 33 冊，第 19 頁。
〔註479〕高嵣：《國朝文鈔二編・小題文》，《華東師範大學圖書館藏稀見叢書彙刊》第 33 冊，第 19 頁。
〔註480〕高嵣：《國朝文鈔二編・小題文》，《華東師範大學圖書館藏稀見叢書彙刊》第 33 冊，第 20 頁。
〔註481〕高嵣：《國朝文鈔二編・小題文》，《華東師範大學圖書館藏稀見叢書彙刊》第 33 冊，第 19 頁。
〔註482〕高嵣：《國朝文鈔二編・小題文》，《華東師範大學圖書館藏稀見叢書彙刊》第 33 冊，第 20 頁。

大約一百一十年的變遷史。

《國朝文鈔三編‧大題文》，收順治一朝五十四家一百六十三篇篇文，其中多者如劉子壯二十八篇、熊伯龍二十七篇、張玉書十六篇。因為明清易代，文風亦發生變異，時變而文亦變也。高嵣謂：「文體至天崇間，競尚詭譎，雖有金、陳、章、黃諸君子傑然特出，餘多張脈僨興，俱棄規矩。艾東鄉力挽之而莫能救，要有由然也。」〔註 483〕古人通常認為文運與國運相關，「蓋文人之心思、天地之氣運兩相感」〔註 484〕，此言自有其道理，末運之時，時風頹靡，文風亦不正，開國之初，氣象全新，文章亦呈現出全新的面貌，尤其對時文而言，與時局緊密相關，其時代特點就更鮮明了。在晚明文風萎憊，文運處於末世，非一二人之力所能救也，但到了清初，時變而文變隨之而變：「我國初，景運維新，人文蔚起，原經籍之蘊、播聲氣之元，體質敦龐、文詞醇雅，如唐人武德開元間正始之音一洗陳隋浮靡舊習焉。」〔註 485〕他認為清初以開國氣象一掃頹靡舊習，湧現出了一批制義名家：「漢陽之雄渾、黃岡之卓邁，同時聯翩競起，誠如文中韓柳、詩中杜李。浙人多左劉而右熊，不為篤論。劉天分高、熊人力深，熊如德驥，劉如天馬，蓋均應運而興，一代之冠冕也。儕人之刻峭名雋、章民之典藻風流，英偉如石礱，沉毅如邁人，皆一時羽翼。張京江氣體沖和、義理純粹，不減曲江風度，尤不可及已。餘如唐采臣、趙明遠、尹薲階、張柳衙、史雲次、周宿來亦各分道揚鑣，共襄文治。至王伊人、章雲李雖入別派，然其藻采中風韻不乏，非徒驚夫淵博也。」〔註 486〕高嵣將熊伯龍（漢陽）、劉子壯（黃崗）比作文中韓柳、詩中杜李，二人齊名，熊伯龍文章氣勢雄壯、文氣雄渾，振開國之元聲，劉子壯則文勢卓邁，長於廣徵博引以論理。熊的文章筆力深厚，而劉的文章則顯示出天分很高，皆是一代名家。高嵣所論餘者所長不一，亦是當時名家。

《國朝文鈔四編‧大題文》收康熙、雍正兩朝共一百三十五家三百零四

〔註 483〕高嵣：《國朝文鈔三編‧大題文》，《華東師範大學圖書館藏稀見叢書彙刊》第 34 冊，第 545 頁。

〔註 484〕高嵣：《國朝文鈔三編‧大題文》，《華東師範大學圖書館藏稀見叢書彙刊》第 34 冊，第 545 頁。

〔註 485〕高嵣：《國朝文鈔三編‧大題文》，《華東師範大學圖書館藏稀見叢書彙刊》第 34 冊，第 545 頁。

〔註 486〕高嵣：《國朝文鈔三編‧大題文》，《華東師範大學圖書館藏稀見叢書彙刊》第 34 冊，第 545～546 頁。

篇文，至多者如儲在文二十篇、張江二十篇、方苞十八篇、韓菼十七篇、王步青十五篇、王汝驤十篇、儲欣九篇、李光地九篇，可見兩朝名家輩出。從順治進入康熙、雍正，是文章醞釀深厚的時期，士子生逢其時，在較好的文治環境中薰陶受教，從容作文，「計自康熙癸卯起，至雍正癸丑止，此七十餘年中，宿學鉅儒，後先相望」〔註487〕，所謂「漸摩深則醞釀厚」〔註488〕，「我國朝列聖相承，繩繩繼繼，文教休明，多士躬逢其盛，得以從容陶冶，以底於成」〔註489〕。這一時期的大家有李光地、韓菼，李光地是理學名臣，學問深厚，尤深於經學，義理精醇。「其制義一準化治法則，而抉心執權，精確可當，義疏則化治來，所未有也。論者謂學先生文宜隱用其法義而顯化其面目，亦以境地高深為難也。」〔註490〕因為其文章境地高深，難以學其法與義，但可以學習其平易清醇的文風。韓菼文以才高取勝，文采斐然，又變化多端，後人可學其詞調。所謂「長洲海涵地負之才，無適不可，大者巨波回瀾，小者細縠疊漩，蒼勁韶令、分形易態，雖詞調為後人沿襲不免濫觴，而水姿仙骨自不可掩。」〔註491〕高嵣比較李光地與韓菼二人的特點，並指出他們在清初文壇的影響力：「一則學博而邃於理境，一則才大而美於文情」〔註492〕，「安溪歷崇階屢主文衡，長洲掇巍科兼持選政，勢如登高而呼天下響應也」。在韓菼影響下，還出現了宜興、桐城、金壇三大文派，他們通常也被人們稱之為清初文壇的辭章派。高嵣認為方苞、方舟二兄弟皆以古文為時文，時見氣韻宕逸，「上溯子長，下追永叔，而幽婉兼有騷人之情。其弟魄力渾古，遠宗昌黎，近希震川，而精造時得子家之奧」〔註493〕，言下之

〔註487〕高嵣：《國朝文鈔四編·大題文》,《華東師範大學圖書館藏稀見叢書彙刊》第36冊，第21頁。
〔註488〕高嵣：《國朝文鈔四編·大題文》,《華東師範大學圖書館藏稀見叢書彙刊》第36冊，第21頁。
〔註489〕高嵣：《國朝文鈔四編·大題文》,《華東師範大學圖書館藏稀見叢書彙刊》第36冊，第21頁。
〔註490〕高嵣：《國朝文鈔四編·大題文》,《華東師範大學圖書館藏稀見叢書彙刊》第36冊，第21頁。
〔註491〕高嵣：《國朝文鈔四編·大題文》,《華東師範大學圖書館藏稀見叢書彙刊》第36冊，第22頁。
〔註492〕高嵣：《國朝文鈔四編·大題文》,《華東師範大學圖書館藏稀見叢書彙刊》第36冊，第22頁。
〔註493〕高嵣：《國朝文鈔四編·大題文》,《華東師範大學圖書館藏稀見叢書彙刊》第36冊，第22頁。

意，方舟文更勝於方苞。又評宜興派與金壇派：「宜興儲氏長於經學，故才豐詞贍，中子為冠，同人、畫山次之。金壇王氏精於書義，故脈細理真，牆東為最，漢階、若林次之，乃同人不能得一第而牆東又不如同人知文章聲價，不以得失論也。」〔註494〕這二派各有所長，宜興派長於經學，金壇派長於說理。高嵋總結清初文雖風骨少遜，而斂華就實、矩步規行，「較前人又開一景象矣」〔註495〕，清代制義以「清真雅正」為衡文標準，雖風骨不如前明，但氣象又不同矣。

《國朝文鈔五編·近科房行》收乾隆朝共一百一十一家二百二十二篇文，較多者有陳兆崙十六篇、蔡寅斗十篇、吳鴻十篇。這一時期，清廷加強了對於文風的引導，並諭令方苞編有《欽定四書文》。「御纂頒布學宮，今聖人御極之初，命儒臣方苞精選四書文為藝林楷模，繼復廣開文苑，修輯四庫全書，經明道顯，如日月經天、江河行地，誠亙古未有也。」高嵋身處乾隆之世，對於其時文風有切身感受〔註496〕，認為方苞編訂的《欽定四書文》，以「清真雅正」為宗，將八股文風導向全盛。所謂「多士幸際昌時，得以講明而切究之，以故發於文也，義則抉經執權，詞則揚風扢雅，鴻章鉅製，駢見迭出」〔註497〕，乾隆一朝正是制義文章的興盛期。

由明至清，文風多變，學習亦須注意取捨。對於明代文風，高嵋認為當溯源化治而各取其長：「前明文體三變，而化治正三朝，尤稱極盛，其所以盛者，義理勝也。若隆萬之文，則以機法勝；天崇之文，則以才情勝。」〔註498〕所謂風格不同，各有專勝，讀書作文應該各得其長，化治之文取其說理之醇，隆萬之文取其結構之密，天崇之文則取其才調之勝。「化治文字，實亦理勝，非可偽為」〔註499〕，但以理勝之文卻難學，「外強中乾，真氣不屬」，

〔註494〕 高嵋：《國朝文鈔四編·大題文》，《華東師範大學圖書館藏稀見叢書彙刊》第 36 冊，第 22～23 頁。
〔註495〕 高嵋：《國朝文鈔四編·大題文》，《華東師範大學圖書館藏稀見叢書彙刊》第 36 冊，第 23 頁。
〔註496〕 高嵋：《國朝文鈔五編·近科房行》，《華東師範大學圖書館藏稀見叢書彙刊》第 38 冊，第 17 頁。
〔註497〕 高嵋：《國朝文鈔五編·近科房行》，《華東師範大學圖書館藏稀見叢書彙刊》第 38 冊，第 17 頁。
〔註498〕 高嵋：《論文集鈔》，《華東師範大學圖書館藏稀見叢書彙刊》第 24 冊，第 137 頁。
〔註499〕 高嵋：《論文集鈔》，《華東師範大學圖書館藏稀見叢書彙刊》第 24 冊，第 139

是學化治之弊也〔註500〕。「學者無妨理同而貌異，慎勿襲貌而遺神」〔註501〕。
也就是說，學化治文應該是悟其義理醇厚，尋其義理源頭，而非徒學其貌，
在模仿其文詞以求其肖上下工夫。「化治不特不可襲其貌，並亦不可拾其詞。
主敬、存誠，各有專屬。靜存、動察，實有指歸。髣髴填抄，即同浮泛；依
稀統蓋，即屬顢頇。當潛心義理，以濬其源，不當乞靈故紙，以求其肖。」
〔註502〕對於清代文風的變化，高嵣強調要注意不同時期的特點：「國初開科
之始，尚沿明季綺靡之調，然書卷之氣，濫於行間；對偶之工，亦宗《文選》，
非俗豔比也。特製義無取過穠，必議論精醇，聲光俱壯者，方為正體。」〔註
503〕清初文雖對明末綺靡文風有所沿襲，但已轉入注重義理內容，文章議論
精醇、聲光俱壯，有開國氣象，已非俗豔之體。「乙未以後，漸尚清新，然
學清新者流為浮滑。庚戌以後，漸尚樸實，然學樸實者流為板滯。風氣所趨，
遂成偏勝。」〔註504〕亦即清代文風也有其弊，由清新而流入浮滑，由樸實
而流為板滯，高嵣對於這一不正文風予以抨擊，強調文章要文質得中，「惟
有質有文，卓爾不群，歸於大雅」。〔註505〕文風之外，高嵣還批評了清初作
文技法之時趨：「丙子丁丑之交，選家競講逆提之法。一題到手，必用倒裝，
首尾互換，先後凌躐。沿及於今，流波未艾。雖法無一定，然必按部就班，
馳騁橫決者，無非偽體，當審別裁。」〔註506〕他認為這種按部就班之模擬
皆是偽體，文章應該是根據題旨內容定起講之法，而非一定用逆提之法。技
法始終是服務於內容，「聖賢語氣，逐字皆有歸宿，逐句皆有次第。以順題

頁。
〔註500〕高嵣：《論文集鈔》，《華東師範大學圖書館藏稀見叢書彙刊》第 24 冊，第 139
　　　　頁。
〔註501〕高嵣：《論文集鈔》，《華東師範大學圖書館藏稀見叢書彙刊》第 24 冊，第 139
　　　　頁。
〔註502〕高嵣：《論文集鈔》，《華東師範大學圖書館藏稀見叢書彙刊》第 24 冊，第 140
　　　　頁。
〔註503〕高嵣：《論文集鈔》，《華東師範大學圖書館藏稀見叢書彙刊》第 24 冊，第 138
　　　　頁。
〔註504〕高嵣：《論文集鈔》，《華東師範大學圖書館藏稀見叢書彙刊》第 24 冊，第 138
　　　　頁。
〔註505〕高嵣：《論文集鈔》，《華東師範大學圖書館藏稀見叢書彙刊》第 24 冊，第 138
　　　　頁。
〔註506〕高嵣：《論文集鈔》，《華東師範大學圖書館藏稀見叢書彙刊》第 24 冊，第 138
　　　　頁。

起講為忌，實所未聞。更有避板趨活、避實蹈虛、總翻總髮、減去題面者，亦非正格，只屬空腔」〔註507〕，此類皆是空腔炫技，不是正格。於近科稿一編中，高嵣也強調了義理的重要，意在提醒士子讀書作文不可只追求趨尚時風技法，忽略了文章本質，「風會者，隨時而變者也；義理者，歷時不變者也」〔註508〕，論說聖賢義理始終是制義宗旨所在，高嵣引韓昌黎語云：「文無難易，惟其是耳。」〔註509〕又引柳子厚語云：「不苟為炳炳烺烺，是豈徒誇彩色、選聲調謂足摛藻揚芳。」〔註510〕文章應該始終以義理為重，而不徒飾以文詞。

明茅坤嘗言：「予嘗論舉子業，淺觀之則世所剿襲，帖括亦可掇一第。苟於中得其深處，謂之傳聖賢之理可也。」〔註511〕茅坤指出了舉子業的弊病所在，通過剿襲也有僥倖中第之時，但真正深研其中得其深處，乃是傳聖賢道理，是真正的經世致用，而非徒以之博取功名。「夫文以載道，而言以足志。修辭者，先立其誠，而宜今者不戾於古，有志之士乘時奮踔，俾蒸蒸風會，進而益上焉，則尤此編之所厚望也。」〔註512〕這正是高嵣編《論文集鈔》《明文鈔》與《國朝文鈔》的目的所在，期望有志之士能夠得其助力而求上進。

〔註507〕高嵣：《論文集鈔》，《華東師範大學圖書館藏稀見叢書彙刊》第24冊，第139頁。
〔註508〕高嵣：《國朝文鈔五編·近科房行》，《華東師範大學圖書館藏稀見叢書彙刊》第38冊，第18頁。
〔註509〕高嵣：《國朝文鈔五編·近科房行》，《華東師範大學圖書館藏稀見叢書彙刊》第38冊，第18頁。
〔註510〕高嵣：《國朝文鈔五編·近科房行》，《華東師範大學圖書館藏稀見叢書彙刊》第38冊，第18頁。
〔註511〕高嵣：《論文集鈔》，《華東師範大學圖書館藏稀見叢書彙刊》第24冊，第9頁。
〔註512〕高嵣：《國朝文鈔五編·近科房行》，《華東師範大學圖書館藏稀見叢書彙刊》第38冊，第18頁。